Charif Majdalani est né au Liban en 1960. Il enseigne les lettres françaises à l'université Saint-Joseph de Beyrouth. Il est l'auteur, notamment, d'*Histoire de la Grande Maison* (2005), *Caravansérail* (2007), *Le Dernier Seigneur de Marsad* (2013) et *Villa des femmes* (prix Jean-Giono, 2015).

Charif Majdalani

L'EMPEREUR À PIED

ROMAN

Éditions du Seuil

En exergue :
Paul Claudel, « Processionnal pour saluer le siècle nouveau »,
in *Cinq Grandes Odes*, © Gallimard, 1913.
Patrick Deville, *Pura Vida. Vie & mort de William Walker*
© Éditions du Seuil, 2004.
Joseph Conrad, *Au cœur des ténèbres*, trad. J.-J. Mayoux,
Flammarion, coll. « GF », 1989.
Ovide, *Les Métamorphoses*, livre X, trad. Charif Majdalani.
Blaise Cendrars, *Le Panama ou les Aventures de mes sept oncles*,
vol. 1, « Tout autour d'aujourd'hui »,
nouvelle édition des œuvres complètes
de Blaise Cendrars dirigée par Claude Leroy,
© Éditions Denoël 1947, 1963, 2001, 2005.

TEXTE INTÉGRAL

ISBN 978-2-7578-7146-1
(ISBN 978-2-02-137250-2, 1re publication)

À Nayla,
à Saria
et Nadim

L'herbe qui pousse et les générations qui se lèvent pour me suivre.

PAUL CLAUDEL,
« Processionnal pour saluer le siècle nouveau »,
in *Cinq Grandes Odes*

Arbre

Les dates indiquées sont
les personnages ont dirigé

Seyf ép. **Nazira Harfouche**
1865-1888

Harb ép. **Fayza Chehab**
1888-1926

Ghazi ép. 1 **Wafa Debbas** / ép. 2 **Linda Safi** (veuve) — **Chehab**
1926-1958

Fayez ép. **Catherine Rassam** — **Naufal** — **Chadia**
1958-1992

Ghazi ép. **Violaine Chammas** — **Raëd** ép. **Layal Nasreddine**
1992-

Fayez — **Wajdi**

généalogique

celles durant lesquelles
les affaires de la famille.

Khanjar Jbeili – épouse(s) inconnue(s)
1835-1865

'Açi **Harb**

Maan ép. **Rahimé Diab**

Amira **Zeid** ép. **Patricia Scilla**

Leonardo une fille

Mia ép. **Jean Rached**

I

L'Empereur à pied

1

L'imagination pourrait aisément façonner ici des histoires de principautés un peu frustes, de dynasties remontant au Déluge et vivant environnées de sommets couverts de cèdres et de chênes. Mais je ne vais pas remonter si loin, ni même au temps où les vieux temples en ruine servaient encore de halte aux processions religieuses dansant et progressant le long des gorges, ni à celui d'un Moyen Âge obscur où les clameurs de cinquante invasions de peuples schismatiques ou rebelles ne purent troubler la paix de ces montagnes. Je vais en rester à une époque plus récente, celle du ver à soie et des métayers par exemple. Sauf que, sur les photos qui en témoignent, on ne voit que des villageois à la face ravinée et aux tenues fatiguées, vêtus de sérouals et de vieilles vestes européennes râpées, debout sur le pas de leurs misérables granges, des enfants morveux, des femmes en fichu, des curés au visage torve, tout un univers de pauvreté et de labeur au milieu de mûreraies et d'églises de pierre sans apparat. Et pourtant, tout autour, il y a ces immenses terrasses agricoles qui partout sculptent le relief d'escaliers titanesques et ces maisons aux murs sévères, il y a ces forêts où les bûcherons continuent à abattre les ifs et les chênes comme le faisaient les coupeurs de cèdres cinq mille ans auparavant pour les rois de Tyr et de Jérusalem. Tout cela donne envie d'inventer des fables grandioses et fortes, comme celle de cet homme qui apparaît dans le paysage, je ne sais pas quand au juste (d'après les recoupements, c'est au cœur du XIXe siècle), ni pourquoi (c'est sujet à controverse), un homme qui descend un sentier parmi des genêts en fleur (c'est donc le printemps) et des chênes verts, dans la lumière fastueuse et riche, avec la neige qui demeure sur les sommets alors que tout autour les platanes sont en feuilles. Il avance entre les massifs de joncs, les noyers et les arbousiers solitaires. Il descend le sentier mais personne encore ne l'a vu, je suis le premier et le seul pour l'instant, et le fait que j'aie dit qu'il descendait est intéressant, il descend et, si je ne le vois pas avec précision, je vois qu'il n'est pas unique, il se dédouble, ils sont donc deux, puis trois, puis quatre. Lui, le premier que j'ai vu, marche à grands pas, de manière décidée. Je crois qu'il a une peau de bête sur les épaules, comme celles que portent les bergers de la plaine de la Bekaa, et un bâton avec lequel il fouette parfois les ronces et les herbes fraîches. Ceux qui vont derrière lui sont plus sveltes (ce qui veut dire qu'il est lui-même un peu râblé, fort, les épaules larges, la tête haute). Ils sont plus légers, leur pas est moins lourd et ce sont trois garçons qui ont eux aussi une peau tannée sur les épaules et un bâton à la main. Et même si je suis moi-même les arbres sous lesquels ils passent, les rochers devant lesquels ils rient en avançant, même si je suis les oiseaux sur les branches des genêts et surtout les éperviers au-dessus des sommets, même si je suis les chênes nains et les pins et les amandiers sauvages et les mûriers et le ciel clair et l'horizon et les coulées de neige et que je peux en conséquence les voir de près aussi bien que de loin, je ne distingue pas leurs visages qui viennent de naître dans le paysage. Ils descendent le sentier en direction du hameau de Massiaf. Les maisons sont éparses, dissimulées sous leurs treilles et sous leurs noyers, une là-haut, une autre plus bas, une troisième sous un rocher qui la menace depuis des lustres, et une près de la source. Et depuis ces maisons peut-être commence-t-on à les voir descendre, ces quatre-là. Des regards de montagnards matois les suivent, ceux d'enfants curieux, de femmes qui se redressent de dessus leur bac de lessive, de chevriers qui sifflent une romance et s'interrompent en les apercevant au loin, en contrebas, ou ceux d'un muletier remontant derrière sa bête. Bientôt, avec une miraculeuse célérité, la nouvelle va se répandre, on saura partout que quatre étrangers viennent vers le hameau, et entre-temps ils me sont devenus plus nets. Celui qui marche devant, le plus âgé, chausse des bottes, de celles qu'utilisent parfois les cavaliers de la plaine, il a une assez belle moustache, tandis que ceux qui vont derrière lui sont imberbes, le premier porte sur le dos une lanière passée par-dessus l'épaule et retenant un sac où se trouvent sans doute les effets des quatre marcheurs. Le deuxième et le troisième vont à ses côtés, ils parlent entre eux, le troisième semble encore un enfant ou en tout cas un très jeune garçon, alors que les autres sont des hommes déjà, malgré le fait qu'ils n'ont pas la moustache. Leur groupe, objet de toutes les conjectures de versant en versant de ces montagnes, est arrivé au niveau du torrent. Les voilà qui traversent le pont, non loin du moulin, et qui remontent en direction du plateau de Massiaf. Ils passent près du bas-relief antique puis d'un abreuvoir qui fut sans doute le sarcophage d'un antique prince enterré ici au temps où le paganisme peuplait cette région de ménades mais où il n'y a plus que des vieilles allant de calvaire en calvaire jusqu'à l'église, une église devant laquelle les quatre survenants s'arrêtent enfin. Le jeune homme qui porte le sac le pose sur le sol, l'autre s'adosse au mur du lieu sacré, celui qui est encore un garçon s'assied sur le seuil, devant la porte fermée. L'homme à la moustache, de son côté, considère la maison tapie non loin de l'église, et les collines d'où il sait qu'on l'observe. Bientôt il repère des enfants en rang d'oignons, sous les arbres, qui les regardent en silence, prudemment. Je le vois maintenant avec bien plus de précision, tandis qu'il s'en approche d'un pas décidé, je vois qu'il a la quarantaine, le visage ferme, ce qui tend à prouver qu'il n'est pas un paysan. Son regard est sombre, perçant, peu enclin à la tempérance, impatient aussi, et c'est avec impatience, d'un geste brusque, qu'il se défait de son manteau de peau de mouton et le laisse sans se retourner entre les bras des jeunes hommes derrière lui, accourus recueillir l'habit comme les chevaliers servants s'occupent d'une toge impériale. Et en y regardant de plus près je reconnais que ces trois jeunes accompagnant cette espèce d'empereur en manteau de berger sont ses fils, trois garçons qui sont sa descendance, ils lui ressemblent, je le constate, ils ont le même regard ferme où germent des choses fabuleuses et un peu folles, ils ont le même nez cassé, et leur profil est celui qu'on voit sur les pièces de monnaie, quoiqu'ils soient plus ondoyants que leur père. Leurs corps et leur caractère ne sont pas encore suffisamment trempés, ils sont imberbes, rient et pépient trop facilement, ce qui leur attire une remontrance du père, au moment où ils se passent le manteau de main en main, et alors ils se taisent. Et quant à ce manteau, cette peau de mouton tannée, il semble parler de l'état de berger de celui qui le porte, mais pas d'un berger d'ici, pas d'un chevrier, plutôt d'un pâtre de moutons, sauf qu'il y a ces bottes que je lui ai fait chausser par inadvertance mais que je vais conserver. Un manteau de pâtre, des bottes de cavalier, voilà ce que tous les montagnards tapis derrière leurs arbres, ou debout à les scruter depuis le toit de leurs maisons, remarquent, et ils ne savent qu'en penser, sauf qu'il s'agit bien là de gens venus de loin. Mais que viendraient-ils faire et qui sont-ils ? À cette question, même moi (moi qui observe à travers le regard rusé des hommes en séroual debout sur leurs toits, moi qui suis les arbres, et le bas-relief antique représentant un sanglier attaquant Adonis et à ses côtés une Aphrodite éplorée, moi qui suis aussi les calvaires chrétiens avec leurs images frustes de Vierge et de Christ), à cette question même moi je n'ai pas encore la réponse. Je remets cela à plus tard, tandis que toute la région autour de Massiaf et de Ayn Safié est concentrée sur ce point précis que représente la place de l'église et où l'on attend que l'homme enfin s'exprime pour savoir peut-être à son accent d'où il vient et ce qu'il vient faire, et le voilà en effet qui parle. Après avoir laissé son manteau entre les bras de ses fils, il s'est avancé vers les enfants qui le lorgnent en silence, et il leur demande d'une voix grave où est donc la maison du prêtre, la maison de *abouna* Hanna el-Gharbi, et sur ces paroles, sur leur inflexion, sur sa manière d'appuyer sur la fin des mots ou d'alléger la première voyelle de « *abouna* », toute la montagne va gloser. À travers ces parages où il semble qu'il n'y ait personne ou seulement quelques maisons éparses, mais où en réalité les habitants sont nombreux, les conjectures vont aller bon train, circuler, et la réalité des faits se transformer, sans qu'aucune véritable décision soit arrêtée pour savoir d'où arrivent ces étrangers. Et, entre-temps, les enfants en rang d'oignons, curieux et craintifs, à qui l'empereur s'est adressé au terme d'un long silence finissent par répondre tous à la fois, puis se taisent, et l'un d'eux, le dernier à avoir baissé la voix, s'apercevant qu'il parlait encore alors que les autres s'étaient tus, après une hésitation, comme s'il était terrifié de se retrouver à dialoguer seul avec cet étranger, finit par se décider et déclare que *abouna* Hanna el-Gharbi est mort il y a six mois.

Que peut bien vouloir cet homme au curé de Massiaf ? C'est désormais la seule question que tout le monde va se poser, tandis que l'étranger aux manières impériales revient vers ses propres garçons assis à présent sur le seuil de la vieille église. L'aîné a ouvert le balluchon qu'il a posé sur le sol. Et comme je suis le lézard qui s'est dissimulé dans une anfractuosité entre deux pierres du mur derrière lui, comme je suis l'épervier qui passe et qui a un regard d'épervier, comme je suis l'âme des ménades qui ont hanté les lieux dans l'Antiquité et qui les habitent encore incidemment et aussi, pourquoi pas, le dieu du sanctuaire chrétien devant quoi la scène a lieu, comme je suis tout cela, je peux voir ce qu'il y a dans ce balluchon et que ne peuvent voir les centaines de regards curieux et insoupçonnés qui observent les nouveaux venus. Mais il n'y a rien d'intéressant dans ce balluchon, rien qui puisse donner quelque indice sur tout ce qui va suivre, ou sur ce qui a précédé. Il y a quelques frusques, une ceinture à boucle de fer, il y a des balles mais pas d'armes à feu (elle doit être dans la ceinture de l'empereur, s'il en a une) et il y a un tissu que dénoue l'aîné des fils et où se trouvent des olives noires et vertes, une tomate, du fromage sec. Les quatre étrangers mangent donc : les garçons assis sur le seuil et l'empereur debout, bien d'aplomb sur ses deux jambes écartées, chaussées des hautes bottes de cavalier, le bâton posé contre le mur, un fromage dans une main, un morceau de tomate dans l'autre, tout cela sous l'œil vigilant des enfants rangés dans son dos et vers qui il envoie d'un signe de tête son benjamin, le garçon aux cheveux noirs en bataille, qui se lève et va quémander un peu d'eau. Il revient bientôt avec une cruche et l'on boit à la régalade, en se passant l'eau à tour de rôle. Une fois désaltéré, l'empereur au fromage et à la tomate retrouve son air pensif et dur. Son aîné lui parle, il répond de manière lapidaire, le benjamin rend la cruche vide aux riverains, l'aîné renoue le balluchon puis, sous le regard des habitants du plateau et des montagnes qui l'entourent, des bergers, des muletiers et de tout le peuple épars mais nombreux de Massiaf et de Ayn Safié, l'empereur remet sa peau de mouton tannée, reprend son bâton, ses fils se lèvent et tous reprennent la route. Ils traversent le plateau, entament la remontée du sentier devant la petite source de Massiaf, coupent par un petit bois de pins d'Alep, marchent sur la crête de ce mont d'où on aperçoit beaucoup mieux le plateau, les mûreraies, le bas-relief et sa scène mythologique silencieuse depuis des siècles, et en le longeant ils atteignent le couvent des moines qui, de l'autre côté, donne à nouveau, par sa grande terrasse, sur les gorges du torrent de Ayn Safié par où les quatre marcheurs sont arrivés mais qui d'ici semblent inaccessibles. Et il ne fait pas de doute qu'au couvent on connaît leur existence, on sait déjà qu'ils se sont arrêtés devant l'église, puis qu'ils sont repartis et viennent de ce côté, qu'ils sont arrivés devant la porte du monastère et sans avoir besoin de frapper, parce que la porte est ouverte, sont entrés.

Ce monastère, j'y venais lorsque j'étais petit, avec mon père qui aimait la vue que l'on y avait sur le ouadi. Il était désert et abandonné, la chapelle fermée était en ruine. Dans la cour se trouvait un immense platane et mon père prétendait que les bâtiments avaient été naguère en partie restaurés par un membre du clan Jbeili et transformés en habitation profane, puis à nouveau abandonnés. Des promeneurs faisaient là des pique-niques pour profiter eux aussi de l'incroyable vue qu'offrait la terrasse sur les gorges de Nahr Safié et sur les sommets qui se succèdent de ouadi en ouadi. Et je me plais donc à imaginer que c'est là qu'arrivent l'empereur à pied et ses garçons, en un temps où les lieux sont encore occupés par une compagnie de moines au complet, où les murs sont encore solides, le platane en sa jeunesse, la terrasse entretenue et, autour du couvent, les terrasses cultivées en potager sous les mûriers. Ils sont maintenant à l'intérieur, les deux plus jeunes garçons sont assis sous le platane tandis que le père et son fils aîné sont dans le bureau du supérieur, si tant est que le supérieur d'un si petit monastère pût avoir un bureau. Je vois cet homme, âgé et dans une robe de laine râpée, assis derrière une table sur laquelle se trouvent un ou deux livres saints, une lampe à huile et un bric-à-brac sans intérêt qui parle assez bien de la misère de sa communauté, touffes de chanvre, couteau élimé, flacon d'encre presque vide, plumes d'oie cassées. Le supérieur regarde l'inconnu debout devant lui, dans sa peau de mouton et ses bottes de cavalier, puis lève les yeux vers son visage, et il est frappé de constater qu'il en émane quelque chose de redoutable, une sagacité bien supérieure à la sienne. Intimidé sans comprendre pourquoi, il invite l'homme à s'asseoir, ce qu'il ne devrait pas faire, mais il ne peut s'en empêcher, sauf qu'à sa grande surprise l'autre refuse et le supérieur se dit que ce refus est de la part du nouveau venu davantage le résultat de la fierté que de la soumission, ce personnage est plutôt fait pour monter à cheval, ou s'asseoir sur un divan, ou en tailleur comme les princes et les chefs, et non sur une minable chaise comme celles de son bureau, et, pour couper court à tout cela qui le trouble, il finit par demander à l'homme ce qu'il veut au juste, et l'autre, de sa voix dure, ferme, inflexible et un peu brusque, lui dit qu'il est à la recherche de terres à cultiver et que *abouna* Gharbi lui a naguère dit qu'il y en avait par ici. « Mais *abouna* Gharbi est mort », répond le supérieur et l'autre dit : « Je sais, je viens de l'apprendre », puis il se tait. Le supérieur attend, comme s'il savait que son interlocuteur allait poursuivre, et en effet l'empereur arrivé à pied demande sans transition s'il y aurait par ici des métairies mises en location. Le supérieur lui demande d'où il est et l'autre, après un moment d'hésitation, et après avoir fait une moue qui assombrit encore son regard, répond : « Je viens de Mneitré, *mohtaram* » et sans doute le supérieur sent-il qu'il y a, dans l'utilisation de ce titre respectueux de *mohtaram* par cet être abrupt, comme une sorte d'ironie froide et distante, « j'étais métayer sur les terres d'un cheikh Hamadé, mais il n'a plus voulu de moi et je suis parti ».

Le supérieur ne peut alors s'empêcher de lever un sourcil, d'écarquiller imperceptiblement les yeux et de sentir dans sa prunelle, collée pour ainsi dire à la sienne, le noir de celle de l'ancien métayer.

« Tu étais métayer chez les Hamadé ? répète-t-il après avoir surmonté son trouble. Et comment t'appelles-tu ?

– Je suis chrétien, *mohtaram*, déclare sèchement l'empereur en réponse à l'allusion contenue dans la question plutôt qu'à la question elle-même. La moitié des métayers des Hamadé sont chrétiens. »

Le supérieur opine en caressant sa barbe touffue et traversée de fils blancs.

« Et chez qui pensais-tu trouver à travailler ? demande-t-il aimablement.

– Chez ceux qui possèdent les propriétés, répond l'errant.

– Et qu'attends-tu de moi ?

– Je me suis dit que vous pourriez peut-être intercéder en ma faveur. Et dans l'intervalle je suis prêt à travailler au couvent, pour rien, juste pour un repas par jour, pour nous quatre, ou un repas pour deux, que nous partagerons. »

Le moine ne relève pas ces derniers mots qui insistent sur la pauvreté évidente de son couvent, il pense à cette intercession qu'attend de lui cet étrange personnage et dont il sait qu'elle ne servira à rien. Mais, avant de dire qu'elle ne servira à rien, il demande son nom à l'homme.

« Khanjar Jbeili, de Chabtine, répond l'autre.

– Khanjar ? s'étonne le supérieur.

– Et lui, c'est mon aîné, Seyf », poursuit l'errant, comme par provocation, en indiquant son fils, qui est resté silencieux.

Le religieux lève un sourcil suspicieux.

« Et tes autres fils ? demande-t-il.

– 'Açi et Harb, répond l'empereur.

– Aucun nom chrétien là-dedans, remarque l'homme d'Église en souriant sous sa barbe, alors que son regard s'allume d'une brève lueur de jubilation bizarre. Tu les as baptisés, au moins ? Leur as-tu donné des noms de baptême, à ces garçons ?

– Les hommes des familles Hbeich et Khazen sont bien baptisés, non ? » réplique Jbeili froidement, distraitement, dans une allusion aux chefs du district, dont les prénoms sont eux aussi arabes et pleins de la même virilité.

Après avoir hésité, le supérieur soupire, se lève et vient se mettre devant la fenêtre de son bureau qui donne sur la cour du monastère et d'où il regarde les deux autres garçons de l'empereur assis sous le platane en train de bavarder avec un très jeune novice, au pied de l'escalier menant à la galerie de l'étage unique. Et depuis la cour les deux garçons aux prénoms aristocratiques, virils et belliqueux, regardent vers le haut et voient derrière la fenêtre la silhouette du supérieur et à côté de la sienne celle de leur père, et ils voient que le supérieur parle, et sans doute explique-t-il qu'il n'y a malheureusement rien à offrir comme travail au couvent, que les moines en robe de bure, souvent pieds nus ou en sandales de mauvais cuir, s'occupent eux-mêmes de leur jardin, rentrent le bois sur leurs épaules, ne sont en rien différents des autres autochtones, sauf qu'ils sont dispensés de l'impôt et de la guerre, sans quoi il n'y en aurait plus un seul, car à quoi bon ajouter au célibat les misères de la vie. Le supérieur dit sans doute ce genre de choses et d'autres encore à l'empereur, après quoi il lui conseille d'aller directement chez les cheikhs Khazen, à Kfour, demander une terre en métayage, ou en mougharassa, c'est encore mieux, et voilà quelques minutes après l'empereur en peau de mouton qui sort du bâtiment, fait signe à ses garçons, salue le novice, réclame quelque chose. On apporte de l'eau en cruche, les quatre boivent puis s'ébranlent et quittent le couvent tandis que le curé, toujours à sa fenêtre et les regardant partir, se dit probablement qu'il n'y a pas un mot de vrai dans ce que lui a raconté l'homme à la toge en peau de mouton.

Ce dernier cependant marche vers Kfour et la résidence des cheikhs Khazen. Ses fils s'arrêtent pour cueillir des amandes qu'ils ont repérées dans le feuillage argenté d'un arbre où joue le soleil. Il les attend, debout, un pied sur une roche, et il regarde les montagnes à sa gauche, une vallée à sa droite, et à son regard je commence maintenant à savoir ce qu'il pense, ce qu'il veut. Ces gorges bleues et ces pics, ces spectacles grandioses où il va depuis le matin, depuis des jours, depuis peut-être son enfance et le jour de sa naissance, il les observe avec une sorte de passion dédaigneuse, comme on regarde une amante qui vous a trahi mais que l'on aime encore et que l'on a décidé de soumettre. Le soir tombe comme ils dévalent les sentiers. L'air devient humide, l'horizon rougeoie, ils font halte, mangent le reste de fromage rassis et des amandes et dorment dans une grange abandonnée.

Le lendemain il est devant le cheikh Chebli el-Khazen. Ses fils sont dehors, sur la terrasse, sous les arcades, et lui est debout devant le seigneur. Celui-ci a l'œil sombre, il est assis en tailleur sur son divan et observe longuement le quémandeur, après l'avoir entendu et interrogé. Et il médite. Il appelle pour qu'on lui apporte sa pipe à eau, puis demeure silencieux. L'empereur arrivé à pied s'impatiente, et le cheikh l'a compris, mais l'empereur se tient coi, un sourire narquois au bord des lèvres.

« Pourquoi souris-tu, *ya* Khanjar ? demande Chebli el-Khazen.

– Je me suis souvenu d'une anecdote, *cheikh* Chebli, répond Khanjar.

– J'espère que ce n'est pas moi qui te l'ai rappelée, dit le cheikh.

– À Dieu ne plaise, *cheikh* Chebli », répond l'empereur.

Chebli ne demande pas à l'empereur de lui raconter l'anecdote. Il se tait encore. L'empereur alors se tourne en déclarant que, puisqu'on n'a rien à lui proposer, il n'a plus rien à faire ici. À cet instant, l'œil de Chebli el-Khazen s'anime, il rappelle Khanjar qui fait demi-tour.

« Tu es impatient, *ya* Khanjar », dit-il.

Mais Khanjar ne répond pas.

« Pour toi, je n'ai que Jabal Safié, au-dessus des sources, poursuit le cheikh.

– Ce sera parfait, répond l'empereur.

– Tu ne sais pas ce que tu dis, tu ne connais pas les terres de Jabal Safié. Elles sont en hauteur, et jamais elles n'ont été cultivées.

– Ce sera parfait, répète l'empereur.

– À ta guise. Je te les donne pour deux ans, par mougharassa. Dans deux ans, la moitié de ce que tu auras défriché et cultivé sera à toi. Le reste sera en fermage, selon la coutume.

– Tu auras ta part au moment voulu », répond Khanjar.

2

Lorsqu'on connaît les terres de Jabal Safié, on se dit que c'est un vrai et sardonique piège que de les donner en métayage de la part d'un seigneur, sauf si ce dernier est vraiment désireux de rabaisser le caquet à un arrogant en le mettant face à une tâche impossible et en l'humiliant. C'est très beau, pourtant, au-dessus de Ayn Safié, c'est sauvage à souhait, ce sont plusieurs brefs plateaux, semés de chênes verts et d'arbousiers, avec des rochers aux formes animales, qui ensuite laissent la place à des dénivelés impressionnants, des rocs et des arbres sauvages qui s'accrochent à la montagne jusqu'au fond de la gorge où coule le ruisseau de Ayn Safié. On est si haut que les éperviers qui passent semblent à portée de main, et l'on voit de là tout le pays, les maisons cachées sous leurs treilles, les plantations de mûriers, les chemins, les chapelles, les églises, les moulins, et c'est cette vue panoramique qui déclenche ce rictus satisfait sur le visage de l'empereur, quand il se dit qu'il a sous les yeux tout le pays, et que, d'une certaine manière, il le domine déjà. Ses garçons, eux, sont moins enthousiastes, ils n'ont pas les rêves bizarres de leur père. Mais ils les sentent, ces rêves, ils les devinent, même s'ils n'en parlent pas avec lui, ni entre eux, alors que parfois cela les inquiète. Ils les devinent seulement, ils devinent que cela passe par la nécessité de s'établir, et de s'établir haut, comme ça, le plus haut possible, même si le terme « s'établir », lorsqu'on évoque ces grands espaces qu'il va falloir cultiver, n'est pas celui qui convient. En tout cas ce n'est pas dans son acception bourgeoise qu'il faut le prendre, mais dans un sens plus fier, plus conquérant : l'établissement d'un campement, d'un pouvoir ou d'une loi propre sur une terre prise de force. Oui, voilà sans doute la manière dont Khanjar se voit installé là-haut, au-dessus des gorges de Ayn Safié. En conquérant.

Et c'est en conquérant qu'il va agir, jetant le trouble dans les esprits et l'inquiétude chez les maîtres de ces parages, notamment les Khazen qui ont voulu lui jouer un mauvais tour, qui ont cherché à s'amuser en se moquant de lui et en l'envoyant dans ces hauteurs où ils étaient sûrs qu'il ne ferait rien mais qui soudain entendent d'étranges nouvelles en provenance de Jabal Safié. Des nouvelles qui commencent comme une rumeur lancée de toit en toit, de maison en maison, à travers les montagnes et les vallées, lancée par un paysan qui a vu l'empereur repartir avec sa peau de mouton, ses bottes et son bâton dans la direction par où il était apparu, puis alimentée par d'autres qui le voient revenir quelques jours après à la tête d'une troupe indéterminée mais dont les curieux jurent devant Chebli el-Khazen que ce sont des Bédouins ou des chiites de la Bekaa, ou de Afka, des hommes en tenue de bergers comme lui, ou de cavaliers, mais sans chevaux, avec des bottes et des peaux de mouton sur les épaules. Pendant des semaines, le cheikh entend des histoires sur ces gens, et sur le fait qu'ils travaillent pour Khanjar, à défricher, à retourner la terre, à arracher les bosquets de chênes verts et de genévriers, et aussi à construire une maison sur l'emplacement d'un vieux cabanon. Nombre de détails qui lui arrivent proviennent de racontars de bergers dont l'un rapporte qu'il a été chassé avec ses bêtes, et qui se plaint que les pâturages là-haut ne soient plus accessibles aux troupeaux. Le cheikh l'écoute en se bouchant le nez à cause de son odeur de chèvre et lui conseille de changer d'habit quand il vient chez lui. Mais les autres visiteurs n'en ont cure. Ce sont tous des fermiers et des métayers qui n'aiment pas que des chiites ou des Bédouins travaillent chez eux. Le cheikh rit parce que, évidemment, lui, ça l'amuse follement que l'on vienne sans contrepartie mettre en valeur des terres qui lui appartiennent, et lorsque ses visiteurs se demandent d'où ce Khanjar a la possibilité de faire travailler ces gens-là, et comment il les paye, il hausse les épaules et ramène contre sa lèvre l'embout de son narguilé. Mais bientôt des explications sensationnelles se propagent selon lesquelles Khanjar Jbeili aurait épousé la fille d'un cheikh Hamadé de la Bekaa dont il serait maintenant veuf, ce qui justifierait que ce dernier lui ait envoyé des hommes pour l'aider. Le cheikh Chebli, entre deux bouffées de narguilé, écoute l'histoire et hausse à nouveau les épaules. La chose pourtant se répand, les visiteurs de Chebli el-Khazen en rentrant chez eux la commentent avec leur femme, leurs fils, leurs voisins, en allant au moulin, ou à l'église par les chemins escarpés le dimanche. Cette affaire libère l'imagination et engendre mille versions fantasques : Khanjar a sauvé une des filles Hamadé de la noyade et on la lui a donnée en mariage, il a ramené un de leurs innombrables fils enlevé par des clans rivaux et on lui a fait épouser une fille de chef en signe de reconnaissance, il est peut-être chiite lui-même, après tout… Sauf que tout le monde devant cette dernière hypothèse repense aux noms des rejetons des familles Khazen et Hbeich, et on se dit alors que ce Khanjar est peut-être lui-même le descendant d'une lignée de chefs chrétiens du Nord, qu'il s'est enfui, s'est acoquiné avec les cheikhs de Baalbek avec qui il a traité d'égal à égal après avoir trahi les siens, raison pour laquelle il ne rentre pas chez lui mais vient ici se tailler un nouveau domaine en feignant de se mettre sous la tutelle des Khazen. Bref, ça bruit, ça rumine, on se distrait comme on peut dans les maisons éparpillées et dissimulées sous les treilles, au milieu des mûreraies, et entre-temps, pendant des mois, sur le sommet de Jabal Safié, le travail va bon train, les hommes de peine recrutés par l'empereur défrichent, ratissent, creusent, taillent la pierre, sculptent le relief, créent des terrasses, élèvent la maison. Les bergers rapportent les détails qu'ils scrutent de loin, à propos des tentes de Bédouins érigées de toute part, à propos des moutons que l'on tue et des feux la nuit, à propos de Khanjar debout sur un monticule et qui vérifie tout avec une longue-vue, oui, une longue-vue, ils sont formels, ils l'ont aperçu tenant un long bâton devant un œil comme les marins, et c'est faux évidemment, mais quand l'un le rapporte les autres se trouvent bêtes de ne l'avoir pas vu aussi, alors ils confirment et la nouvelle arrive chez le cheikh qui s'esclaffe, sous sa moustache, une longue-vue, vous pensez ! Lorsque le printemps, puis l'été, puis l'automne sont passés, les terres cédées à Khanjar sont prêtes à être cultivées, il y a des terrasses sur les versants sud et est, et du côté de l'ouest, où les déclivités sont faibles, le sol est juste retourné et aplani, il y a des chênes et des platanes alentour, les gros rochers ont disparu parce qu'ils sont devenus la fameuse maison, une maison semblable à toutes les autres ici, mais qui fait dire aux bavards rendant visite le dimanche au cheikh que c'est une maison princière, et le cheikh Chebli à ce moment enfin s'inquiète. Il devrait aller voir, mais il n'a pas envie de se déranger, et il dépêche son chargé de pouvoir et collecteur d'impôts, Roukoz Abou Jamil, qui part à cheval avec une petite suite qui peine dans la descente jusqu'en bas du ouadi, et encore plus dans la montée, mais arrive finalement là-haut. Il voit les tentes, les travaux en cours, la maison, il parle à l'empereur et, quand il repart, le bruit se répand que ce dernier l'a soudoyé avec des pièces d'or anglaises, et on est alors convaincu que l'homme a été un agent britannique, cela explique tout, il a de l'or anglais, il peut se permettre ce qu'il veut, y compris de défier les cheikhs Khazen. Sauf que ceux-ci ne semblent plus inquiets, le rapport de Roukoz Abou Jamil a au contraire rassuré Chebli, et la fable de l'or anglais n'a vite plus cours. L'hiver envoie bientôt sur les montagnes une petite neige et du brouillard, les tentes du campement autour de la maison de l'empereur sont comme des fantômes, la bise est cruelle, les feux impossibles à allumer, la maison de Khanjar, la maison de belles pierres, laisse passer une fumée qui indique que l'homme et ses fils s'y sont installés, et quand enfin le printemps revient Khanjar réapparaît et descend à Kfour chez Chebli el-Khazen pour parler des semences.

Les voici à nouveau face à face, ils se taisent, le cheikh fait glouglouter son narguilé puis il dit qu'il est content de ce qu'on lui a rapporté, mais demande ce que sont ces hommes que Khanjar a fait venir pour travailler avec lui.

« Je l'ai dit à ton chargé de pouvoir, *ya cheikh*, répond l'empereur. Cheikh Hassan, de Marj Hellé, dans la plaine de la Bekaa, me devait de l'argent. Je suis allé lui dire qu'au lieu d'argent il pouvait me procurer quelques bras. Il m'a envoyé trois de ses fils et trois de ses gendres ainsi que quelques hommes.

– Pourquoi te devait-il de l'argent ? demande le cheikh.

– C'est long à raconter, répond l'empereur.

– Tu es un homme étrange, dit le cheikh.

– Pas si étrange que ça, répond l'empereur. Tout le monde a un passé, le mien est compliqué mais n'intéresse que moi.

– Que vas-tu faire de ces hommes ? demande Chebli.

– Les fils et les gendres sont partis. Il reste trois ou quatre familles. Je te demande l'autorisation de les laisser s'installer ici, pour qu'elles continuent à travailler comme elles le font.

– Tu veux peupler nos régions de chiites, *ya* Khanjar ? réplique le cheikh.

– Ce ne sont que quatre familles pauvres, répond Khanjar. Elles sont prêtes à travailler pour toi, contre la possibilité de s'installer et de cultiver quelques potagers.

– Elles travaillent pour toi, pour l'instant, fait remarquer le cheikh.

– Avec ces gens, répond l'empereur, j'ai défriché et rendu cultivable trois fois plus de surface que ne l'aurait fait n'importe quel métayer, et tout ça reste à toi, *cheikh* Chebli. Juge et décide.

– Que comptes-tu faire maintenant ? demande le cheikh sans plus de réflexion.

– Il faut acheter les semences, *ya cheikh*. Dans trois ans, tu auras beaucoup d'arbres en plus. »

Trois années donc, il faut que passent encore trois années. C'est le temps dont les semences ont besoin pour devenir des mûriers, et les mûriers pour commencer à donner des feuilles, et les feuilles pour préparer la longue et folle histoire qui va suivre. Or elles passent, forcément. Les terres de Jabal Safié verdoient lentement. Cela reste difficile les premiers mois, l'empereur doit rembourser les plants de mûriers qui sont devenus sa propriété. Il vit comme un ascète. Il ne vient jamais à aucune messe dans les pauvres églises qui parsèment la montagne, ni à aucune procession d'aucune fête, ce qui fait qu'on invente qu'il n'est pas chrétien, il ne vient à aucune réunion chez les cheikhs, à aucune assemblée funèbre, ni à aucun mariage ni aucunes fiançailles. Lorsque, en de rares occasions, il se rend chez Chebli el-Khazen pour les pesées, les comptes, ou des contrats à renouveler, c'est comme si on voyait apparaître un géant, ou un ogre, ou un cyclope sorti de sa tanière. Il a toujours sa peau de mouton, il est plus grand que ce dont se souvient le cheikh, il a le regard puissant et profond comme son prénom, les bottes de cavalier alors qu'il n'a pas encore retrouvé de monture, et, quand il parle, sa voix, profonde elle aussi, et posée, chaque fois stupéfie le cheikh. Entre les deux, les affaires vont bien. Chebli est satisfait du gain de surfaces arables sur les sommets, il a cédé des arpents entiers à son métayer, selon les clauses de leur contrat, et Khanjar de son côté s'occupe aussi bien des terres qu'il a acquises que de celles qui sont toujours aux Khazen. On peut penser que les deux personnages s'entendent, Chebli apprécie forcément un homme qui peut apprivoiser des montagnes, c'est bien d'avoir de tels associés qui peuvent devenir des fidèles, même si le cheikh doit bien avoir remarqué dès le début qu'un tel gaillard ne serait pas facilement maniable, peut-être même qu'il le craint, ou que Khanjar le fascine. Il finit par lui demander s'il est, ou a été, un agent anglais, ou français, ou russe. Khanjar a un sourire énigmatique, mais ne commente pas, ou fait une réponse ambiguë, il laisse le seigneur sur sa faim. Qu'il l'ait été ou pas n'a plus d'importance. Désormais il a un plan, une grande idée, pour laquelle il est prêt aux plus gros sacrifices, et en attendant, parfois, il joue aux échecs avec Chebli, ils parlent d'armes, de chasse, et en particulier de chasse au faucon. Si Khanjar a été l'ami de princes arabes, il doit savoir y faire, et là, il gagne définitivement l'estime du cheikh, parce que la chasse au faucon est l'apanage des chefs. Mais avant qu'ils aillent à la chasse ensemble Khanjar va encore, et pour quelques années, vivre tel un ermite dans ses hauteurs, marcher près du ciel ou grimper jusqu'aux plus hauts sommets d'où, avec une longue-vue ou sans, il va observer les gorges et les vallons, la neige en hiver et les tapis de coquelicots comme du sang au printemps, et faire des plans et espionner, à la manière d'une terrible divinité, la vie des montagnards. Ses garçons, eux, vont souvent à Ghazir, pour la pesée, pour les contrats, ou pour acheter des outils, et on les regarde comme on regarde la portée d'un loup ou les fils d'un futur roi, ils ont de l'allure, ils sont blond pour l'un, châtain pour le deuxième, brun pour le troisième, ils ont un air de famille, par moments c'est si flagrant qu'ils donnent l'impression d'être des triplés. On parle de sorcellerie, on touche une croix qu'on porte en sautoir, on murmure des prières de conjuration, et on se demande si ce sont vraiment des fils de chrétiens, si la blondeur de l'aîné n'est pas celle des chiites, et évidemment on évoque ceux qui sont venus avec l'empereur, qui vivent au pied du ouadi, dans un coude que fait le torrent, un hameau de cinq maisons, que les locaux regardent avec hostilité. Mais ils sont comme des zélotes, ils travaillent là-haut, au service de Khanjar, ils arrosent, bêchent, défrichent, et leurs femmes en bas lavent le linge, font la cuisine, elles ont des poules et des salades, des tomates et des oignons, elles font leur pain comme tout le monde. Les hommes cultivent le blé pour le pain de l'empereur et le leur, et avec lui ils vont à la chasse, et évidemment on se demande si ce ne sont pas là les familles réelles des trois fils, et si les cheikhs chiites n'ont pas envoyé une cour au service de ces trois garçons mystérieux qui à travers la montagne commencent à hanter les rêves des jeunes filles et des femmes mariées.

3

« Absurde ! Tout cela est absurde, dit-il. Ce ne sont que des légendes. Cette histoire de tribus chiites autant que tout le reste. Que des légendes. »

Il posa son verre sur la table tandis que l'autre, assis dans un fauteuil en osier, l'écoutait sans le regarder, observant au loin le mouvement des cargos qui se préparaient à entrer dans le port. Un chat se prélassait au soleil au bout de la galerie, et j'aurais pu être ce chat, j'aurais pu être la mouette qui passait, ou le palmier dont on voyait la crête devant la terrasse. J'aurais pu être cet homme debout contre la rambarde et qui parlait, et aussi bien sûr cet incroyable serviteur kazakh qui de temps à autre apparaissait sur la galerie puis reculait et se tenait debout, immobile, discret, à l'intérieur, devant la porte-fenêtre. J'aurais pu être tout cela mais j'étais en fait cet homme assis dans le fauteuil en osier, un verre bientôt vide à la main, cet homme, c'est-à-dire en fait mon père, qui vint un jour du printemps de 1934 rendre visite à Chehab Jbeili, le descendant et arrière-petit-fils du mystérieux propriétaire terrien et collecteur d'impôts des cheikhs Khazen que l'on avait surnommé « l'Empereur à pied ». Il était arrivé une heure plus tôt, et en sortant sur la véranda il avait commenté la vue qu'on avait, puis la formidable situation de la demeure.

Chehab, adossé à la rambarde, l'avait laissé en silence à sa contemplation. Il était grand, un peu maigre mais le corps bien charpenté, les bras musclés. Il portait un pantalon de toile blanc et une chemise violette. Son regard était franc, direct, mais semblait parfois se diluer dans les limbes de rêveries incompréhensibles. Au moment où le Kazakh, qui venait d'apporter un plateau avec des carafes et des verres, s'était retourné pour rentrer dans la maison, il avait remarqué l'air amusé de mon père à la vue de ce personnage singulier. Il avait eu un petit rire et lui avait déclaré que c'était là un des souvenirs vivants qu'il avait rapportés de ses voyages, mais que ce n'était pas un Chinois, comme beaucoup le pensaient. Puis il lui avait demandé quel whisky il désirait boire et avait énuméré le contenu de chacune des carafes en cristal alignées comme des soldats sur le plateau d'argent déposé par le Kazakh. « Balvenie », avait répondu mon père. C'était son whisky favori, dont il but pas mal de verres ce matin-là, tandis qu'il écoutait Chehab parler.

« Tout est à moitié légendaire, dans cette affaire, disait donc ce dernier. Depuis le début, depuis l'apparition incompréhensible de Khanjar Jbeili, la légende se mêle intimement, inextricablement, à la réalité. Ses origines, les fictions sur ses multiples femmes, sur ses trois garçons issus de trois mariages, ou de trois concubinages, ses amitiés avec les chefs chiites, son arrivée dans les montagnes : tout est sujet à caution, rien n'est vrai, ou tout est vrai, ce qui finalement revient au même. Et c'est le cas aussi de ces soi-disant tribus chiites venues à la rescousse. Mon ancêtre n'a probablement fait venir personne pour l'aider à rendre ses terres cultivables, il a tout fait seul, avec ses fils. La fable des clans musulmans qui l'avaient rejoint a été inventée plus tard, parce que cela fait quand même plus noble d'avoir fait travailler des zélotes que d'avoir soi-même mis la main à la pâte. »

Tout en parlant, Chehab quitta la rambarde contre laquelle il était adossé et s'assit en face de mon père dans un fauteuil semblable, posa son verre vide sur la table et déboucha la carafe. Le liquide glouglouta agréablement dans le verre. Au bout de la galerie, le soleil faisait une grande tache éblouissante, que commençait à hachurer l'ombre des colonnettes qui soutenaient les arcades. Un bateau lança un beuglement, sur la mer. Mon père attendit qu'il retombe et dit :

« Il y a pourtant un hameau chiite au pied de Massiaf, dont tout le monde là-haut prétend qu'il est peuplé des descendants de ces zélotes. »

Chehab l'observa avec un sourire amusé.

« Est-ce une fable ? » insista mon père.

Chehab sourit.

« C'est un des arguments qui servent à défendre ce vieux mythe, répondit-il. Sauf que ce hameau a probablement été fondé bien avant tout ça, au XVIIIe siècle. »

Il but une gorgée de whisky, glissa sa lèvre inférieure sur celle du dessus.

« Que ses habitants aient plus tard travaillé pour mon ancêtre, c'est possible. Mais ce n'est pas lui qui les a fait venir. Ils étaient déjà là. »

Ils se tinrent un instant dans le silence, attentifs tous deux à la rumeur lointaine de la rue et du port. Une mouette lança un cri aigu et disgracieux. Le chat dans le soleil redressa la tête, le Kazakh disparut dans la maison, et moi je fis jouer mon doigt sur le bord du verre de whisky en même temps que mon père qui me raconterait tout cela quarante-cinq ans après. J'ai toujours aimé les années trente à Beyrouth, l'ambiance légère des costumes blancs et des chemises en lin, la ville bucolique, les maisons vénitiennes aux murs plongeant non dans l'eau sale des canaux mais dans la verdure de leurs jardins. J'ai toujours envié ceux qui y vécurent, et c'est pour ça que je prends un plaisir particulier à être auprès d'eux, ce jour-là, sur la véranda de Chehab, à être un peu mon père, un peu le chat, un peu Chehab lui-même, un peu le Kazakh, les sirènes des bateaux, les bruits de la ville.

« L'Empereur a forcément tout fait tout seul, disait Chehab. Ou avec ses trois garçons, qu'ils fussent chacun d'une mère, ou les trois de la même, une chiite qu'il aurait fait baptiser en cachette. Parce que vous connaissez forcément la légende et la manière qu'on a eue, là-haut, dans les montagnes, de l'arranger… Il ne pouvait être question que toute cette lignée eût une chiite comme ancêtre, n'est-ce pas ? Alors on a imaginé qu'il avait fait baptiser sa femme. Autrement dit, il épouse une fille de chef, mais il la fait passer d'une religion à l'autre sous le nez de son puissant père. Et puis, quand il s'agit de se faire prêter main-forte, voilà le beau-père chiite qui lui envoie son peuple pour l'aider à tout cultiver, afin de remettre ensuite les cultures aux cheikhs maronites rivaux. Vous conviendrez que cela est singulier, et à la limite du crédible. Mais tout ici est à la limite du crédible. Qui peut certifier les détails de l'arrivée de l'ancêtre ? Qui peut certifier qu'il a existé, après tout, même si son existence finit par faire partie de l'Histoire, quand il devient collecteur d'impôts et que son nom apparaît sur les registres ottomans ? Peut-être que ce personnage réel n'a rien à voir avec celui qu'on a inventé. Mais il faut bien que nous lui assignions un commencement. Alors autant prendre la version qui a été façonnée par les années, par l'imagination collective, autant admettre qu'il est apparu ainsi, un jour, avec sa peau de mouton et ses trois fils, eux-mêmes descendants de prestigieuses lignées de princes chiites. Mais pour que la suite soit compréhensible, pour comprendre le féroce attachement de l'homme et de sa première descendance à ces terres, à ces cieux près desquels ils vivaient, pour comprendre qu'ils leur aient voué un tel sentiment de jalouse propriété, il faut accepter qu'ils ne firent venir personne à leur aide, que les tribus dépêchées à la rescousse ne furent qu'une invention tardive de la part d'une filiation qui refusait la trop grande roture de ses origines. Moi, je pense que ces origines ne peuvent qu'être terriblement roturières, paysannes, violentes et dures, et que l'Empereur et ses fils firent tout eux-mêmes, qu'ils façonnèrent la montagne de leurs mains seules, tous les quatre, comme des esclaves enchaînés à leur tâche. Ils taillèrent le relief, renversèrent des rochers qu'ils laissèrent dévaler jusqu'au bas du ouadi en faisant trembler le sol, ils cassèrent et transportèrent des pierres par légions pour construire les murs des terrasses, arrachèrent les arbousiers, les chênes nains, les platanes sauvages, et nul ne les aida, tout le monde les regardait faire de loin. On les craignait, et on craignait surtout l'homme à la peau de mouton, capable avec ses trois fils de modifier le paysage, de provoquer des secousses en balançant les rocs de haut en bas des gorges, capable après cela de parler d'égal à égal avec le cheikh Chebli, d'acheter des semences en association avec lui puis de planter seul à nouveau des arbres à foison, de les soigner comme s'il en avait une connaissance savante, alors qu'il ne faisait que s'acharner jusqu'à l'épuisement à sarcler, élaguer, arracher et replanter, transporter de l'eau comme un animal de bât, comme ils font tous, à la vérité, dans ces régions, mais avec un acharnement sombre, puissant, une détermination qui aux autres faisait défaut, et un regard fixe posé sur l'avenir, sur l'horizon et sur toutes les terres qui à ce moment encore n'étaient pas à lui, et finalement de produire des récoltes énormes, travaillant comme un esclave, comme eux tous, en fait, mais sur des surfaces dix fois plus grandes que celles que cultivaient les autres, sur un relief trois fois plus difficile, perché au-dessus des gorges ou sur des sommets presque inaccessibles, ce qui rendait le transport de la production encore plus compliqué mais ne l'arrêtera pas. Il se servira de ses fils pour cela, ils transporteront les récoltes de feuilles sans faillir, incompréhensiblement portés par la farouche volonté de leur père, ou ensorcelés, ou soumis, oui, c'est cela, probablement soumis à sa terrible mais fascinante tutelle, sa magnétique puissance, si magnétique qu'ils ne songeront jamais à se révolter contre l'infernale cadence qu'il leur impose, et la vie d'esclaves qu'il leur fait subir avant de pouvoir, au bout de plusieurs années, se faire enfin aider par les plus pauvres des métayers, ceux du village chiite, précisément, qui ne sont pas des zélotes mais bien plutôt les féaux des redoutables cheikhs Hamadé, des descendants de pillards et de cavaliers de la plaine mais qui à ce moment sont plus misérables que tous les autres et qui, loin de lui obéir au doigt et à l'œil, sont subjugués par l'argent qu'il leur remet, l'argent des premières récoltes et non une somme due en vertu d'on ne sait quel droit lié à d'anciennes et mythiques dettes. Ils travaillent donc chez lui, construisent la maison qui fait jaser et qui prend dans les conversations des proportions monumentales. Le progressif enrichissement de l'Empereur, sa sortie de l'état de semi-servage qu'il s'est imposé, à lui et à ses fils, apparaît à toute la population éparse de la montagne comme une sorte de sortilège. Ses apartés avec le cheikh Chebli, ses éclats de rire peuplent les conversations dans les familles. Le cheval qu'il achète, son passage sur les sentiers, toujours dans sa peau de mouton et ses bottes de cavalier de la plaine, comme un chef de tribu nomade, alimentent des contes aberrants. Les coups de fusil de ses chasses solitaires ou avec ses fils tonnent aussi dans les cervelles et leur écho résonne longuement. Tout le monde dans les hameaux et les maisons perchées s'arrête et lève la tête pour écouter, et ces brèves fusillades éveillent des histoires et encore des histoires, ces histoires qui vont faire de lui avec le temps le chef de légions barbares campant sur les sommets et menaçant les pauvres miséreux qui vivent là. C'est de cette manière qu'il s'est transformé en redoutable héros de légende, et tout cela ne peut qu'avoir préparé le terrain pour la suite, parce que la suite est terrible, comme vous devez le savoir, et la terreur abstraite, lointaine, quasi légendaire, qu'il causait au début devint effective quand il s'empara de la fonction de collecteur d'impôts. »

Le serviteur kazakh sortit sur la galerie et déposa une nouvelle carafe d'eau fraîche et des glaçons. Chehab se redressa dans son siège, se resservit du whisky, lorgna le verre de mon père, qui lui fit signe que ça allait, ça suffisait, de si bon matin. Chehab sourit. Le palmier en face d'eux s'installa dans le jour glorieux, la matinée était tranquille, un petit cargo entra dans le port et son sillage indiquait sa lente et silencieuse progression.

« Selon votre famille, ce fut un collecteur d'impôts modèle, un exemple d'humanité, reprit mon père en dissimulant à moitié son scepticisme.

– Les collecteurs d'impôts du siècle dernier sont comme les usuriers et les profiteurs durant la dernière guerre, répondit Chehab en avalant une longue gorgée.

On n'ose pas en parler, on minimise leur rôle, ou on leur accorde des circonstances atténuantes qui finissent par les rendre presque angéliques.

– Pas pour vous, apparemment », dit mon père.

Chehab fit une moue d'indifférence.

« La manière dont Khanjar Jbeili le devint est elle aussi, elle surtout, l'objet de maquillages par la légende. Mais ici la légende atténue, rabote, élague, euphémise, en quelque sorte. D'après elle, c'est son amitié avec le cheikh Chebli qui a permis à Khanjar Jbeili d'obtenir cette charge si convoitée. Selon une première version, les Khazen auraient eu des soupçons concernant leur propre collecteur d'impôts, qu'ils auraient voulu remercier. Roukoz Abou Jamil serait alors allé se plaindre chez l'émir, à Beit Eddine, puis chez le pacha ottoman de Saïda. Il en serait revenu avec un firman le rétablissant dans ses fonctions, mais serait mort sur le chemin du retour. Une deuxième version, plus simple, récuse les faits et veut que Roukoz soit mort subitement, laissant son employeur dans l'embarras, sans secrétaire ni intendant, et que Chebli ait en toute amitié proposé la fonction à Khanjar. Mais ce sur quoi les deux versions sont bien obligées de s'accorder, parce que le fait est consigné dans les annales du village de Massiaf, c'est sur la mort de Roukoz, qui aurait glissé et aurait, ainsi que son fils qui l'accompagnait, dégringolé d'une côte le long de laquelle il passait à cheval jusqu'au fond de Ouadi Safié. Pourquoi pas, après tout, cela peut arriver en effet, et voilà la chance qui sourit à Khanjar. À moins qu'il ne l'ait un peu forcée, la chance. Depuis qu'il est dans les montagnes de Massiaf et de Jabal Safié, il avance avec une résolution impitoyable vers son rêve de posséder la terre, beaucoup de terres, des arbres, des animaux et le ciel immense par-dessus, en cadeau. Il est maintenant maître de tous les sommets de Jabal Safié, il a peut-être même déjà acheté des lopins incultes à Chebli, il vend des tonnes de feuilles de mûriers et, s'il n'en est peut-être pas encore à pouvoir influer sur les prix, les intermédiaires viennent jusque chez lui avec respect et curiosité. Il refuse de s'installer ailleurs que tout en haut, sa maison est la même que celles des autres paysans, en grosses pierres, comme une forteresse, mais elle n'est pas tapie, dissimulée par la végétation, elle s'élève sur une prairie, une des plus hautes prairies de Jabal Safié, au-dessus de laquelle les éperviers passent très bas. Elle existe encore, la maison, elle est en ruine aujourd'hui, mais à l'époque elle est encore neuve, il l'agrandit à plusieurs reprises, il y a de beaux arbres devant et une écurie sur les côtés. Mais sans doute que, dedans, c'est spartiate. Les quatre hommes se partagent l'espace, font la lessive, cuisinent, et astiquent leurs fusils de chasse, leurs selles et leurs armes blanches. Khanjar ne se soucie pas de l'intérieur, il ne cherche pas à imiter la maison des cheikhs Khazen, avec ses tapis, ses aiguières et ses colonnettes. Ce qui l'intéresse, c'est l'extérieur, et il est souvent dehors, par tous les temps, au milieu de ses arbres, ou à cheval, ou à pied, lorgnant le paysage immense, les gorges, les torrents, les terrasses qui ne sont pas à lui, les sommets verdoyants puis ceux qui sont arides et où l'hiver la neige rutile. Lorsqu'il est chez Chebli, qu'il joue avec lui aux échecs ou aux dames, et répond d'un sourire évasif aux questions du petit seigneur, il parle des prix des feuilles de mûriers, de la soie, des soyeux et des visites des Lyonnais qui ont des envies de bâtir des magnaneries dans la région. Il parle des druzes qui y sont hostiles, de l'émir qui y est favorable, Chebli demande qui va aller travailler là-dedans, qui acceptera d'abandonner ses champs pour un salaire d'ouvrier, et Khanjar répond d'un air entendu : “Les femmes, *ya cheikh*, les femmes”, et le cheikh l'observe avec stupéfaction. “Tu n'as pas de filles, ni de femmes, *ya* Khanjar. Mais, si tu en avais, accepterais-tu de les laisser aller ?” Khanjar ne répond pas, ou répond que la question ne se pose pas pour lui, heureusement, et de fil en aiguille, de jour en jour, de saison en saison, les conversations tournent autour de politique, d'affaires, de consuls étrangers, d'évêques et aussi, fatalement, de Roukoz Abou Jamil. Et là, peut-être que Chebli se plaint de son secrétaire et collecteur, dont il pense qu'il garde une quote-part trop grande et qu'à cause de ça il doit, lui, subir les récriminations de l'émir et même des menaces. À moins qu'il ne laisse entendre tout simplement qu'il a des soupçons concernant le gaillard qui se serait enrichi trop ostensiblement. Peut-être aussi ne dit-il rien de spécial, mais Khanjar, qui a suffisamment œuvré pour apparaître comme un homme de fer et de confiance auprès du cheikh, sent bien que les choses sont mûres et qu'en cas de disparition de Roukoz il serait, lui, le mieux placé, sinon le seul à pouvoir le remplacer. Dans un cas comme dans l'autre, que Roukoz ait été démis de sa charge et soit allé se plaindre à l'émir ou pas, ce qui est certain, c'est que, à un moment donné, Khanjar décide que le temps est venu, et pour faire aller les choses un peu plus vite qu'elles ne vont à son goût il donne une petite chiquenaude au destin, une chiquenaude qui précipite Roukoz Abou Jamil du haut des gorges de Safié jusque dans le torrent du même nom. Ce n'est pas lui qui fait le travail, ni aucun des chiites qui sont à son service. C'est un de ses fils qui s'y colle, ou les trois ensemble, probablement les trois, en effet, qui un matin attendent le collecteur d'impôts sur le sentier abrupt de Ouadi Safié. Ils sont tous les trois à cheval, ils sont beaux, malgré des airs inquiétants, l'un blond, l'autre brun et le troisième châtain mais tous les trois ayant comme intériorisé le violent désir de puissance de leur père, téléguidés par lui, obéissant à une force qui n'est pas en eux mais en lui, qu'il leur a seulement insufflée et qui les meut, presque mécaniquement. Ils barrent le passage au collecteur et à son fils, puisque la tradition veut que ce soit les deux qui aient été précipités dans le vide, ou qui y aient glissé. Ils leur barrent le passage à l'endroit le plus étroit du sentier puis tranquillement, méchamment, les bousculent, les repoussent, les acculent contre le rebord et, malgré les cris, les menaces et malgré peut-être une arme, un pistolet ou un poignard, tirée par le fils de Roukoz, ils font tant et si bien que le cheval de ce dernier et celui de son père piquent une grande frayeur, reculent, perdent pied, reculent encore et tombent dans le vide, emportant dans leur chute leurs cavaliers impuissants, et voilà les bêtes et les hommes qui choient en poussant un long et unanime hurlement d'effroi accompagné de terribles hennissements, dans une affreuse sarabande aérienne durant laquelle ils rebondissent les uns et les autres une fois, deux fois, trois fois contre les parois, heurtent les bords de la montagne et en sont projetés au loin comme des poupées démantibulées, se déchiquettent lourdement contre les petits chênes verts et les bosquets de joncs qui poussent sur les saillis, et finissent par disparaître au milieu des objets qui les accompagnent dans leur descente, armes, couvre-chefs, selles et aussi peut-être des centaines de pièces d'or, symbole de leur puissance et de leur déchéance, qui pleuvent autour d'eux, emportées irrésistiblement elles aussi jusqu'au fond du ouadi. »

Un marchand de café ou de julap passa dans la rue et utilisa des bols en étain à la manière de castagnettes pour signaler sa présence. Le Kazakh sortit sur la galerie, portant un bouquet de fleurs dans un vase. On sonna à la porte et le serviteur disparut à l'intérieur.

« Cette dégringolade de Roukoz Abou Jamil marque le début de la plus glorieuse phase de l'ascension de Khanjar Jbeili, conclut alors Chehab, sans bouger de son fauteuil en osier, et indifférent à la perspective de la visite qui peut-être s'annonçait. La chute de l'un propulse l'autre au sommet. Comme dans ce jeu d'enfants dans les parcs », ajouta-t-il, avant que le Kazakh ne réapparaisse, tenant une enveloppe ornée de plusieurs timbres-poste, apparemment italiens puisqu'on y reconnaissait le portrait de Mussolini.

Chehab prit l'enveloppe et la reposa aussitôt sur la table. Mon père lui fit un petit geste, pour lui signifier qu'il pouvait l'ouvrir, mais l'autre répondit que cela attendrait.

« Après ce que l'on a sans doute qualifié à ce moment de “malencontreux accident”, reprit-il laconiquement, Khanjar mon arrière-grand-père devient donc l'impitoyable collecteur d'impôts de Chebli el-Khazen pour les districts de Massiaf et de Jabal Safié. Dire qu'un collecteur d'impôts sur le terrain travaille pour son seigneur, c'est comme dire que ce dernier travaille pour l'émir et l'émir pour le wali et le wali pour le sultan. Or c'est absurde, parce que chacun à son échelon œuvre surtout pour son propre enrichissement, il se paye en retenant une part des revenus collectés par celui qui est en dessous de lui. Je ne vous apprends rien, c'est le système pyramidal du pouvoir dans l'Empire ottoman, et, pour ce qui est du collecteur d'impôts direct, il doit savoir pressurer les paysans et savoir ensuite retenir pour sa propre jouissance suffisamment pour que cela vaille la peine, mais sans passer les bornes pour ne pas inquiéter son seigneur qui souvent ferme les yeux si on lui donne ce qu'il faut afin qu'il puisse à son tour garder assez d'argent sans inquiéter le wali. Dans ce petit jeu, Khanjar Jbeili, mon arrière-grand-père, aura été un maître, non seulement parce qu'il sut y faire, mais aussi parce qu'il bénéficia d'une période de troubles et d'instabilité politique qui lui laissa le champ libre, comme à beaucoup d'autres, et encore parce que sa puissance était devenue telle qu'il put se targuer d'offrir sa protection aux seigneurs Khazen lors de la révolte des paysans, en 1859. Ce dernier détail, évidemment, ma famille le monte en épingle, le sert à toutes les sauces, et en prend prétexte pour justifier la légende selon laquelle Khanjar aurait été un homme généreux et protecteur qui défendit les cheikhs et aima les paysans. Or c'est là sans doute un arrangement avec les faits, une complaisance du clan envers lui-même. Les histoires que vous pouvez entendre dans les familles du district de Massiaf, et que celles-ci tiennent de leurs parents et grands-parents, disent tout le contraire. Et l'enrichissement de Khanjar parle de lui-même, aussi, forcément. L'incroyable accroissement de ses biens, vous le savez peut-être, a fini par englober des montagnes entières, des ouadis, des torrents, des maisons, des métairies, des moulins. Une importante partie aujourd'hui est à l'abandon, la guerre a fait fuir les métayers, mon père s'est progressivement détaché de tout cela, avant sa mort, et aujourd'hui mon frère Ghazi regarde ces propriétés avec condescendance. À ses yeux cela ne vaut pas le plus petit morceau de terrain bâtissable à Beyrouth, cela ne lui sert qu'à jouer au châtelain, et encore, il ne va jamais là-haut qu'en touriste. Il reçoit le fruit des métairies chez lui, à Beyrouth, de la part des intendants, ainsi que faisait notre père, et pour le reste il passe ses étés à Sofar, à l'instar de toute la bourgeoisie de la ville. Il faut dire que Massiaf est loin, les routes sont tortueuses et compliquées. Et puis les métairies abandonnées, les torrents, les moulins, cela n'intéresse plus les citadins que nous sommes en train de devenir tous. À moins que leur spectacle si beau, si vaste, ne ranime chez les membres de ma famille des sentiments qu'ils ne veulent pas affronter. Parce que, comme je vous le disais, Khanjar ne s'est pas rendu maître de tout cela de manière très avouable. La crainte et les légendes inquiétantes qu'il a inspirées lors de son installation ont dû jouer dans la terreur qu'il a ensuite suscitée en tant que collecteur d'impôts. Il allait lui-même dans les fermes, les métairies, les maisons, à cheval désormais, accompagné de l'un ou l'autre de ses fils, mais jamais plus d'un à la fois. Il était aimable, d'une amabilité pesante, pleine de menaces sous-entendues, il s'asseyait sous les treilles, sur les petites terrasses. On se précipitait pour lui apporter un siège, le seul qu'il y avait, souvent, le seul qu'on pouvait trouver. Il feignait de s'intéresser aux provisions pour l'hiver que les femmes préparaient et étalaient à sécher, de ne pas remarquer l'embarras de ces dernières, leurs gestes nerveux pour remettre en place un chignon ou une natte sous le fichu recouvrant leurs cheveux, s'essuyer précipitamment les mains contre leur jupe, et encore moins l'effroi des hommes, accourus à l'annonce de sa présence, leur fébrilité ou leur empressement plein de courbettes en réponse aux remarques amènes ou sournoises de Khanjar Jbeili sur la taille d'un arbre ou la beauté d'un bouc se mêlant de trop près à la conversation. Il observait ensuite avec un air glacial, dédaigneux, lointain, les mains qui déroulaient de vieux mouchoirs pour y compter les pièces d'argent de l'impôt à payer, celles qui ouvraient de vieilles boîtes après les avoir sorties d'une misérable cachette, derrière des bocaux ou au fond d'un liwan. Ses yeux, qui ne semblaient pas pouvoir s'accommoder de choses si triviales, ne s'arrêtaient pas sur les montants remis, il ne vérifiait pas, et on apprit très vite à travers le district que cet argent, on devait le remettre à l'un de ses trois fils qui l'accompagnait, jamais à lui directement. Lui ne touchait pas à ça, son regard ne pouvait se poser que sur les choses lointaines, les sommets des montagnes ou le fond des gorges sur lequel il mettait la main lorsque les paysans ne pouvaient s'acquitter de leur dû. Quand c'était le cas, il ne revenait jamais une deuxième fois : il envoyait ses fils, deux d'entre eux d'abord, puis les trois ensemble, et généralement cela suffisait à faire comprendre aux retardataires que le temps était venu soit de payer l'impôt, les arriérés et leurs intérêts, soit de devoir subir une visite plus pénible. Si cela n'aboutissait pas, Khanjar se déplaçait alors lui-même, avec les trois garçons, pour discuter de la cession d'un lopin, de terrasses, d'un fond de gorge, d'un moulin, d'un cabanon. Il le faisait avec une amabilité abrupte, promettant que ce n'était qu'une hypothèque, que tout reviendrait à son propriétaire quand le dû serait payé. Mais rien ne revenait jamais. Il saisissait des métairies, qu'il s'attribuait, et installait dessus d'autres paysans, ou transformait une propriété en métairie et le paysan libre en métayer. Il y eut assurément des résistances, des paysans rétifs, ou rebelles. Ses garçons eurent peut-être à précipiter pour l'exemple un gars par-dessus les gorges de Jabal Safié, ou à faire manger leurs chevaux dans l'assiette d'une famille dont le père ne payait pas, mais, globalement, on ne signale pas de grosses brutalités, et Khanjar élargit vertigineusement son patrimoine sans avoir recours à la force ni à autre chose que les bras de ses trois fils. Des histoires couraient sur des cavaliers chiites qui lui servaient à imposer sa loi, mais nul ne les vit jamais, sauf que leur seule évocation suffisait à semer l'effroi. La légende rapporte même qu'il les fit venir à la rescousse lors des révoltes paysannes de 1859, pour défendre les cheikhs Khazen qui s'étaient mis sous sa protection. Mais cette histoire est aberrante et ne fait que prouver la puissance effective ou fictive qu'on lui attribuait. On redoutait jusqu'à son nom, sa silhouette passant sur les chemins, le pas de son cheval et de ceux de ses fils. Avec les années, sa monture était plus belle et superbement caparaçonnée, plus rutilante même que celle du cheikh. Il ne venait toujours pas à la moindre messe, à la moindre cérémonie de mariage ou de fiançailles, pas même aux enterrements, mais rendait visite une fois par mois à son maître. Puis il cessa de le faire, et envoyait ses garçons, qui devinrent des habitués de la demeure des seigneurs. Khanjar ne quitta jamais sa maison perchée sur les sommets. Vers la fin de sa vie, il l'agrandit, et sans doute alors y introduisit-il enfin des meubles, des armoires, des coffres, des tapis et des lits. Il fit aussi bâtir une sorte de chapelle qu'un peintre de Tripoli serait venu lui décorer, une décoration fruste dont on peut encore voir des lambeaux accrochés au plâtre en ruine. Jamais personne n'y pria, ni l'Empereur ni ses fils, et je me demande pourquoi il la fit bâtir. Peut-être que par moments, galopant sur ses terres, embrassant du regard ses propriétés, en lorgnant avec une longue-vue, après tout pourquoi pas, les bosquets de chênes, les platanes au bord des torrents, les grands hêtres, les moulins, les sentiers où passaient les muletiers et les moucres, il lui arrivait de se dire que tout cela était beau, ces couleurs changeantes, le vent dans les feuillages, les éperviers dans le ciel, la neige qui restait accrochée au début du printemps quand le vent pourtant devenait plus doux, et alors il pouvait avoir envie de rendre grâce. Il rendait grâce à sa volonté, certes, à sa force et à son égoïsme immenses, mais peut-être avait-il parfois envie d'avoir un interlocuteur, quelqu'un avec qui se sentir d'égal à égal et partager la joie de posséder tout cela enfin, et alors il se souvenait du dieu que les montagnards et le reste des hommes adoraient, et peut-être en effet se fit-il un jour construire une chapelle pour cela, pour la forme, pour éprouver l'existence de ce Créateur dont l'absence au jour le jour dans la vie des humains devait l'intriguer. À moins qu'il n'eût des faiblesses – il dut bien en avoir, devant un de ses enfants malade ou face au silence angoissant des nuits où le bois craque dans le feu et où ses fils ne parlent pas, où il est seul face à l'univers, face à lui-même, face à ses projets fous et absurdes – et voici que, dans un moment de fragilité, il décida de faire bâtir ce lieu de recueillement. »

Chehab se tut, pensif. Mon père, se demandant si on l'avait oublié, ne bougeait pas, captivé. Son hôte finit par le regarder et lui sourire, comme pour s'excuser de son bavardage, puis il se leva et fit un pas, pour s'adosser à la rambarde. À cet instant, un magnifique papillon jaune surgit sur la galerie et dans son vol erratique, incertain et fragile, passa entre eux. Le chat assoupi dans la tache de soleil qui s'était entre-temps élargie se redressa, bondit dans une détente formidable, mais retomba bredouille. Le papillon poursuivit avec indifférence son dandinement aérien et quitta la galerie par le nord. En vertu du jeu trompeur des perspectives, il se retrouva durant une seconde exactement à la verticale d'un bateau qui sortait du port en lançant un long cri de sa sirène. Chehab se tourna dans sa direction.

« C'est l'*Alexandria*, dit-il. Il part pour l'Égypte. »

Mon père opina et ils restèrent un moment sans parler, intéressés par le mouvement du navire et par les grappes de passagers qu'ils devinaient massés contre le bastingage. Mais mon père craignit que cela ne brisât le charme installé entre eux par l'histoire de Khanjar, et que celle-ci ne s'interrompît.

« Grâce à cette chapelle, vous avez rendu votre ancêtre humain, dit-il bêtement pour renouer avec le propos. Et presque accessible. »

Chehab sourit. Il tenait son verre à la main. Il avala une gorgée de son whisky.

« Sauf que j'ai fini par comprendre pourquoi il l'avait fait construire, en réalité, dit-il. Pour le mariage de son fils aîné, Seyf, dont il eût été impensable que les noces soient organisées dans une des églises de paysans qu'il y a partout autour de Jabal Safié. Seyf épousa Nazira Harfouche, la fille de l'intendant des Khazen. Pour elle ils agrandirent encore le domaine. La partie qui possède un portail magistral, semblable à ceux des maisons des seigneurs, c'est celle où mes grands-parents habitèrent, au commencement. C'est là que se trouve la chapelle, où il est probable que Nazira pria souvent. J'imagine que c'est en ce lieu qu'elle trouva le réconfort, parce que ce ne devait pas être évident de résider là-haut, si près du ciel, mais si loin de lui, aussi, aux côtés de ses beaux-frères et de l'Empereur. Elle y arriva avec une compagne ou une servante, assurément, et les deux jeunes femmes durent un peu arranger et rendre l'endroit habitable. Pour leur part, les deux autres frères continuèrent à faire ce qu'ensemble ils faisaient avant le mariage de l'aîné. Parce que vous pensez bien que ces trois fougueux mais silencieux garçons devenus des hommes avaient besoin de femmes et que, très probablement, comme la rumeur discrète, méchante, singulière, le veut et le répète depuis des décennies, ils se servaient chez leurs métayers et chez les paysans du district. Ils ne touchaient pas aux jeunes femmes célibataires et vierges, non, ils n'auraient pu se le permettre sans déclencher la révolte que leur despotisme concernant l'impôt ne put, lui, allumer. Comme partout, sous tous les cieux, surtout les cieux au-dessus des régions lointaines, ils durent assouvir leur désir avec les femmes mariées. Ils circulaient beaucoup, pour la collecte, pour les affaires, les fermages, les négociations au sujet de la vente des récoltes. La crainte que leur passage provoquait pouvait se muer en quelque chose de plus trouble chez les femmes, surtout s'ils lançaient quelque œillade en arrivant dans une maison, ou souriaient du haut de leur monture en croisant sur un sentier l'épouse d'un chevrier ou celle d'un cultivateur. Ils n'étaient jamais payés de retour de manière ostensible, les passantes rendaient poliment le salut et poursuivaient leur chemin, mais à un imperceptible geste, une rougeur, un mouvement coquet ou coquin de la tête, ils comprenaient. Rien n'est plus facile ensuite à un seigneur que de profiter de l'absence d'un féal parti bêcher ou conduire ses chèvres dans les hauteurs pour se glisser chez lui, faire des discours enjôleurs à son épouse, lui parler d'égal à égale et lui faire entendre que prendre un peu de plaisir dans la vie n'est pas un trop gros péché et lui promettre même, qui sait, de fermer les yeux sur un retard de paiement du mari ou sur le prochain impôt. Dans les régions avoisinantes, il est de coutume de raconter qu'un nombre important d'enfants nés durant deux décennies dans les districts de Massiaf et de Jabal Safié portent dans leur sang celui de l'Empereur. La blague a bien failli causer de véritables dégâts, voire des conflits armés, les habitants des deux districts, soucieux de leur honneur, s'étant toujours déclarés prêts à en découdre à la moindre allusion de ce genre. En revanche, dans ma famille, on s'amuse beaucoup à raconter que l'ancêtre fondateur aurait lui-même annoncé, aux temps de son arrivée à Massiaf, que, le jour où il posséderait le district entier, il le peuplerait de sa progéniture. C'est évidemment pure invention, mais elle est des plus provocantes à l'égard de leur clientèle, venant de ceux qui se considèrent encore, même de loin, même de manière intermittente, comme les seigneurs de ces régions. Et ce qui m'intrigue de la part de mon frère et de mes neveux, c'est qu'ils se réjouissent tous de cela, sans se rendre compte qu'ils légitiment le fait que chaque chevrier qu'ils croisent sur les chemins de Massiaf et qui leur fait un signe de déférence, que chaque paysan avec qui il peut leur arriver de causer avec condescendance sous un pommier ou près d'un figuier aujourd'hui, lors de leurs brèves visites, est peut-être un de leurs cousins, et que dans ses veines il coule le même sang que le leur, le sang à leurs yeux si noble, si supérieur, et dont ils sont si jaloux, de Khanjar Jbeili.

» Je ne sais ce que Khanjar, lui, de son côté, pensa de tout cela ni s'il en pensa quelque chose. La dissémination de ses gènes était sans doute en contradiction absolue avec ses projets, vous allez comprendre pourquoi, même si elle marquait la puissance de sa mainmise sur le district, sur les terres et sur les femmes. Cette mainmise, il devait songer depuis le commencement à en perpétuer la puissance, à l'assurer dans le temps, mais bien autrement qu'en laissant pousser anarchiquement des petits-fils illégitimes à tous les coins de la montagne. Je ne sais, et nul ne saura jamais, à quel moment il prit l'implacable décision qui devait sceller le sort de sa descendance, si elle était dans ses plans de tout temps ou si elle fit suite à un terrible coup de tête, à l'issue du mariage de son premier fils et lorsque son deuxième prétendit faire de même. Nul ne saura jamais non plus s'il formula les choses comme on l'a toujours raconté. La tradition insiste à assigner un décor et un lieu où l'injonction fatale aurait été prononcée, ce qui lui donne une réalité encore plus implacable, sur laquelle on a beaucoup brodé depuis. Voici : les jours, et peut-être même une année ou deux, passent et le cadet finalement laisse entendre que lui aussi souhaite prendre femme. Il a même quelqu'un en vue, la fille du secrétaire d'un seigneur d'un district à côté, ou celle de ce seigneur lui-même, pourquoi pas, un Khazen ou un Hbeich. Il en parle à mots couverts, puis de plus en plus ouvertement. Sa belle-sœur l'encourage, elle a bien envie qu'une autre femme et sa suite viennent s'installer ici où elle se sent si éloignée de tout, malgré les serviteurs et les palanquins qui la transportent où elle veut, depuis ces hauteurs, à travers des sentiers vertigineux, vers la demeure de son père et même vers les bourgs intermédiaires ou ceux de la côte. C'est d'ailleurs sur la côte que le deuxième fils a vu quelque bourgeoise dont il s'imagine pouvoir aller demander la main. Il en rêve, il s'en ouvre à son frère, puis à son père, une fois, deux fois, trois fois. Khanjar fait mine de ne rien entendre, change chaque fois de sujet, et aux allusions à ces envies d'épousailles répond en rappelant l'impôt non prélevé chez un paysan aisé, la pesée des récoltes chez un métayer, la nécessité d'acheter des chevaux, ou des selles, ou des fusils. Ou bien simplement il ne dit rien, il arbore l'air terrible, fulminant, qu'il a quand il est contrarié ou quand il est en train de prendre une décision irrévocable, qui marquera les hommes et l'espace autour de lui. Et là, en l'occurrence, la décision qu'il est en train de prendre sous l'insistance contrariante de son fils consiste à marquer de son sceau non plus l'espace mais le temps à venir, à éviter que l'avenir ne défasse tout le travail qu'il a réalisé. En attendant, le fils cadet, ou le benjamin, sur cela la tradition n'est pas très précise, décide d'un acte de folie et, aidé peut-être par son autre frère célibataire, tente de forcer les choses. Puisque son père n'est pas prêt à l'accompagner pour aller demander la main de cette fiancée et que sans cela on ne la lui donnera évidemment pas, il l'enlève de chez elle, Dieu sait de quelle manière, en forçant l'entrée d'une demeure, en bousculant les serviteurs et les gardes, ou en interceptant un petit convoi, en détournant un palanquin sur le chemin. Sauf qu'il est trahi, que son père est mis au courant et part aussitôt au galop avec son aîné et une petite troupe et surprend ses deux fils et leur propre escorte. Selon la tradition, cela se passe près du lieu-dit de la Fiancée Retournée, dont le nom viendrait de cet événement. C'est à l'endroit où la route de Massiaf fait un fameux coude en descente, où apparaît la mer et où l'on peut voir, à travers les pinèdes de Kfour, en contrebas, le dessin de la côte, comme à portée de main. Il y a là un grand arbre sec, imposant et qui tient lieu de borne, une borne qui jadis délimitait les frontières sud du district de Massiaf. C'est donc là, face à la mer, avec les montagnes bleues derrière, sous le spectre immense de l'arbre sec, que Khanjar aurait proféré la fameuse injonction qui devint une malédiction. Après avoir sommé son fils de rendre la jeune fille enlevée à sa famille, il déclara d'un ton dur, froid et définitif, sans descendre de sa monture et aux oreilles de tous ceux qui l'accompagnaient ou qui accompagnaient ses deux fils, métayers, fermiers, hommes de main, qu'il ne voulait pas entendre parler de ce mariage, que ses biens ne pouvaient être dispersés en plusieurs foyers, que l'héritage immense des Jbeili devait toujours demeurer intact, indivis, que ce qu'ils avaient contribué à réunir tous les quatre après tant d'efforts et de labeur ne devait jamais être dispersé et serait conservé tel qu'ils l'avaient façonné de concert, au sein d'une seule et unique descendance, et qu'en conséquence il ne pourrait y avoir d'autres mariages, ni d'autres belles-sœurs, ni d'autres brus, ni d'autres grossesses, bref, aucune autre lignée à part celle de l'aîné, et que ni le deuxième ni le troisième de ses fils ne devaient désormais rêver de se marier. Puis en s'adressant à Seyf, son fils aîné, mon grand-père, il lui fit prêter serment qu'il n'accepterait jamais de marier que le premier-né de ses propres fils et qu'il lui imposerait cette même loi. Puis il conclut solennellement que tout héritier qui oserait mettre en péril l'unité des propriétés de la famille serait banni de l'héritage et du nom et que, dès cet instant donc et jusqu'à la dernière génération, seul le premier descendant mâle de chaque lignée serait autorisé à se marier et à avoir des enfants, et que ses frères et sœurs, s'il en avait, seraient simplement appelés à l'assister dans la gestion des biens incalculables et sacrés des Jbeili. »

4

La tache de soleil avait encore grandi. Un bateau dans le port lança un long, joyeux et caverneux signal pour avertir qu'il partait, et il fallut attendre que s'éteigne son majestueux mugissement.

« Khanjar mourut en 1865, ou à peu près, reprit Chehab. Au cours de ses dernières années, il avait atteint le plus haut niveau de sa puissance. Durant la révolte de 1859, tandis que les demeures des seigneurs du Kesrouane étaient pillées, les cheikhs contraints à la fuite et leurs serviteurs harcelés, nul n'osa s'approcher de lui. Il est vrai que le district de Massiaf était éloigné des centres de la révolte, dont les clameurs n'arrivaient qu'assourdies. Ce qui n'empêcha pas Chebli el-Khazen de craindre pour sa vie, et la rumeur affirme qu'il envoya chercher son collecteur d'impôts. Les fantasmes veulent que ce dernier vînt avec une escouade de cavaliers chiites envoyée par un cheikh Hamadé. C'est absurde, évidemment, sauf que ça reflète parfaitement l'état des rapports sociaux et confessionnels, les seigneurs étant prêts à s'allier entre eux et à se prêter main-forte, et donc parfois à se faire aider par des hommes d'une autre communauté pour se défendre contre leurs propres féaux. Mais il est impensable que des chiites soient venus aider quiconque à Massiaf. Je crois même que, dans le district, les paysans ne bougèrent pas, ou très peu. Lorsque les choses rentrèrent dans l'ordre, la puissance et l'aura des seigneurs, et celles des Khazen en particulier, en avaient pris un sérieux coup. À Massiaf et Jabal Safié, c'est Khanjar qui en sortit encore plus fort, signe qu'une nouvelle classe sociale était en train de naître. Mais ce n'est pas lui qui allait en être le représentant. Son histoire est trop légendaire pour cela, et elle le restera jusqu'à la fin, puisqu'on raconte qu'il habita sur les sommets jusqu'à ses derniers jours, et fut enterré là-haut, là où se trouve, absurdement inaccessible, le cimetière familial. Comme si le fabuleux ancêtre avait pressenti que sa descendance quitterait les montagnes et irait faire fortune dans le commerce et l'industrie, ailleurs, en bas, ici, sur la côte. Et c'est pour cela qu'il décida que l'on serait tous inhumés là-haut, ce qui nous forcerait à chaque génération, pour porter nos morts en terre, à revenir nous ressourcer au moins une fois près du ciel où il avait fondé son pouvoir et le nôtre, et à commencer chaque règne nouveau, qu'on le voulût ou pas, là où avait débuté le sien.

» C'est son fils Seyf, mon grand-père, qui très vite amorça ce mouvement qui allait progressivement mener les Jbeili de la montagne vers les villes de la côte. Dès la mort de Khanjar, Seyf quitta la maison des sommets dont il avait élevé les murs de ses propres mains avec ses frères et son père. Le temps était passé, il avait d'autres envies, et puis sa femme était malheureuse. Il s'installa dans une maison qu'il se fit construire ou qu'il acheta sur la route de Massiaf, celle qui montait du littoral. Mais son règne fut entièrement consacré à gérer l'insoumission de ses frères, leurs lubies et leurs folies. Car ils semblaient tous les deux vouloir lui faire payer le prix de leur renoncement à avoir une descendance. Ils avaient finalement contribué autant que lui à bâtir l'immense domaine et ils s'acharnèrent à le perdre. Ils se comportaient comme des voyous, vivant sur le compte des métayers, logeant chez eux et terrorisant leurs filles et leurs femmes, dévoyant leurs fils en proclamant parfois que c'étaient les leurs, chassant une partie de l'année avec une bande de vauriens à leur solde ou de garçons honnêtes qu'ils emmenaient avec eux et mettaient sur le mauvais chemin. On les accusait de vols et d'actes de brigandage et le nouveau pouvoir dans le Mont-Liban envoya à plusieurs reprises sa police pour mettre de l'ordre dans tout cela. Chaque fois, le frère aîné réussissait à soudoyer le chef de l'escouade de gendarmes dépêchée pour ramener le calme, après quoi il avait une explication avec ses frères, explication qui toujours tournait à l'aigre. Les deux cadets, qui ne parvenaient pas à cohabiter avec la famille de leur aîné et y semaient sans arrêt la discorde et les drames, retournaient alors séjourner dans la maison première, dans les hauteurs de Jabal Safié, où ils recommençaient à s'agiter. Cela dura des années, jusqu'à ce que, à force de les entendre proclamer partout, comme s'ils avaient besoin de prouver leur fertilité et leur virilité et surtout de compromettre la mainmise de leur frère sur le district, que la moitié des enfants de la montagne étaient d'eux, un jour, des hommes de Massiaf, ulcérés de ces racontars et après avoir averti l'aîné que les choses ne pouvaient durer ainsi, se dressent sur leur route, armés de fusils et de pistolets, et les abattent tous les deux. Le frère aîné dut prendre des mesures, il chassa plusieurs de ses métayers et reprit leurs fermes, mais refusa de prêter main-forte à la police du gouvernorat venue arrêter les coupables, prétendant devant ses partisans vouloir faire justice lui-même. Cependant il ne fit rien, soucieux de la paix entre sa famille et les autres habitants. Ces derniers lui en furent reconnaissants. Mais des bruits insistants coururent aussi selon lesquels il avait lui-même commandé l'opération contre ses frères, ce qui avait justifié ensuite son souci d'empêcher les poursuites contre ceux qui n'auraient été alors que des exécutants. »

Une petite brise apporta les odeurs de la mer et le tintement du tramway. Le chat, venu faire un tour entre les jambes des deux hommes, se frotta à celles de son maître qui s'interrompit un instant et, sans se lever, se pencha et le caressa fugacement. Ingrat ou ne sachant pas ce qu'il voulait, le félin s'éloigna puis sans bruit longea la galerie et rentra dans la maison.

« Mon grand-père fut assurément soulagé de la disparition de ces deux rivaux, reprit Chehab. C'est en tout cas ce que le recul permet de supposer. Je ne sais ce qu'il éprouva en vérité à la mort ignominieuse de ses deux frères avec qui il avait vécu si intimement, construit sa puissance et la leur, et écumé la montagne. Quoi qu'il en soit, on aurait pu supposer que l'expérience l'aurait échaudé et qu'il aurait renoncé à l'affreux serment par lequel son père l'avait lié, au vu des dégâts qu'il pouvait causer. Or pas du tout, comme vous savez. Mon grand-père demeura de longues années encore à la tête du clan, il géra ses biens agricoles et tenta même une aventure industrielle, en association avec deux Français de Lyon et deux négociants de Beyrouth qui projetaient la construction d'une magnanerie près de Massiaf. Mais cela ne se fit pas, j'ignore pourquoi. Il est de notoriété aussi que Seyf Jbeili reçut à plusieurs reprises des photographes jésuites du séminaire de Ghazir qui tournaient avec leur fourbi et leurs caméras dans la région pour en immortaliser les modes de vie, installant les familles de villageois devant leurs trépieds, disparaissant sous leur drap avant de lâcher une grosse explosion de lumière – enfin, vous savez comment fonctionnaient les appareils d'il y a trente ans. Mon grand-père les recevait chez lui, leur fournissait les mulets et les ânes, et aussi les paysans pour les conduire, et parfois il les accompagnait à cheval, assistait aux séances de photo et aux choix qu'opéraient ces curieux religieux dans leurs soutanes. Il les aidait à organiser les poses collectives devant de vieilles maisons, sous les treilles, devant des églises ou au pied de grands arbres. Il dut par leurs yeux regarder différemment les vallées, les gorges, les torrents, mais aussi les ruines anciennes, les noyers, les platanes, enfin toute cette montagne magnifique qu'il ne quitta jamais et qu'il aimait, assurément. Ces jésuites ont aussi photographié sa propre famille, vous avez vu les clichés en entrant… non, vous n'y avez pas pris garde ?… eh bien je vous les montrerai tout à l'heure. On y voit mon grand-père, en tenue d'apparat, avec sa moustache et son air farouche, entouré de sa femme et de ses deux fils, mon père Harb, qui portait le nom d'un de ses deux oncles, et mon oncle Maan – ils n'ont jamais cessé dans cette famille de donner aux garçons des prénoms belliqueux, ou princiers, ou antiques, nous en sommes tous affublés, comme vous remarquez. Et cela me fait drôle de voir Maan au milieu des siens, parce qu'il fut la victime suivante du serment de l'Arbre Sec. Son frère Harb, mon père, se maria assez tôt. Ma mère, Fayza Chehab, était d'une lignée de princes réputée, mais d'une branche un peu désargentée qui vendait ses terres pour pas grand-chose à des citadins. Or c'est de la fille de citadins de ce genre que mon oncle Maan s'éprit lui-même. Son nom s'est perdu, son père possédait des commerces à Jounié qu'il avait fait fructifier avec la fortune amassée par sa famille grâce à la ferme des péages de la route côtière en direction de Tripoli. Maan la voyait quand il descendait à Ghazir, où elle-même venait chez ses cousines. Il étudiait au collège des jésuites. C'était un élève brillant, il arrivait tous les jours depuis Massiaf avec ses livres, à cheval, accompagné de deux ou trois fils de métayers que son père envoyait avec lui et qui, parce qu'ils étaient comme ses écuyers, étaient contraints d'étudier en même temps que lui. Il m'a souvent raconté ses trajets vers l'école et ses remontées vers la maison, l'immense liberté sur les sentiers, les escapades, les escalades, les cueillettes de figues et de noix. Il conservait des montagnes où il avait vécu son enfance et sa première jeunesse un souvenir magnifique, qui se bonifia et devint plus tard une torture, quand il ne put plus y revenir à cause de son mariage et de son reniement par son père. Il me disait avec amertume que les terres de Massiaf étaient les siennes autant que celles de son frère, qu'aucun serment ne pouvait prévaloir sur les droits du sol et du sang, et surtout qu'il avait échangé symboliquement son sang avec Massiaf et Jabal Safié, qu'il s'y était si souvent égratigné aux ronces, blessé en tombant de cheval, coupé avec des poignards en jouant, et aussi avait feint une fidélité éternelle aux enfants des métayers et aux fils des chevriers en se tailladant pour eux le pouce ou l'avant-bras, qu'il s'estimait profondément propriétaire et héritier de ses parages. Mais sur le moment il ne se rendait pas compte qu'il vivait au paradis, c'était tout naturel, aussi naturel que de se faire aimer de la jolie fille du négociant de Jounié qu'il approchait avec précaution lorsqu'il la voyait se promener sur la route avec ses cousines, dans des robes européennes. Lui aussi avait décidé de s'habiller à l'européenne, en pantalon, gilet et cravate, comme le faisait parfois son frère aîné, et cela facilita les choses parce que la jeune fille et ses cousines le remarquèrent puis le regardèrent avec curiosité quand il passait. Il tenta de se lier aux cousins de sa dulcinée, de se faire inviter chez eux, et les filles, qui avaient compris la manœuvre, riaient sous cape, ravies et intimidées de le savoir sous le même toit qu'elles. Elles ne devinaient probablement pas laquelle il lorgnait, et cela dut devenir l'objet favori de leurs conversations. Mais bientôt le bruit se mit à courir que le cadet des Jbeili avait jeté son dévolu sur la fille du négociant de Jounié. Chez ce dernier, on fit mine de ne rien savoir, mais on attendit avec impatience que les Jbeili se déclarent. Or à Massiaf, où la rumeur parvint forcément, mon grand-père l'ignora superbement, lançant des regards au vitriol à toute personne, à commencer par sa femme, qui osait y faire allusion devant lui, se satisfaisant du fait que son fils, lui, n'en parlât pas. Il ne se doutait pas que Maan poussait l'audace jusqu'à aller errer sous les fenêtres de la maison de son amoureuse, à Jounié. Il l'attendait dans la rue et lui envoyait de petits signaux qu'elle feignait de ne pas voir, mais qu'elle voyait à l'évidence puisqu'elle ralentissait le pas, ou faisait semblant de s'arrêter pour vérifier si les lacets de ses bottines n'étaient pas dénoués, laissant alors traîner ses regards du côté où était son amoureux, à tel point que sans doute ses tantes ou ses gouvernantes ou sa mère, qui l'accompagnaient, finissaient à leur tour, d'un air inquisiteur, par balayer des yeux les alentours, la grand-rue où passaient des fiacres et des piétons, des paysans et des porteurs – dans l'espoir d'y surprendre le fils du fameux seigneur de Massiaf et de pouvoir ainsi rapporter une anecdote confirmant l'insistante rumeur. Et puis, un jour, Maan loua une barque de pêcheur et s'approcha de la demeure du négociant, dont les grandes fenêtres donnaient sur la mer qui souvent entrait dans le grand salon et dévastait tout. La barque tanguait un peu, et il resta à danser sous les coups d'épaule des vagues jusqu'à ce que la fille qu'il aimait enfin l'aperçût, sortît sur la terrasse, et lui fît un geste de la main. Un simple petit geste de connivence, le seul élément de communication qu'il y eut entre eux, mais qui suffit à Maan pour qu'il aille enfin annoncer chez lui qu'il souhaitait se marier. La maison, la cour, les écuries, le voisinage, les métayers derrière leurs murs, les petits notables chez eux, les champs, les montagnes, tout Massiaf et Ayn Safié avec leurs terrasses et leurs gorges, leurs mûriers, leurs chênes et leurs noyers retinrent leur souffle, frémissant et redoutant une tempête et la colère de Seyf, quoique tout le monde sût que le garçon avait choisi un bon parti. Sans même l'écouter ni vouloir entendre de sa bouche le nom de la jeune fille qu'on avait déjà osé proférer devant lui, le père rappela à son fils qu'il n'était pas question de mariage, qu'un serment était un serment, qu'un seul fils se marierait désormais à chaque lignée chez les Jbeili, que la loi fondatrice serait respectée, ici, maintenant et pour toutes les générations à venir, et qu'on n'en parle plus.

» Maan m'a avoué plus tard, poursuivit Chehab Jbeili, qu'il était persuadé que ce serment prononcé par son grand-père ne pouvait interférer dans la vie réelle, c'était une légende à ses yeux, et les légendes ne concernent pas les vivants. Éberlué, il tenta de raisonner sa mère pour la pousser à intercéder, bouda, menaça de partir, et finalement la tempête redoutée eut lieu. Il y eut des cris et des scènes terribles, les servantes et les palefreniers se réfugièrent hors de la vue du maître des lieux, mais essaimèrent ensuite les détails de la crise. Seyf déclara que ses propres frères s'étaient sacrifiés pour éviter le partage des biens des Jbeili, et il somma son fils de suivre leur exemple. Maan eut la malencontreuse audace de ricaner en se demandant s'ils s'étaient vraiment sacrifiés ou si on les avait sacrifiés, et se prit alors une terrible gifle, que sa mère essaya en vain d'empêcher en retenant le bras de son mari, avant de se retrouver à terre. Maan quitta la maison, fit une halte à Jounié dans l'idée d'envoyer un message à celle qu'il aimait, mais les nouvelles allaient vite, l'attitude de Seyf Jbeili, qui était parvenue jusque sur la côte, avait choqué et humilié la famille du négociant et Maan n'y pouvait plus rien. Au bout de quelques jours, il partit pour Beyrouth, et durant les mois qui suivirent il ne pensa qu'à s'y marier par défi. Son père attendit, paraît-il, des semaines et des mois, espérant le voir revenir et se jeter à ses pieds comme le fils prodigue. Il souffrait de la situation, il regardait souvent la porte de sa maison, il sursautait quand il entendait un galop, ou de l'agitation devant la demeure, et lorsqu'il était lui-même à cheval, sur la route, il ne pouvait s'empêcher de lancer des coups d'œil furtifs du côté d'où cette dernière remontait de la côte, surtout quand une calèche, un âne ou un mulet faisaient de la poussière. Mais plus le retour tardait, plus l'obstination de son fils le mettait dans une froide colère qui n'arrangeait rien. Maan finalement ne revint jamais. Il s'installa à côté de l'Université Américaine, à Beyrouth. C'est là qu'il trouva une chambre, et il fut ensuite embauché comme employé à la bibliothèque. Il remplaça définitivement ses tenues de montagnard par le costume européen sans savoir toutefois s'il se sentait libre et heureux, parmi les livres et face à la mer, ou s'il aurait tout envoyé promener pour pouvoir revenir là-haut. Mais il ne concevait de le faire qu'avec une femme, sa femme, et ça, c'était impossible. Il rêva encore à la fille du négociant de Jounié et à sa fenêtre qui donnait sur la mer, il tenta au commencement de lui faire parvenir un mot, puis, progressivement, son souvenir et les images fugaces qu'il avait d'elle s'estompèrent et il l'oublia. Il se mit à écrire des articles pour les journaux, en français et en arabe. Il participa aux querelles autour du darwinisme qui déchiraient l'Université Américaine. Sa mère en cachette lui faisait envoyer des provisions d'hiver, du kichk et du blé concassé dont il ne savait que faire et qu'il revendait aux étudiants de l'université. Finalement, la chose se produisit, il rencontra Rahimé Diab, une jeune femme qui était couturière dans un petit atelier de la rue Santié. Elle était pauvre, mais très jolie, intelligente, et parce qu'elle travaillait non loin de Souk el-Franj, qui à l'époque déjà était la rue des boutiques européennes, elle avait acquis des manières de dame, et s'habillait comme ces dernières, dont elle cousait parfois des tenues pour les tailleurs du souk. Elle passait pour délurée, alors qu'elle était juste gaie et ivre de vivre. Maan la rencontra dans le jardin de la place des Canons, où elle se rendait avec ses amies le dimanche. Il s'en éprit immédiatement et cela ne le lâcha plus. Ils se marièrent au bout de quelques mois durant lesquels il venait l'attendre en cachette au bout du souk, du côté de la mer, et allait ensuite se promener avec elle. Lorsqu'il décida de l'épouser, il fit avertir ses parents, dans l'espoir que les choses seraient plus faciles maintenant que tout le monde avait goûté à la séparation et à l'absurdité de la situation. Mais son père lui fit dire qu'il était désormais contraint de le renier et de le priver de tout héritage.

» Mon grand-père mourut sans avoir revu son fils, et sans même s'être laissé attendrir par la naissance de ses petits-enfants. Il en avait d'autres, ceux de son aîné, c'est-à-dire mon frère et moi, et c'était suffisant, c'était même juste ce qu'il fallait, un héritier et un autre en réserve, pour le cas où. Jusqu'à ses derniers jours, il refusa de quitter Massiaf, comme son père avait refusé de quitter les sommets de Jabal Safié. Mais il avait conscience des changements depuis les événements de 1859, et que le monde se transformait. Il devait avoir compris que leur épopée violente, à son père, ses frères et lui, était déjà celle d'un monde ancien, révolu, qu'ils étaient l'arrière-garde d'une époque entrée dans son crépuscule. Il laissa donc de son vivant son fils aîné, mon père, agir en fonction de ces changements. Il le laissa construire la magnanerie de Jounié avec des soyeux lyonnais et faire embaucher des dizaines de jeunes femmes pour y travailler, il le laissa acheter des entrepôts à Beyrouth, qui était en train de devenir une capitale économique à défaut d'être encore une capitale politique. Mon père investit dans le coton, dans le tissu européen, dans l'importation de meubles occidentaux, ce qui lui rapporta gros au vu de la modernisation de la vie de ses compatriotes, de plus en plus tournés vers l'Europe. Mon père devint aussi moudir du district de Massiaf, une appellation administrative pour les descendants des anciens féodaux qui ainsi s'intégraient au nouveau mode de gouvernement. Il officialisait en quelque sorte la prééminence des Jbeili sur les Khazen et bénéficia de surcroît de l'appui de la famille de sa mère et de celle de sa femme, toutes deux filles d'anciens seigneurs locaux. Cette nomination n'empêcha pas qu'en 1901 nous allâmes définitivement nous installer à Beyrouth, et la maison de Massiaf devint dès lors la maison d'été des Jbeili. Aujourd'hui, plus personne n'y va, c'est trop loin, mais dans notre enfance c'étaient les longs convois de calèches, les haltes pour la nuit à Maameltein, l'ascension laborieuse et les pique-niques en chemin, c'était beau, inoubliable, il fallait un temps infini pour arriver là-haut, mais c'était pour nous, enfants, la garantie d'un voyage véritable, l'accession à un royaume lointain et fabuleux. »

II

Un théâtre d'ombres

L'italianisant distingué découvre les guerres et les massacres.

PATRICK DEVILLE,
Pura Vida.
Vie & mort de William Walker

5

Le Kazakh vint annoncer que le repas de midi serait bientôt prêt, et Chehab pria mon père de rester manger avec lui. En attendant, le serviteur suggéra un apéritif, Chehab relaya la proposition par un regard amusé vers mon père qui rit, ils buvaient du whisky depuis onze heures du matin, ils n'avaient qu'à continuer, signifia-t-il. Le Kazakh revint avec des amandes grillées et des pistaches qu'il posa sur la table, puis il changea leurs verres, apporta une nouvelle fournée de glaçons.

« L'an premier du siècle, reprit Chehab, nous vînmes habiter Beyrouth, dans une maison que mon père Harb avait fait construire au pied de la colline d'Achrafieh, sous les pins. C'est de là que petit à petit il gravit les échelons du pouvoir administratif et politique ottoman. Il avait ses commerces et ses entrepôts, il était important et riche, mais à aucun moment il ne songea à restituer ses parts, ou l'usufruit de ses parts, à son frère. Poussé par sa femme, ma mère, il se rendit pourtant paraît-il plusieurs fois chez ce dernier, qui vivait à Nasra, près du grand collège des Filles de Nazareth. Mais mon oncle le reçut si sèchement la première fois qu'il ne revint pas. Depuis son mariage, Maan ne pouvait plus se contenter de ses travaux de jeune insouciant, et il s'essaya à plusieurs métiers. Il fut comptable dans une maison de commerce, puis s'associa à un courtier du port, et cela lui rapporta quelque argent qu'il investit dans une drôle d'affaire : il loua un local dans lequel il entreposa de vieilles calèches dont, de ses mains, travaillant comme un nègre, comme avait dû le faire son grand-père sur les terres des montagnes de Jabal Safié, il faisait des neuves qu'il revendait. Il prit même un apprenti, puis un autre, puis un contremaître, son affaire prospéra, et il eut bientôt un premier enfant, une fille, la première parmi les rares filles Jbeili. Parce que, vous l'avez remarqué, et cela aux yeux des gens rajoute à la puissance terrifiante du serment de l'Arbre Sec, la lignée des aînés des Jbeili, la seule autorisée à avoir des enfants, ne donne naissance qu'à des garçons, comme si la providence était venue à son secours en lui évitant de devenir une productrice de vieilles filles, vu qu'aucune femme, en vertu de l'absurde serment, n'aurait été en droit de se marier. Vous imaginez quel cauchemar cela aurait été pour elles ! Ou alors elles se seraient mises au ban de la famille, mais ça, pour les filles, c'est moins acceptable, et nous serions entrés dans des difficultés sans nom. Or il n'y a pas eu de fille, et tout le monde y a vu l'assentiment de Dieu à l'absurde serment. Le seul à en avoir eu, c'est précisément mon oncle Maan, le rebelle, comme si les filles ne venaient que lorsqu'on se libérait de cette fatalité et du serment de Khanjar. Il paraît qu'à la naissance de cette fille, ma cousine Amira, et en réponse aux imbéciles qui lui signalaient que c'était là la punition que Dieu lui envoyait pour sa rébellion contre la loi du clan, mon oncle, féru de poésie et d'images fortes, aurait répliqué que le serment de l'Arbre Sec portait bien son nom et que la branche aînée des Jbeili serait pour l'éternité une lignée plus sèche qu'un arbre mort puisqu'elle ne comptait pas de femmes, et que seules les femmes étaient le symbole de la vie et de la perpétuité des choses.

» Maan idolâtrait sa fille, qui était le signe éclatant de sa révolte et de sa liberté. Mais le désir de la faire vivre, ainsi que sa femme, au-dessus de sa condition et donc de ses moyens, son acharnement à vouloir leur acheter des robes, des chaussures, des chapeaux, à empêcher sa femme de continuer à travailler et à s'abîmer les yeux penchée sur ses coutures, tout cela lui causa de gros ennuis d'argent. Il voulut de surcroît que le fils qui lui était né ensuite allât à l'école à Zahret el-Ihsan, comme les fils de la bourgeoisie, et cela lui coûtait aussi, vu qu'il fallait habiller le garçon et lui permettre quelques loisirs à la hauteur de ceux de ses condisciples. C'est là, en tout cas, à l'école de Zahret el-Ihsan, que j'ai connu Zeid, en 1901. Dès que je l'aperçus, je sus qui il était, tant il ressemblait à son père que je connaissais pour l'avoir vu sur ces photos des jésuites, au même âge. Nous devînmes amis et j'étais heureux d'avoir un frère de plus, et surtout une sœur, ma cousine Amira, qui était belle et avec qui j'eus des complicités autres que celles que peuvent avoir de simples cousins. Mon oncle Maan, lorsqu'il apprit qui j'étais, se montra enthousiaste et me témoigna une affection que même mon père ne me montrait pas, parce qu'il était dur, exigeant et distrait par ses affaires et par la vie mondaine de la ville, dans laquelle il faisait ses premiers pas, fréquentant avec ma mère les salons des Bustros, ceux des Sursock et les garden-parties dans les palais de Zqaq el-Blat – où ils se rendaient elle dans des tenues parisiennes pleines de volants, d'ombrelles et de chapeaux farfelus, lui en chapeaux en tuyau de poêle contre lesquels il récriminait parce qu'il les trouvait encombrants. "Tu as renoncé au tantour, et me voilà affublé de quelque chose d'encore pire", disait-il à ma mère en riant. Pendant ce temps, moi, j'aimais aller chez mes cousins, j'y trouvais une ambiance plus tendre, plus joyeuse aussi, malgré les évidentes difficultés matérielles. Il y avait des livres, chez eux, nous en échangions Zeid et moi, surtout des livres d'histoire, l'histoire de Napoléon écrite par un militaire français et qui venait d'être traduite, ou celle d'Alexandre, transcrite en arabe à partir du grec. Je réussis à dénicher une version du *Mémorial de Sainte-Hélène* en français, chez un brocanteur de Souk el-Jamil, et nous en discutions longuement. Nous allions aussi souvent dans les cabinets de lecture. Nous lisions les journaux, nous en dévorions des dizaines par jour, c'était notre passion et notre fenêtre sur le monde. Leur odeur et l'encre qu'ils laissaient sur nos doigts étaient pour nous la marque de notre connaissance des affaires universelles. Nous suivions la crise de Panamá et la guerre de sécession qu'elle avait déclenchée en Colombie. Quelques entrefilets sur la révolte de tribus namibiennes contre l'occupation allemande nous réjouirent. Nul ne comprenait ce qui nous intéressait dans ces nouvelles, tout le monde ne s'occupant que de la mort de la reine Victoria ou de l'assassinat du président McKinley. C'était notre manière d'être différents, nous nous rêvions en conquérants et en aventuriers révolutionnaires, les noms de pays lointains et de peuplades improbables nous fascinaient, et nous pensions qu'il était possible de créer encore des États nouveaux et d'en être les chefs. Nous nous promenions sur le bord de mer ou dans la Forêt de Pins, jouant avec nos cannes, inventant des scénarios de fondations, et sans cesser de regarder passer les jeunes femmes en groupe dans leurs robes serrées jusqu'aux chevilles sous leurs ombrelles, ou les calèches avec dedans les jolies bourgeoises aux chapeaux ornés comme des potagers.

Les atlas, pour lesquels nous avions aussi une passion immodérée, ne présentaient plus de grands espaces vierges, mais tout était imprécis sur leurs cartes, ou approximatif, et cela débridait nos fantaisies. Tout en rêvant du vaste monde nous allions regarder les bateaux arrivés d'Italie et d'Égypte. Zeid faisait des projets de départ que je prenais pour des romans, mais il avait par moments le regard absent et trop fixe, comme s'il lui venait une idée insistante dont il ne me parlait pas, et cela m'inquiétait. Dans son sang coulaient la folie de notre ancêtre Khanjar, son bouillonnement et ses envies de posséder une parcelle du monde et de sa beauté. Mais la relative pauvreté de sa famille bloquait toute perspective en ce sens. À cause d'un absurde serment, il avait été privé de la parcelle à laquelle il avait droit. C'est comme d'être rejeté du Royaume, vous savez. Il vécut, sans se l'avouer jamais, dans la nostalgie de Massiaf et d'un univers qu'il n'avait pas connu mais qui était comme inscrit dans ses gènes et transmis par la nostalgie immense de son père. Nous en parlions parfois tous les deux, et, malgré sa feinte indifférence, je lui promettais de l'emmener un jour là-haut, pendant l'été. Mais le moment venu je partais sans lui, parce que je ne pouvais le proposer à mes parents, à qui j'ai d'ailleurs longtemps caché mon amitié avec mon cousin. Je l'abandonnais en quelque sorte aux touffeurs et à l'humidité de la ville. Mais il savait se distraire seul. Il courtisait les femmes de chambre des grandes maisons, les jeunes couturières de la rue Santié. Il lui fallait toujours s'habiller avec soin, mais l'argent manquait et, finalement, il décida qu'il partirait, pour se construire une vie grandiose ailleurs. C'est ainsi qu'il présenta la chose, aussi laconiquement, comme s'il s'agissait d'une espèce de formalité dont il s'acquitterait en un tournemain, en une ou deux années, après quoi il serait puissant et riche, d'argent et des spectacles du monde. Ses parents avaient beau lui expliquer qu'ils ne voulaient pas le voir émigrer, il se rebiffait à ce mot, puis il finit par déclarer qu'après tout, si c'était ce qu'il fallait pour avoir de l'argent, alors il émigrerait. Son père tenta de le convaincre que la petite entreprise de réfection de calèches serait à lui, puis il parvint à lui dégotter en attendant une place intéressante au Grand Hôtel, quelque chose qui pouvait le faire accéder à un poste à responsabilité, et là, Zeid hésita, parce qu'il y avait au Grand Hôtel beaucoup de jolies femmes. Mais très vite l'idée lui parut étouffante. Il y eut aussi des possibilités dans l'administration ottomane, à la Direction des postes, à la Compagnie de la Route de Damas, mais il ne voulait plus rien entendre, ni surtout d'une vie de salarié, et, quant aux calèches, l'entreprise était en stagnation, et il décida donc qu'il partirait, un point c'est tout.

» Son idée, c'était de partir pour l'Amérique, comme la plupart des émigrés syro-libanais. Ce qui le fit débarquer en Italie et qui l'y fit demeurer resta longtemps un mystère, même pour moi. Son bateau fit escale à Naples et là, inexplicablement, il descendit et ne revint pas à bord. Le bateau repartit sans lui. Il donna plus tard plusieurs explications : qu'il était allé se promener et s'était perdu, qu'il était allé visiter le musée Capodimonte et s'était laissé enfermer dedans après la fermeture, prétendant tantôt que c'était par erreur et tantôt que c'était volontairement, pour rater le bateau et s'attarder dans le pays des arts. Mais, finalement, il m'a dit la vérité, et avoué que c'était à cause d'une femme, une jeune comtesse italienne revenant d'Alexandrie, ou quelque chose comme ça. Durant la traversée en bateau, il s'était faufilé sur les ponts des premières classes. Il avait un beau minois et je l'avais aidé à se faire une jolie garde-robe pour aborder l'Amérique autrement que comme un pauvre migrant, et pouvoir bien commencer là-bas. Sauf qu'à cause de ces costumes il se trouva pris dans un marché de dupes qui le laissa démuni dans la rue à Naples, forcé de dormir sur les bancs publics et de frayer avec les maquereaux et les valets des chiens. La comtesse, aux yeux de qui il ne fut qu'une passade, lui avait promis, pour s'amuser sans doute, monts et merveilles quand ils seraient à Naples, du travail, et une rencontre avec son puissant père. Zeid avait dû de son côté raconter des mensonges sur son arrière-grand-père, sur les montagnes entières que lui-même possédait en héritage, sur les métairies et les magnaneries. Il pensait peut-être que ce serait facile, que c'était comme dans les livres, qu'après la conquête de la femme il y aurait l'alliance avec sa famille, puis le domaine et les terres qui vont avec et qu'il voulait pour lui. Lorsqu'il débarqua à Naples, il s'installa dans un palace en attendant les premiers rendez-vous amoureux et mondains. Mais au bout de trois jours il n'eut plus de quoi payer sa suite et il déménagea dans une petite auberge. Entre-temps, la jolie comtesse s'était lassée de lui, il était le petit joujou du voyage mais maintenant c'était fini, quand elle le revit, elle fut un peu étonnée, puis distante, puis elle ne le reçut plus. Il ne put plus même payer son auberge, il alla dormir dans un jardin public, mais il ne songea pas à repartir parce qu'il était amoureux. Les yeux fous, mal mis, il errait autour du palais de la famille de sa comtesse, sur le bord de la mer, près du Pausilippe, mais on le refoulait chaque fois qu'il y avait une fête et qu'il voulait tenter d'entrer. Il traîna dans les rues la nuit, fréquenta les cochers et les allumeurs de réverbères qu'il suivait comme un ivrogne, et le matin il revenait au port voir s'il y avait un bateau pour l'Amérique. Enfin, il se ressaisit, lava son linge dans une fontaine, dépensa ses derniers sous chez une repasseuse puis dans l'achat d'une cravate et de chaussures neuves, et se fit embaucher dans une officine de courtage sur le port. Tout en travaillant, penché sur de gros cahiers à recopier des comptes, il essayait d'identifier les navires en partance pour Beyrouth. Il me fit ainsi parvenir des lettres par l'intermédiaire de divers passagers. Dans la première, il me racontait où il était (je le croyais évidemment arrivé à New York), me promettait de tout m'expliquer et me demandait surtout de lui envoyer un peu d'argent. Il écrivit aussi finalement à ses parents, et ne put cacher qu'il n'avait pas atteint l'Amérique. Il se voulait rassurant, disait qu'il embarquerait au plus tôt, mais ses parents ne s'y trompèrent pas. Un matin, son père prit un fiacre et se fit déposer devant le palais d'Alfred Sursock. Mon oncle Maan me rapportera plus tard qu'il ignorait complètement que le richissime négociant était consul de l'Empire ottoman à Paris. Comme tout le monde il se souvenait juste de son mariage, l'année précédente, avec Maria Serra di Cassano, un mariage dont toute la ville avait parlé. Or, comme vous savez, Donna Maria est napolitaine. La chance voulut que les deux époux fussent alors à Beyrouth. Voilà donc mon oncle attendant dans l'immense vestibule du palais le temps que l'on aille prévenir Alfred *bey*. On finit par le faire entrer, ou plutôt sortir, me dira-t-il, car les deux époux étaient sur la terrasse de leur demeure, au-dessus des jardins et en face de la mer. La différence d'âge était impressionnante, cela on le savait, il le savait aussi, je crois, mais sa surprise fut de découvrir que Donna Maria était une toute jeune femme. Alfred Sursock, de son côté, était impressionnant de prestance et d'assurance. Il lui fit signe de s'asseoir sans se lever pour le recevoir, ce qui fit penser à mon oncle que c'était loupé. Il eut l'impression d'importuner ces gens, ce n'était pas l'heure des visites et des doléances. Donna Maria regardait au loin, semblant se désintéresser de sa présence, mais sans doute était-ce par discrétion. Heureusement qu'elle ne partit pas, me dira-t-il, parce que c'est elle qui sauva la situation. Alfred Sursock, aimablement, mais sans chercher à savoir qui il était, s'enquit de la raison de sa venue. Mon oncle l'expliqua rapidement et conclut en demandant si ces messieurs-dames pouvaient faire quelque chose, s'ils avaient une connaissance qui pût offrir de l'aide à son fils là-bas, à Naples. Sursock, à qui un serviteur avait apporté une tasse d'un liquide fumant sur un plateau et qui ne prit pas la peine de s'enquérir auprès de son visiteur s'il en voulait, saisit la tasse, souffla dessus, puis aspira discrètement un peu de liquide, et pendant ce bref cérémonial mon oncle parut cesser d'exister. Puis le riche personnage déposa sa tasse, et il semblait sur le point de mettre un terme à la visite par une fin de non-recevoir indifférente et polie lorsque sa femme se retourna et posa une question en italien à son mari. Ce dernier lui expliqua vraisemblablement de quoi il s'agissait, mais mon oncle comprit qu'elle avait en fait suivi toute la conversation. Elle parut faire une suggestion, prononça un nom, son mari opina, et deux semaines plus tard, le temps qu'une lettre d'Alfred *bey*, ou plutôt de Maria Serra di Cassano, arrive à Naples, un fiacre s'arrêtait sur le quai du port, devant l'officine où Zeid était penché sur ses livres de comptes. Un coursier entra, demanda à lui parler et lui remit un pli dans lequel mon cousin trouva un mot du comte Scilla qui lui donnait rendez-vous chez lui, le lendemain à dix-huit heures. Éberlué, il ne comprenait pas comment cela pouvait venir de ses parents et en même temps il ne savait de qui d'autre cela aurait pu venir. Il pensa à moi mais j'étais encore trop jeune pour avoir ce genre de relations, il pensa à son oncle Harb, mon propre père, mais il exclut immédiatement l'éventualité d'une aide de ce dernier. Il fit repasser sa chemise et sa veste par sa logeuse, debout devant sa table et son fer au charbon, il fit cirer ses chaussures, monta dans un fiacre pour ne pas les salir, mais tout cela évidemment ne pouvait suffire à cacher les plis rétifs, le col et les manches râpés. Il avait pourtant un air qui ne coïncidait pas avec ses vêtements, il parlait italien avec un léger accent et le français de même, ce qui fait que Scilla se trouva un peu décontenancé lorsqu'il le reçut, assis au milieu de sa bibliothèque, à l'étage de son palais. Zeid demeura debout, comme un valet ou un concierge, et le comte confesserait plus tard à mon cousin qu'il croyait qu'il allait avoir affaire à un jeune homme venu de la campagne, un pauvre émigré à qui il pensait trouver une place de gardien ou de coursier, juste pour faire plaisir à la jolie marquise di Cassano. Scilla était donc bien embarrassé, il finit par dire à Zeid de s'asseoir, il lui posa quelques questions puis, en se grattant la barbiche qu'il avait comme celle des cardinaux d'antan et en regardant autour de lui comme s'il cherchait une idée, il finit par lui proposer de l'aider dans ses recherches, de lui préparer la documentation dont il avait besoin pour ses travaux, et qu'après ça, on verrait. »

Chehab s'interrompit et regarda vers l'intérieur. Sur le seuil de la terrasse se tenait le Kazakh. Mon père se retourna pour le regarder à son tour, tandis que son hôte faisait un signe d'assentiment à son majordome. Ils devaient se lever, le déjeuner était servi. Mais Chehab poursuivit :

« Les recherches que menait le comte Scilla, selon ce que m'a toujours conté Zeid, concernaient la généalogie et l'héraldique. Ce comte était en fait un original, qui ne travaillait pas, qui n'en avait pas besoin, et qui passait ses journées à reconstituer des généalogies aristocratiques italiennes et européennes. Il était marié, il avait deux filles et le sentiment que sa lignée et celle de ses ancêtres s'achèveraient là. Ses recherches étaient une manière de maintenir le lien avec ce monde en train de disparaître irrémédiablement, celui des ducs, des marquis, des grands bals et des mondanités inutiles dont il était nostalgique et qu'en même temps il jugeait sans pitié. Il aimait les noms, leurs connotations, et les alliances inédites, mais se moquait souvent de ceux qui les possèdent encore aujourd'hui. Son palais était situé dans une rue étroite non loin de la Via Roma. Mon cousin, qui dormait dans un petit appartement qu'on lui avait alloué, restait des heures dans l'immense bibliothèque aux tapis floraux couverte de livres et de tableaux. Il réunissait la documentation exigée par son patron, cherchait un indice, une date, un nom dans les livres anciens des Scilla, ou dans des ouvrages qu'il rapportait pour son patron de la Bibliothèque nationale ou que ce dernier empruntait à des amis à lui, des descendants de familles anciennes comme la sienne. Ils travaillaient ensemble l'après-midi, ou discutaient et bavardaient, et le comte voulait apprendre des choses sur le Mont-Liban, sur l'Empire ottoman et sur les villes du Levant où un de ses ancêtres, prétendait-il, était allé guerroyer jadis avec Frédéric Barberousse. Scilla était toujours en costume, comme si manipuler les généalogies de rois et de souverains divers impliquait qu'on leur doive le respect. Il avait publié plusieurs livres en se demandant parfois à quoi pouvait servir cette archéologie onomastique. Il maniait la généalogie comme un poète, me disait mon cousin, et Zeid lui-même se prit au jeu. Il déclara un jour au comte qu'avec tous ces noms ils pourraient dessiner une immense fresque dans laquelle, grâce aux divers croisements et mariages, tous les arbres, toutes les lignées, toutes les dynasties finiraient par communiquer, par se mêler. Un livre infini de noms, un ouvrage mallarméen en quelque sorte. Le comte rit bien de cette comparaison et la resservit souvent, lors de ses soirées, en évoquant son secrétaire, qui devint célèbre au sein de l'aristocratie de la Naples des premières années du siècle, chez qui il dînait parfois avec le comte et sa femme. Mon cousin recevait un salaire généreux, il s'était refait une garde-robe, m'écrivait sur du papier vélin et dans une très belle encre violette. Il envoya même à sa sœur un peu d'argent et prétendait en mettre aussi pas mal de côté pour aller fonder un ranch vers San Francisco. Le comte l'emmenait prendre un café en fin d'après-midi chez Pintauro. Ils allaient jusqu'à la Via Roma qu'ils remontaient au milieu des fiacres, des omnibus et des rares automobiles beuglant joyeusement. Le comte lui raconta que la rue s'appelait à l'origine Via Toledo, quand les Espagnols régnaient là, et que, décidément, c'était dans les noms que se lisait le passé des hommes, autant sinon plus que dans la pierre, et mon cousin devint imbattable sur l'histoire des palais qui bordent la Via. Ou bien ils montaient jusqu'à Pizzofalcone où le comte avait tenu à lui montrer le palais Serra di Cassano, “celui de vos cousins”, plaisantait-il, à moins que la jolie Donna Maria n'ait fait croire que Zeid était effectivement un lointain cousin désargenté de son mari. “Vous êtes un cas, quand même, lui disait-il, un cas rare d’émigré venu travailler à Naples”, et cela le faisait rire, parce que, à cette époque, la misère de la ville était à son comble et l’émigration des Napolitains vers l’Amérique à son sommet. Et quant aux descendants de l’aristocratie, ce n’étaient plus que des ensembles de parentèles décadentes, un peu dégénérées, vivant au fond de leurs palais décatis, assaillis de toute part par la rue, par ses cris et par ses odeurs de cuisine. Les Scilla possédaient aussi, comme d’autres, une villa au pied du Vésuve ou presque, qui ouvrait d’un côté sur le volcan et de l’autre sur la mer. Il y avait des terres autour, dont le comte s’occupait en dilettante, se promenant parfois parmi les arbres fruitiers, écoutant distraitement les rapports de son régisseur. Zeid était affligé par l’état d’abandon où tout cela se trouvait et imagina prendre en charge les affaires agricoles, refaire fructifier le sol, agir en maître et redresser une situation désespérée. Mais le profond désintérêt du comte le décourageait. Ce dernier lui racontait pourtant fièrement qu’il avait au Mexique un cousin qui possédait des plantations s’étendant sur des dizaines de kilomètres, et cela faisait rêver Zeid. Le comte aimait quand même sa “campagne”, comme il disait, il y allait souvent, et en 1906 Zeid y assista avec lui à l’éruption du Vésuve. Ils étaient à Naples durant les premiers jours du réveil du volcan, la terre grondait, paraît-il, le ciel était en journée obscurci par la fumée et la nuit, au contraire, il était illuminé par les rougeoiements du volcan. On eût dit le décor d’un opéra monstrueux : les crêtes des maisons frangées d’un pourpre dansant, et dans les rues la panique, les attroupements, les embouteillages de fiacres, le peuple portant ses ballots et fuyant hors de la ville. Eux partirent dans l’autre sens, en direction du

Vésuve. Le comte l'embarqua dans son coupé et, de la villa, ils assistèrent au spectacle terrifiant, au lent écoulement de la lave depuis les trous dans la montagne, tels des serpents monstrueux et rouges rampant lentement, silencieusement, vers la plaine, tandis que des grondements sourds accompagnaient leur majestueuse et mortelle reptation.

» Zeid demeura deux années auprès de Scilla. Il fut heureux, et d'autant plus qu'il savait qu'il partirait, et se préparait à cela en se constituant un petit pécule et une expérience du monde. En attendant, il se promenait dans Naples avec plaisir. Il me racontait des choses singulières, la ville aiguisait sa verve épistolaire : tantôt c'était un paysan qui avait accroché son paletot à l'index tendu d'une cariatide en pierre noire devant le portail d'un palais comme à un cintre pendant qu'il se lavait à une fontaine, tantôt c'était un jeune apprenti boulanger joli comme les garçons des rues du Caravage prenant un moment de repos, couché sur des sacs de farine sous un mascaron noir qui semblait la copie de son profil. Un jour qu'il passait dans une rue étroite, une jeune femme laissa tomber de sur le fil à linge quelque chose dont il comprit que c'était un soutien-gorge qu'elle le pria en riant de lui remonter. Il le fit, et le refit souvent, apparemment. Il avait des relations passagères avec des femmes, et en eut avec les femmes de chambre de la maison du comte qui faisaient leur petite danse devant lui. Il vivait une providentielle parenthèse qui lui permettait de grandir, mais se mit enfin à songer à son départ. Il en parla au comte. Il n'avait pas renoncé à l'aventure américaine, à un ranch et à des terres à l'infini qui seraient à lui. Le comte lui parla à nouveau de son cousin au Mexique, mais entre-temps Zeid avait pris goût à la vie de château, aux beaux costumes et à l'amitié des princes, et préféra une autre opportunité. À Rome, il entra, comme secrétaire particulier, au service du marquis Berio à qui il fut chaudement recommandé par Scilla. »

Ayant achevé cette partie du récit, Chehab Jbeili se tut, puis il se leva en prenant son verre et convia mon père à passer à table. Ce dernier prit son propre whisky et ils entrèrent dans le salon que je me plais à traverser avec eux, pour aller dans la salle à manger. Avec eux je m'installe dans la vaste pièce qui donne sur un balcon. Les trois arcs des fenêtres sont hauts, mais la forte lumière est tamisée par des voiles légers dont l'un se soulève avec la brise. Le Kazakh fait le service, et Chehab dit en riant que même quand ils mangeaient naguère ensemble dans la steppe, assis en tailleur dans l'herbe sèche, l'homme tenait à le servir. L'Asiatique sourit silencieusement tout en se penchant par-dessus l'épaule de mon père, en retournant son verre avec une dextérité de chambellan puis en lui versant de l'eau. Mon père lui demande si c'est lui qui a cuisiné. Chehab dit : « Il aurait pu nous faire du mouton à la mode kazakhe », mais le Kazakh réplique, en arabe et avec un accent indéterminé : « Vous allez devoir vous contenter de la *siyyadiyé* de la vieille Hanné. » Les trois hommes rient de bon cœur puis mon père lève son verre de vin en l'honneur de son hôte et ils boivent tous deux. Chehab saisit ses couverts en faisant un signe à mon père pour l'inviter à l'imiter et reprend son récit.

« Le marquis Antonio Berio, avec qui mon cousin Zeid a travaillé à Rome, et qui est toujours vivant, est un descendant d'une branche importante des Barberini, celle du pape Urbain VIII, qui avait été le soutien de Galilée. Mon cousin le savait en se mettant à son service, parce que la partie romaine des généalogies de Scilla l'avait passionné, c'était plein de noms prestigieux, de Borgia, de Barberini et de Sforza, et d'histoires folles et sanglantes. En outre, Francesco Barberini, le cardinal et neveu du pape Urbain VIII, avait jadis protégé Poussin, et aussi Pierre de Cortone, qui lui avait peint le plafond de son fameux palais. C'est peut-être pour ça, qui sait, que le marquis Antonio Berio avait une telle passion pour la peinture et pour l'astronomie. Zeid l'admirait pour le naturel avec lequel cet homme était aristocrate, une manière qu'il n'y a que dans les livres. Et Berio sentait que Zeid le regardait comme on ne l'avait jamais regardé, qu'il le voyait tel un personnage de roman et cela le flattait. Il prit mon cousin en véritable amitié. Il était féru de mécanique et apprit à Zeid à conduire les voitures qu'il possédait. Il habitait un immense appartement derrière la Piazza Navona, d'où on voyait les dômes de Saint-Pierre et le château Saint-Ange. Il possédait aussi le palais Berio, non loin du palais Odescalchi, où se trouvaient son immense bibliothèque de livres anciens, une partie de ses tableaux de maîtres et sa collection de lunettes. Durant des années, Zeid l'aida dans toutes ses affaires, dans la gestion des comptes liés à ses propriétés à la campagne et surtout de ses collections d'art. Zeid les décrivait dans la correspondance avec les musées et les chercheurs, recevait les experts, rédigeait des rapports sur les expositions dans les salles de vente du monde entier. Il m'a écrit des tas de choses sur le Caravage ou sur le Lorrain, il travaillait au milieu de leurs œuvres, dans la bibliothèque, environné de globes terrestres anciens qu'il scrutait pendant des heures, analysant la manière dont les continents avaient évolué d'une version à l'autre. Et puis forcément il devint familier des salons les plus conservateurs de la ville. Lorsqu'il me disait qu'il avait dîné chez la princesse Colonna ou chez le duc de Lipari, sans me donner davantage de détails, mon imagination partait, ces noms évoquaient tout de suite pour moi les fastes des cours du temps des Barberini au XVIIe siècle. C'étaient sans doute les mêmes décors, la même profusion de marbres et de tapis, les mêmes lustres mais éclairés à l'électricité et, dessous, les descendants des mêmes ducs et des mêmes princes mais aux allures de bourgeois à barbiche, rigides dans leurs cols amidonnés et leurs chaussures brillantes, discutant avec des cardinaux en soutane noire de la politique du Vatican à l'égard de l'invasion de la Libye, devant des duchesses corsetées, cambrées comme des girafes, ou des jeunes comtesses dans des robes nouvelles à la mode de Poiret, des plumes à leurs chapeaux et les lèvres écarlates. Tout ce beau monde apprit que mon cousin était originaire du même pays que la princesse Isabelle Colonna, une Sursock elle aussi comme vous savez. Le duc de Lipari lui demanda en riant un jour s'il n'y avait pas d'autres familles en Syrie et au Liban que les Sursock, allusion aux alliances de cette famille non seulement avec les Colonna ou les Serra di Cassano mais aussi avec les Theodoli, dont un des membres épousa la sœur d'Isabelle. La princesse Isabelle est encore aujourd'hui considérée par l'aristocratie romaine comme une parvenue, mais elle travaille intelligemment à devenir la reine de la Ville éternelle et la gardienne de ce qu'il y a de plus traditionnel, conservateur, légitimiste. Avec succès, assurément, vu tout ce que l'on dit d'elle. Mais c'est une des raisons pour lesquelles elle s'évertua toujours à éviter la moindre forme de complicité avec mon cousin. Ici déjà, au Liban, il n'était pas de son rang, et sans doute refusait-elle de considérer que, parce qu'ils étaient tous les deux en quelque sorte des déplacés, il pût s'établir entre eux une quelconque connivence. Lorsqu'il venait au dîner du palais Colonna avec le marquis, elle le saluait froidement et coupait court à toute possibilité de conversation entre eux. Cela faisait rire le marquis, et poussa certains membres de cette aristocratie guindée, sur le déclin et d'autant plus arc-boutée sur ses valeurs, à prendre Zeid en sympathie pour faire enrager la princesse. Lorsque mon cousin entrait au bar de l'Excelsior pour attendre son patron ou pour un rendez-vous où ce dernier l'avait délégué, la princesse Ruspoli l'accueillait avec des manifestations de joie bruyante tandis que la duchesse Del Drago lui réservait toujours une place à sa table quand elle savait qu'il viendrait au pavillon du club de golf de L'Acquasanta, d'où l'on voit paraît-il les aqueducs de la voie Appienne et les dômes de Rome. Mais il ne faut pas s'y tromper, on ne le considéra toutefois jamais que comme le secrétaire de Berio. Sauf que son élégance, qu'il avait cultivée à Naples, et aussi son savoir sur les relations mondaines acquis auprès du comte Scilla, et qui lui évita de commettre des fautes qui eussent pu être désastreuses dans ce monde plein d'écueils, lui gagnèrent pas mal de sympathie. Il écoutait les hommes discuter de leurs terres, de leurs métairies, de leur villa à la campagne. Il ne disait rien, regardait au loin, distraitement, mais tout cela devait le faire songer aux montagnes immenses desquelles il avait été exclu. Il allait souvent avec Berio en automobile jusque sur les propriétés du marquis, et enviait la façon dont ce dernier était chez lui dans les immenses champs de blé du Latium, parmi ses vignobles, sous les grands pins ou marchant le long de sentiers bordés d'ifs et de cyprès. Durant la guerre, où la vie mondaine ne baissa pas d'un cran, il y eut un immense pique-nique pour l'anniversaire du marquis, sous les pins de sa villa. Vous imaginez le tableau : les nappes étalées sur l'herbe, des chaises et des fauteuils sous les peupliers, les automobiles Packard et les Delage qui attendent sur le chemin, les paniers qui dégorgent de victuailles, fromages, jambons, viandes froides et légumes que disposent les valets et les servantes tandis que les dames et les messieurs insouciants rient et poussent des cris en jouant à la palette. Zeid, le poète Marinetti et le jeune duc de Lipari sont couchés, les chapeaux jetés à leurs côtés, la tête dans les mains et les coudes entre les coquelicots. Zeid regarde d'un air amusé les aristocrates courant pour attraper les femmes de plus en plus légères dans leurs robes abat-jour et leurs jupes-culottes, avec tout autour le blé, et les vignes sur les coteaux, et Berio en train d'écouter les explications de ses métayers. Il se dit que, s'il y a une chose qui compte, c'est de pouvoir s'offrir le moyen de profiter de tout cela qui semble n'avoir d'autre finalité que soi-même, d'avoir des terres à exploiter, des métayers sous ses ordres et de l'argent pour organiser des fêtes où les gens sont heureux. Il se souvenait dans ces moments qu'il avait quitté le Liban pour cela, et se disait qu'il s'était laissé embourber dans une vie de princes alors qu'il n'était pas prince. Peut-être au fond se vit-il tellement à l'aise dans cette société qu'il rêva à quelque parti heureux, à une femme et à des prairies qu'elle lui offrirait – car les femmes n'étaient pas insensibles à ses charmes, comme on dit, il eut des aventures avec plusieurs comtesses, duchesses, baronnes. Il jouait avec ce monde durant les pique-niques, se faisait appeler, solliciter. Il croyait vraiment avoir été adopté et avoir là un avenir, et le réveil fut dur. Il aurait dû y penser, ne pas se laisser aller, ne pas s'endormir avec le sentiment qu'il était devenu un membre de cette classe qu'en vérité il n'aimait qu'à moitié mais qui le fascinait. Toute la violence du réveil s'est concrétisée dans une scène, unique mais si terrible pour son amour-propre qu'elle le marqua à jamais. Il me l'a racontée en détail. Il était avec Berio dans le bureau de ce dernier, un bureau qu'il aimait de surcroît, immense salle du palais décorée de fresques anciennes et ornée de lunettes, de globes terrestres et de tableaux modernes. Un rendez-vous était prévu avec Giorgio Cini, l'homme d'affaires vénitien, pour parler de peinture et aussi d'affaires. Cini arriva, on referma la porte du bureau et Zeid demeura avec Berio et son visiteur. Cela se faisait toujours comme ça. La conversation s'engagea, on parla de choses et d'autres, des grèves dans l'industrie ou de la visite de Guillaume II au roi Victor-Emmanuel à Venise, puis il y eut un silence gêné et, finalement, Zeid surprit un regard de Cini lancé à Berio, et celui-ci alors se tourna vers mon cousin, son ami et confident, et d'un bref lever de sourcil lui indiqua sèchement la porte en lui intimant du même coup l'ordre de le laisser seul avec son invité. Évidemment, ce n'était pas le fait de signaler le besoin d'avoir une conversation seul à seul qui le choqua de la part du marquis, c'était la façon presque naturelle qu'eut Berio de le traiter comme un intrus, un échanson ou un valet de chambre qui tarde à sortir. Il comprit instantanément comment en réalité le voyait celui qu'il pensait être son ami, et avec lui toute la société romaine. Il sortit, et cette mise à la porte eut un retentissement fort en lui. Sa symbolique était terrible. Il ne dit rien. Les jours suivants Berio lui demanda pourquoi il faisait la tête. Or il ne faisait pas la tête, il préparait silencieusement son départ. Et ce départ fut aussi sec que la manière dont on l'avait congédié. Il renoua immédiatement et presque sans y penser avec celui qu'il était quand il avait quitté Beyrouth, avec le garçon désargenté et perdu qu'il redevenait à nouveau. L'Amérique, le pays de l'égalitarisme et de la réussite, recommença à lui chanter sa rengaine. Il fit quelques démarches pour embarquer, puis eut l'idée d'écrire au comte Scilla, et celui-ci lui reparla de son cousin qui possédait une immense plantation au Mexique, et qui pourrait l'aider à débuter. Mais au Mexique, pas aux États-Unis. "Soit, se dit Zeid. Allons au Mexique." »

6

« L'hacienda du comte Scilla – pas celui de Naples cette fois, mais celui du Mexique, qui était comte aussi, et de la famille Scilla, mais qui s'appelait Jorge –, il faut que vous le sachiez, se trouve dans le Sonora. C'est-à-dire au nord, à la frontière des États-Unis. Mais cette proximité ne veut pas dire proximité avec l'Amérique, bien au contraire. Le Sonora est une des régions les plus pauvres du Mexique, abandonnée et comme sise au bout du monde, montagnes sauvages, déserts et plaines arides maigrement cultivées, peuplée de misérables paysans, d'Indiens oubliés et refoulés dans les hauteurs et aussi d'aventuriers de toutes sortes, de cavaliers errants, vestiges des multiples armées en lutte les unes contre les autres dans les éternelles guerres civiles de ce pays à la violence inouïe. C'est au milieu de tout cela que Jorge Scilla avait son hacienda, une sorte de miraculeux îlot de plantations, avec des maisons, des granges, des écuries et un peuple de planteurs et d'ouvriers. Pour être à l'abri des coups de main, de l'hostilité permanente des bandits et des gouverneurs qui se voient souvent en futurs putschistes et regardent vers la capitale mais qui pour cela ont besoin de l'argent des riches planteurs, Scilla avait également une petite compagnie de cavaliers mexicains et aussi quelques mercenaires américains.

Scilla était arrivé encore jeune et avait fondé cette plantation, avait noué des liens avec les pouvoirs locaux et même avec ceux de Mexico, puis il avait fait venir une cousine de Naples qu'il avait épousée. Elle lui avait donné deux garçons et une fille. L'aîné des garçons avait été tué deux ans avant l'arrivée de Zeid, dans une expédition contre une bande de brigands. C'était le cadet, Matteo, qui tenait les plantations et le domaine et qui fit au commencement un accueil chaleureux à mon cousin. Il l'attendait sur le quai du port de Tampico et le ramena au terme d'un épuisant trajet de plusieurs jours à l'hacienda Scilla, avec ses malles qui renfermaient une véritable garde-robe d'aristocrate italien. Zeid m'a décrit ce Matteo comme un garçon vif, un peu brusque, dur par moments mais souvent emporté par des enthousiasmes aussi ravageurs que pouvaient le devenir ses inimitiés. Matteo mena donc Zeid jusque devant son père, un homme qui aurait porté haut ses soixante-dix ans s'il n'avait été vaincu par la mort de son fils. Il n'en montrait rien, il continuait à vivre, puisqu'il le fallait, avec dignité, mais la lassitude transparaissait dans sa gestuelle, dans ses réactions lentes et tardives. Il allait encore à cheval et, dès le surlendemain de l'arrivée de Zeid, il lui fit donner une monture puis, accompagné de Matteo, lui fit visiter l'hacienda, les plantations d'orangers, de citronniers, et aussi la maison, les communs. Il accomplissait cette tâche avec une sorte de distraction rêveuse, m'a raconté Zeid, comme par devoir, scrupuleusement mais sans y mettre d'émotion, après quoi il laissa la main à son fils. Zeid n'aima jamais vraiment ce Matteo, à cause de ses turbulences, de ce côté parfois ambigu, calculateur et un peu fourbe, qu'il sentait chez lui. Mais il passa outre, parce qu'il comprit très vite l'incroyable dureté des hommes, de la nature, des relations entre les individus, et la violence qui régnait partout. Ils galopaient ensemble des heures durant le long des vergers, des canaux d'irrigation, s'arrêtaient près des puits où des ânes tournaient depuis l'aube des temps. Zeid vit les péons au visage tanné par le soleil, silencieux, fermés, il vit les Indiennes d'un âge immémorial penchées sur leur ouvrage et les jeunes filles qui se détournaient quand ils passaient comme si des cavaliers blancs étaient un danger intrinsèque, surtout quand ils étaient les maîtres. Zeid regardait de tous ses yeux, interrogeait peu, essayait de comprendre par lui-même, et écoutait les explications de Matteo en silence, les paupières plissées sous son chapeau américain. C'est du moins comme ça que je l'imagine, d'après les quelques lettres que j'ai reçues de lui, et qui mettaient six mois à arriver – quand elles arrivaient. Il était parti là-bas pour fonder un domaine, il avait de l'argent pour cela, mais devait d'abord réaliser ce qui l'attendait, mesurer l'ingratitude d'un pays où la majorité des villes étaient en ruine à cause de la pauvreté ou des tremblements de terre, et les villages en apparence désertés à cause des guerres et des razzias, sauf que, lorsqu'on y pénétrait, qu'on passait le long des maisons en pisé, apparaissaient des ombres sur le pas de portes à moitié défoncées. Il y avait aussi des mines pour la plupart abandonnées, des cavaliers errants sous leurs ponchos et leurs grands chapeaux sur des routes poussiéreuses, des caravanes de mulets, des processions religieuses mais aussi souvent funèbres accompagnant des cadavres vers d'improbables cimetières. Parfois, sur les sommets, des silhouettes d'Indiens semblaient de mystérieuses présences, mais quand on s'en approchait, elles devenaient ce qu'elles étaient en fait, de rachitiques et misérables sacs d'os à la bouche édentée, au regard vide ou hébété. Pourtant des aigles volaient très haut dans le ciel, les nuits étaient superbes et, sur les plantations, les arbres et l'eau donnaient l'impression d'une sorte de mirage – comme si des coins de paradis étaient impossibles au cœur d'une telle désolation. Il apprit que ces haciendas, pour perdurer, prospéraient sur la violence et perpétuaient des injustices et des inégalités millénaires. C'est ce que lui confirmait le comte lorsque, le soir, il dînait avec la famille, à la lumière de dizaines de chandeliers qui se reflétaient dans l'argenterie, dans les soupières et les plats couverts de riz et de viande. Le vieux Scilla parlait des razzias, des pendaisons comme si c'étaient des faits de nature, mais avec une certaine lassitude, et on aurait dit que la mort de son fils l'avait rendu amer et le forçait désormais à justifier ce qu'il estimait nécessaire mais qui l'avait aussi privé de l'essentiel. On parlait italien, lors de ces soirées, et c'était en italien que les Scilla expliquaient la dureté de la vie en cette partie du monde à Zeid. Et ce dernier écoutait, observait, il me racontera toutes ces choses qu'il entendait, et aussi les rodéos, les troupes bruyantes de cavaliers qui rentraient de la chasse, les fêtes que donnaient les Scilla pour entretenir leur puissance aux yeux de tous, les autres propriétaires et les gouverneurs qui arrivaient avec des trains de seigneurs, le domaine éclairé et les festins qu'il me décrira presque comme il l'aurait fait des banquets des satrapes orientaux. »

Chehab se tut un instant. Le repas touchait à sa fin. Il n'avait presque rien mangé, afin de pouvoir parler, et mon père, par politesse et parce qu'il ne voulait pas écouter et opiner en mâchant, avait agi de même. Voyant finalement que son invité avait posé ses couverts, Chehab fit un geste de la main et son Kazakh apporta un ouvrage consacré à l'histoire du Mexique. Grâce à un signet, mon père put à l'invitation de son hôte ouvrir le livre aux chapitres consacrés aux guerres civiles des années dix et vingt. Sur une page était reproduite la photo d'une demeure traditionnelle, que l'on devinait à l'arrière-plan. Ce que l'on voyait surtout, c'étaient les murs d'enceinte, d'une blancheur immaculée, parfois crénelés, avec un large portail d'entrée surmonté d'une inscription et d'où partait une allée bordée d'orangeraies. Devant le portail, de style typiquement mexicain, on distinguait un groupe de cavaliers, mines hirsutes, chapeaux immenses sur la tête ou repoussés dans le dos, revolvers à la ceinture et fusils à la main. Sous la photo, un commentaire faisait allusion à une troupe de cavaliers pro-gouvernementaux. Mais ce qui était évidemment le plus intéressant, c'était que sur le portail, au-dessus de la tête des cavaliers qui posaient, on pouvait lire, dans une sorte de capsule enluminée : « Hacienda Scilla ».

« J'ai découvert cette photo par hasard, il y a deux ans », dit Chehab quand il eut compris que mon père avait remarqué l'insolite détail.

Puis, le voyant essayer de détailler le cliché, il dit que non, pas la peine, Zeid n'y figurait pas.

« D'ailleurs, ajouta-t-il, il ne s'habillait jamais à la mexicaine, mais davantage à l'américaine, avec un Stetson. »

Mon père contempla encore un moment l'image et Chehab Jbeili profita de cette pause pour proposer qu'ils retournent sur la terrasse.

« Avec ces violences, poursuivit-il quand ils furent revenus à leurs places initiales, Zeid dut se familiariser. Il arpentait le domaine aux côtés de Matteo, écoutait les intendants faire des rapports sur les comptes, et les péons parler de l'état des charrues, de la mort d'un mulet, des murs de clôture, des arbres, d'une femme de contremaître enceinte et qui avait perdu l'enfant. Mais, surtout, il participa, comme il me l'a raconté avec insistance parce que au commencement cela l'épouvantait, aux expéditions contre les voleurs de chevaux, contre les métayers insolvables et les paysans indociles, et aussi contre de présumés bandits ou des réfractaires au pouvoir des seigneurs. Il apprit à demeurer en selle pendant des journées entières, à discerner les traces de vie dans le désert, à se servir d'un revolver et d'une carabine et à ne pas paniquer durant les fusillades. Il dut s'habituer au spectacle de l'écrasante misère des paysans et de leur effacement devant l'existence des maîtres, de l'allure exsangue des mineurs et des survivants des tremblements de terre dans des villes à moitié ruinées. Il dut surtout supporter les poursuites, les chasses à l'homme, les razzias, la justice sommaire contre les voleurs, et les reliquats des guerres civiles incessantes, les pendaisons et exécutions sans jugement, ainsi que les récits effarants des batailles et des massacres auxquels ses compagnons avaient participé. Lorsqu'il rentrait, épuisé, les vêtements collés à la peau par la sueur, puant et sonné par la chaleur et la poussière, dans le fracas et le tumulte des autres cavaliers, les cris, les cliquetis des bottes et le bruit des éperons contre les parquets, il n'avait qu'une envie, disparaître aussitôt dans sa chambre, pour se laver, se changer et se retrouver lui-même. Il dormait mal, ou pas du tout, se levait dans l'obscurité et allait marcher sur la terrasse, ou s'asseyait dans un fauteuil en osier, se demandant, devant le spectacle du brasillement tranquille des étoiles et face aux bruits de la nuit, le bois des arbres qui craque et les loups au loin, comment le monde pouvait continuer à tourner aussi naturellement alors que tant d'horreurs étaient commises chaque jour qui auraient dû finir par en empêcher la marche. Que les Aztèques aient conçu des sacrifices humains pour que le soleil ne cesse pas de se lever lui apparaissait de plus en plus comme une révolte ironique, une acceptation grinçante et sarcastique de la volonté des dieux, puisqu'il semblait bien que si le monde continuait à tourner malgré ces horreurs, c'était que les dieux en étaient heureux ou rassasiés, et alors autant leur en donner encore davantage. Ce que faisaient les planteurs et les propriétaires terriens finalement relevait du même principe. Matteo et les siens, et lui avec, procédaient régulièrement à des sacrifices terribles afin que leur propre monde se perpétue, et que le soleil sur leurs terres, leurs arbres, leurs récoltes et leurs maisons se lève tous les jours.

» Et il se levait, sur les plantations à perte de vue, sur les montagnes au loin qui leur faisaient couronne, sur les bâtiments, les patios fleuris, les moulins, les greniers, les enclos pour les vaches et les écuries immenses, et aussi sur le monde des travailleurs, des péons, des contremaîtres, des palefreniers, des servantes et des garçons de ferme. Le jour, il y avait le travail des champs, la sortie des troupeaux, le départ des cavaliers, et le soir, dans les haciendas illuminées, il y avait des bals, parce qu'il y avait des femmes dans ce monde sauvage, des duègnes et des reines mères, et aussi des jeunes filles qui tentaient de s'habiller à la mode de Paris et faisaient venir des toilettes de Mexico. Parmi elles, Patricia, la fille du comte Scilla, qui allait jouer dans la vie de Zeid un rôle fondamental. Je n'ai jamais pu me représenter d'après ses lettres comment était exactement cette femme qui serait un jour la sienne, même si j'ai fini par m'en faire une image devenue immuable. Dès le début, il m'a parlé de sa fougue, de ses coups d'éclat, de son audace, de son grand front, de sa peau blanche et de ses yeux noirs. Tout cela ne fait pas un tableau mais permet d'imaginer une femme peu ordinaire, et comment aurait-il pu se lier à une femme ordinaire ? Patricia rendait sa nouvelle vie moins difficile par sa présence aux repas, sa participation aux réunions des hommes où on parlait des plantations, des récoltes et des affaires politiques, par son rire et sa manière d'ironiser sur les choses du monde. Elle montait à cheval et savait tirer au revolver. Elle écoutait les récits et les comptes rendus des raids. Son père et son frère avaient beau faire d'énormes efforts pour la tenir à l'écart de la brutalité ambiante, des nouvelles sur les expéditions punitives, sur les relations avec les voisins El Lobo ou Jaime Guttierez, sur les listes sans fin de morts qui émaillaient le quotidien, elle savait tout. Elle se plaisait à conseiller son père, qui l'écoutait en feignant de refuser de la mêler aux affaires. Elle aimait son frère Matteo. Elle le cajolait en déplorant néanmoins devant tout le monde son tempérament abrupt, qu'elle cherchait à corriger en l'interpellant avec sévérité et avec une complicité presque charnelle. Elle participait aux plaisanteries entre *caballeros* mais nul n'osait évidemment badiner avec elle. Elle dira plus tard à Zeid qu'elle avait en fait et comme lui une horreur immense de la violence, mais qu'elle savait que c'était le seul moyen que puissent perdurer sa présence et celle des siens dans ce pays. Ils étaient tous pris dans une spirale dont ils ne pouvaient sortir autrement qu'en la perpétuant. À qui la faute, nul n'aurait pu le dire, tout était mal fait depuis l'origine, et le mal n'engendrait que le mal, depuis des siècles. Quand ils étaient seuls, elle posait à Zeid des questions sur son pays, sur l'Orient dont elle se faisait des idées si romantiques qu'il en riait de bon cœur. Ils se promenaient parfois à cheval ensemble, le long des canaux, au-dessus des plantations, ils mettaient pied à terre, s'asseyaient sous un palmier. Une chose la tarabustait naïvement, c'était que Zeid parlât le syriaque, et il le parlait en effet, mal mais il le parlait, parce qu'il avait servi la messe quand il était petit, il en avait gardé quelque chose et prétendit un soir devant le comte et sa famille que c'était la langue du Christ. L'effet fut immédiat. Un jour Patricia voulut qu'il lui apprenne à dire "je t'aime" dans la langue du Christ, et il eut beau essayer de corriger les approximations qu'il avait lui-même proférées à ce sujet, et lui rappeler que le syriaque n'était pas l'araméen, elle lui faisait admettre que c'était proche et elle insistait. Il lui faisait entendre ce qu'il pensait être "je t'aime" en syriaque et elle le répétait alors, prononçant ces mots en s'en délectant comme si elle était en pleine profanation d'hostie, déclarant pour se donner bonne conscience que c'était sans doute ce que disait Jésus à Marie Madeleine quand peut-être il lui lavait les pieds.

» Lorsque après ça, les jours suivants, il partait avec les cavaliers, pour accompagner les troupeaux ou pour une affaire plus sauvage, il était heureux, il chevauchait avec ivresse, il se prenait à espérer, il ne savait pas quoi au juste mais il espérait comme un fou et oubliait tout le reste, les violences, la vie ingrate, ce pays en ruine où il prétendait vouloir bâtir son avenir. Avec le temps, il avait fini par s'y faire une place, et, les jours et les mois passant, les choses lui paraissaient moins difficiles. Il avait pris de l'ascendant sur Matteo, sans doute parce que le comte l'aimait et l'appréciait, et il en prit ainsi sur les cavaliers, les *jefes* et les contremaîtres. Lors de haltes pendant les sorties, lors de soirées autour des feux, on écoutait attentivement ses histoires. Il comprit que sa voix avait une tonalité accrocheuse, qu'il possédait à son insu une prosodie qui imposait l'écoute, malgré son accent, malgré le fait que souvent il mêlait l'italien et l'espagnol. Mais comme cet accent et ces mélanges étaient l'apanage des gens du pays du maître, ils étaient considérés comme un signe de noblesse. Quand il commençait à raconter, tous se taisaient, sa voix s'élevait dans le silence et on l'écoutait passionnément, parce qu'il évoquait des pays lointains, des villes immenses et riches, et qu'il avait fréquenté la famille des origines, les fameux Scilla de Naples dont on se demandait s'ils existaient vraiment et qui prenaient consistance dans ses récits. Et puis le bruit s'était assez vite répandu qu'il venait d'un Orient que beaucoup pensaient mythique. On savait qu'il parlait l'arabe, mais on apprit aussi évidemment qu'il parlait la langue du Christ dans laquelle il dit quelques mots, et ces *rancheros* frustes, ces cowboys mexicains archaïques sous leurs larges chapeaux semblaient enchantés comme s'ils avaient entendu un chœur d'anges et regardaient Zeid avec une admiration naïve, essayant de comprendre l'essence incroyable dont il était composé, lui qui venait de la patrie des tableaux, l'examinant comme on le fait d'une icône miraculeuse. Il me racontait dans ses lettres qu'il était en train de s'habituer à sa vie là-bas, qu'il aimait les chevauchées et les retours vers l'hacienda, qu'il trouvait splendide au milieu de tant de déserts. Il en éprouvait du remords. Il me faisait la promesse que, lorsqu'il aurait acquis suffisamment de savoir pour partir, il irait fonder un domaine qui aurait la même beauté paradisiaque que celui des Scilla mais qui ne serait pas bâti sur des horreurs, des crimes et des spoliations, ce en quoi il s'illusionnait, et il le savait sans doute mieux que moi. Patricia de son côté lui disait en riant sournoisement qu'il ne partirait pas, que son père ne renoncerait jamais à son service et lui destinait de grandes choses, il avait pour lui des desseins qui l'attacheraient à l'hacienda Scilla. Patricia aussi d'ailleurs semblait avoir pour lui de mystérieux projets. Lors de certains déjeuners, elle mettait son pied sur le sien sous la table, et le gardait ainsi durant tout le repas sans qu'il pût faire un geste en sa direction ou la regarder. Le soir, elle venait lui tenir compagnie dans l'obscurité, elle s'asseyait dans un fauteuil en osier à côté du sien et acceptait de fumer le même cigare que lui. En public, elle le sollicitait, l'interpellait, plaisantait et prenait son parti dans les conversations. Et puis arriva cette fameuse nuit où tout changea.

» La lune, effilée, était posée comme un cimeterre ou une urne sur le sommet des monts de la sierra de la Caballera. Toute une compagnie dont ils étaient venait de rentrer d'une promenade. La maison bruissa brièvement puis le calme vint. Ils se retrouvèrent seuls sur la terrasse, face aux arbres du jardin. Debout contre la rambarde, ils parlaient bas. Zeid avait pris une lampe qu'il posa sur une table derrière eux. À un moment, ils s'aperçurent qu'elle projetait leurs ombres considérablement grandies sur les ifs qu'il y avait à quelques mètres et qui faisaient comme un mur. Ils bougeaient et les immenses formes qui étaient celles de leurs corps bougeaient simultanément en face d'eux. Soudain, Patricia lui demanda de regarder ce spectacle en lui interdisant d'une voix étrange et mystérieuse de tourner la tête vers elle, ajoutant qu'elle ne lui pardonnerait pas s'il lui désobéissait. Il fixa l'écran des arbres éclairés devant lui. L'ombre de Patricia remua lentement à côté de la sienne. Ses contours étaient extraordinairement nets puis ils se brouillèrent, ce ne fut plus qu'une masse noire et confuse qui soudain se défit, et ce qui réapparut, ce fut à nouveau le simulacre immense et parfait de son corps, mais qu'elle avait déshabillé. Elle se mit de profil et le contour de ses seins surgit, puis elle se cambra légèrement, ses cheveux flottèrent en arrière de la forme de sa tête, elle leva le genou, sans doute pour se libérer de ses vêtements de dessous, la silhouette de sa jambe nue fusa fugacement, et durant ce strip-tease à la mode du mythe de la caverne elle lui rappelait à chaque instant que s'il la regardait, s'il tournait la tête vers elle, il la perdrait pour toujours. Mais il ne la crut pas, il pensait qu'elle s'amusait de lui, ou que c'était coquetterie, qu'une telle audace, en pleine nuit, dehors, ne pouvait qu'être le signe de l'accomplissement de quelque chose. C'était stupide de sa part, évidemment, sauf que son désir était si exacerbé qu'il se tourna vers elle effrontément. Elle poussa un cri de surprise et se recroquevilla pour se protéger, lui présentant son dos, qui fut tout ce qu'il vit de sa nudité. Elle lui intima l'ordre de déguerpir, alors qu'elle retenait un de ses vêtements contre sa poitrine. Il n'osa pas baisser les yeux et regarder ses fesses nues. Il marmonna qu'il pouvait l'aider à se rhabiller mais elle insista pour qu'il s'en aille et, après que son regard eut juste croisé sa nuque dégagée par le fait qu'elle avait ramené ses cheveux en avant pour se couvrir, penaud, il rentra dans la maison.

» Il partit quelques jours plus tard. Il ne pouvait demeurer et affronter Patricia, il était honteux et embarrassé. Le comte tenta de le dissuader en lui faisant plusieurs propositions, Matteo protesta, mais rien n'y fit. “Le moment est venu”, pensait-il, tôt ou tard il fallait partir. Il ne vit plus Patricia qui l'évitait, et, le temps de ses préparatifs, il évita de son côté les repas familiaux, mangeant avec les cavaliers. Sa troupe était formée de plusieurs de ces derniers, tentés par une nouvelle aventure, d'un jeune cow-boy américain orphelin nommé Billy et d'un contremaître d'origine indienne qui connaissait, du côté de l'Ouest, derrière la sierra Los Ajos, une plantation abandonnée qu'un aventurier allemand avait tenté de faire prospérer sans y parvenir. L'idée était de la racheter et de la remettre sur pied. Matteo les accompagna durant une journée de marche, puis il repartit et Zeid ne le revit plus. Ce qui se produisit alors est une succession de faits qui semblent si parfaitement réglés pour s'emboîter les uns dans les autres que l'on ne peut que se dire que tout cela était destiné à forcer le retour de Zeid. Ce qui donc se produisit, c'est que le surlendemain de leurs adieux Matteo quitta la plantation pour aller régler une affaire sans importance chez ses voisins de l'hacienda El Lobo. Au retour, il eut vraisemblablement un accrochage avec une bande non identifiée. On ne sut jamais ce qui en réalité s'était passé. Le groupe réduit de Matteo et la beauté de ses chevaux attirèrent sans doute des bandits. Matteo reçut six coups de revolver et on ne trouva son corps que le lendemain soir. Pendant ce temps, la troupe de Zeid et les mulets chargés qui la suivaient marchaient vers l'ouest. Le plus singulier, c'est qu'elle fut rattrapée par des cavaliers dont l'un montait une bête que tout le monde reconnut comme étant celle de Matteo. L'homme qui s'en prétendait propriétaire ne répondit que par des marmonnements aux questions qu'on lui posa durant une brève halte commune. L'inquiétude de Zeid et de ses amis s'accrut. Zeid envoya un cavalier à l'hacienda pour en rapporter des nouvelles et de son côté, dans l'urgence, laissant le cow-boy Billy et le contremaître indien avec les mulets, décida de partir en avant avec le reste de sa troupe et de filer discrètement le groupe suspect jusqu'à trouver l'occasion de l'attaquer après que la mort de Matteo lui fut rapportée. Il y eut un bref combat, inégal parce que les compagnons de Zeid étaient des guerriers et les autres des voleurs maladroits et peureux qui furent tous tués. Zeid m'a raconté qu'il n'intervint pas pour empêcher ses hommes d'achever les bandits. Il donna même son accord pour que la tête du chef fût coupée et jetée dans un sac que son principal second lui attacha à l'arçon de son cheval, à destination du comte Scilla. Il m'a assuré qu'il ne pouvait faire autrement, c'était un peu la règle, mais réussit tout de même à empêcher que l'on coupât toutes les têtes.

» Il retourna ensuite vers l'hacienda, où il fut considéré comme un héros. Durant les mois qui suivirent, il s'aperçut qu'il ne pouvait plus repartir ainsi, à nouveau, simplement. L'ensemble de la population de la plantation le regardait comme celui qui avait naturellement vengé un frère et était revenu prendre sa place comme il se devait. Pour soulager le comte, il entreprit de s'occuper des affaires, mais avec la claire conscience que c'était provisoire, qu'il rendait service – que c'était par intérim, si vous voulez. Et le comte, par lassitude sans doute, le laissa faire, autorisant ainsi qui voulait à penser que Zeid était devenu comme un second ou un troisième fils. Et, petit à petit, Zeid devint effectivement le maître de l'immense domaine. Il se gagna les chefs des cavaliers, ombrageux et susceptibles, en les écoutant et en ménageant leur amour-propre. En se rendant pour diverses affaires chez les autres puissants planteurs, qui l'appelaient jusque-là “El Turco”, il obtint d'eux comme une reconnaissance de sa position. El Lobo l'emmena pour une tournée à cheval à ses côtés, sous un des légendaires chapeaux mexicains au bord démesurément large qu'il se faisait faire disait-on pour tenir ses interlocuteurs à distance et les empêcher de voir ses yeux de méduse. Cet homme redoutable crut reconnaître, dans l'accent de mon cousin et sa manière de parler et de mêler les langues, la manière même de parler des Scilla. Quant à Jaime Guttierez, qui le reçut dans son salon, sous un énorme portrait en pied de lui-même en chef de guerre que lui avait tiré un peintre américain, il ne put s'empêcher, au terme d'un échange de propos durant lequel il l'observa avec une curiosité appuyée, de lui demander s'il parlait effectivement la langue du Christ, comme si ce détail était l'huile sacrée avec laquelle Zeid serait oint en qualité de chef de l'hacienda Scilla.

» Mais la situation de Zeid restait inconfortable à cause de Patricia. Cette dernière revêtit le noir du deuil durant un an avec une ostentation presque violente, sans se rendre compte que le noir faisait ressortir la blancheur immaculée de sa peau et accentuait le contraste de celle-ci avec l'éclat sombre de ses yeux. Elle ne lui adressait que très succinctement la parole et ne lui répondait sur des décisions à prendre concernant le domaine ou la maison qu'avec une sorte d'indifférence appuyée. Il était évidemment dans la plus parfaite confusion dès qu'elle était là, elle mettait à mal à ses propres yeux l'autorité que tout le monde désormais lui reconnaissait. Pourtant elle le laissait faire, sans jamais émettre la moindre réserve sur ses actions, sans le moindre commentaire, comme si elle ne se mêlait plus de rien, à l'instar de son père. Mais le sentiment qu'éprouvait Zeid quant à sa propre légitimité en prenait un coup. Il sentait que le jour où Patricia sortirait de son silence il devrait à nouveau décamper, comme il l'avait déjà fait une fois, et que tout cela n'était décidément qu'un théâtre d'ombres. Mais le plus incroyable, me raconterait-il, c'était que personne ne se rendait compte de l'hostilité que Patricia lui témoignait, comme si ce n'était là qu'une affaire entre eux dont rien ne transparaissait à l'extérieur. À tel point qu'il parut dans l'ordre des choses, au bout d'un an et demi, que Patricia l'épousât. "On veut nous marier", lui dit-elle un jour, sans se départir de cette manière sèche et brusque qu'elle avait de s'adresser à lui. Elle avait quitté le noir, mais pas son abrupte réserve à son égard. "Ma faute était grande, mais tout de même pardonnable, répondit-il. Nous pourrions au moins faire la paix, avant de parler de noces. – Tu trouves que c'est pardonnable ? demanda-t-elle, ironique. Tu as trompé ma confiance. Comment pourrais-je après ça être sûre que tu ne tromperas pas celle des Scilla ? – J'ai montré ma fidélité, depuis", dit-il simplement. "Non, tu as travaillé pour ton propre intérêt", répondit-elle. C'était en partie vrai, évidemment, même si par ailleurs il m'avouait continuer à l'aimer secrètement. Or, comme son propre intérêt finalement rejoignait celui des Scilla, le vieux comte, épuisé, absent, distrait de tout et qui n'avait pas remarqué l'hostilité personnelle que sa fille vouait à Zeid alors qu'il aurait dû être le premier à la sentir, les réunit donc un jour solennellement pour leur parler de leur mariage.

» Ce fut typiquement ce que l'on appelle un "mariage de raison". Les Scilla n'avaient plus d'héritier mâle. Marier Patricia au fils d'un autre planteur eût signifié la fusion des domaines et la disparition de celui des vieux comtes. Au cours des années qui suivirent, les Scilla tentèrent d'accréditer le fait que Zeid descendait de lointains cousins installés en Orient. L'énorme Guttierez éclatait de rire quand on en parlait devant lui. "Ils vont bientôt nous faire croire qu'il descend de Marie Madeleine", déclara-t-il un jour en s'esclaffant. Il n'empêche que les planteurs s'en voulaient d'avoir donné une forme d'investiture à El Turco, qui désormais leur tint la dragée haute. Ils s'étaient fait rouler, en quelque sorte, et s'efforcèrent de discréditer mon cousin. Mais Zeid se défendit, il mena ses affaires de main de maître, maintint la production d'agrumes, développa les haras et se prit d'un amour éperdu pour les chevaux. Il s'occupait de tout, des comptes, des hommes, des bêtes, des arbres. Il se levait à l'aube et ne rentrait qu'à la nuit, et vivait davantage avec ses cavaliers et auprès des paysans que dans la maison, au milieu des meubles européens, des bibelots, des tableaux et des chandeliers en argent. La population diverse du domaine immense l'aimait, on venait de loin se faire embaucher sur l'hacienda Scilla. Il réduisit les expéditions punitives, et fut servi par les circonstances car, entre-temps, les violences s'étaient un peu calmées dans le nord du Mexique et les cavaliers qu'il commandait n'avaient plus à mener d'actions violentes. Il aurait pu être parfaitement heureux, "comme dans un rêve", me disait-il, sauf que, dans tout ça, il y avait Patricia. Cette dernière lui donna un garçon et une fille mais jamais ne sortit de son incroyable froideur à son égard. Dès leur nuit de noces, me racontera-t-il, elle prit le parti de ne jamais s'offrir à lui. Elle le recevait dans le noir, comme si elle avait décidé de noyer dans le néant complet les ombres qu'elle lui avait laissé deviner naguère. Elle ne manifesta jamais la moindre émotion ni le moindre abandon durant leurs ébats, elle ne faisait que son devoir en donnant des héritiers au domaine. Ils partageaient la gestion des affaires domestiques, il la tenait au courant de la marche des choses sur la plantation, ils prenaient leur petit déjeuner ensemble et parfois ils se retrouvaient sur la terrasse, en cours de journée. Assis, ils discutaient alors comme des cousins ou des frères devenus étrangers l'un à l'autre à cause de vieilles querelles, familiers mais peu enclins à se faire ou à se dire des amabilités. Nul ne se rendait compte de ce qui se passait entre eux parce que les relations matrimoniales chez les paysans aussi bien que chez les cavaliers étaient fondées sur des relations d'intérêt, sans aucune sorte d'affection, et les maîtres ici n'offraient pas d'autre modèle, ils étaient juste dans la norme. Quand ils recevaient ou qu'ils allaient chez leurs voisins, ils étaient si beaux tous les deux que l'on ne voyait que ça, leur beauté, elle dans des robes venues de Paris, lui tiré à quatre épingles comme dans les salons de Boston, et ils réussissaient à faire bonne figure, dansant même comme si de rien n'était. Les premières fois, il crut pouvoir prolonger la fête et profiter de la proximité qu'elle leur avait permis pour se montrer tendre durant le retour, mais elle érigea à nouveau immédiatement entre eux le mur infranchissable de sa fierté blessée, de sa méfiance hautaine et presque de son mépris. Il lui disait : "C'est comme si je t'avais trompée", et elle répondait : "Tu m'as trompée." Il lui demandait : "Quand se terminera mon purgatoire ?", elle lui disait : "Je t'avais averti que, si tu regardais, tu me perdrais à jamais." Et il l'avait perdue, en effet. Il me disait dans les lettres qu'il m'écrivait et qui étaient comme le lieu de son défouloir et de ses interrogations, il me disait qu'il n'imaginait pas qu'elle pût finalement revenir sur son incroyable décision, parce que cela aurait été de sa part une manière de lui céder, d'accepter qu'il ait pu un jour tenter de la prendre malgré elle, et, partant, de paraître tout accepter, de le laisser enfin devenir le maître, non plus par amour, mais par K-O. Au bout de quelques années, il finit par se faire une raison, et par mener une vie autonome, la seule chose le liant à Patricia étant leurs enfants, leur croissance et leur éducation.

C'est seulement dans les moments où ils étaient réunis autour de leur fils et de leur fille qu'elle ne masquait plus devant lui ses sentiments, et se laissait aller à devenir accessible, en devenant mère. Elle le regardait presque tendrement quand il s'occupait de sa fille, quand il la prenait avec lui pour aller à cheval, ou qu'il emmenait son fils suivre les affaires, ou lisait en leur compagnie. Elle le laissa même leur apprendre l'arabe et le français. Mais, en dehors de ça, elle demeurait froide, avec une incroyable constance, avec une volonté de fer qui dut néanmoins la faire terriblement souffrir avant que cela devienne chez elle une seconde nature. Ce qui fait qu'il finit par vivre à sa guise, sans elle. Il développa une bibliothèque, fit venir des livres d'Europe, installa dans la maison un gramophone. Il se fit faire des dizaines de costumes, peut-être dans une entreprise inconsciente de séduction de Patricia, encore. Il acheta une automobile américaine qu'il conduisait sur les routes misérables du pays ou à l'intérieur de l'hacienda en embarquant parfois des enfants de péons en promenade, puis dans laquelle il emmena les siens jusqu'à Mexico. Il recevait des voyageurs, ou des savants, et notamment un astronome américain avec qui il partait dans les déserts, sous des cieux plus purs que dans les plaines pour regarder les astres, et avec qui il établit ensuite une véritable correspondance. Mais il me disait qu'il avait beau être effectivement le maître des lieux, il lui manquerait toujours, comme au premier matin, un sentiment de légitimité, une légitimité que seule Patricia aurait pu lui donner mais qu'elle lui refusait obstinément, et sans laquelle il continuait à sentir qu'il n'était rien, ou seulement de passage, que tout ce qu'il faisait était du vent, un théâtre d'ombres, encore et toujours. "C'est comme si j'étais poursuivi par la malédiction de l'ancêtre, m'écrivait-il, par les effets de ce stupide serment de l'Arbre Sec et des propos de l'Empereur, puisque arrivé jusqu'au Mexique, et régnant enfin sur un immense domaine, peut-être mille fois plus riche que le sien dans nos montagnes, je suis privé de ce sentiment d'être à mon tour une sorte d'empereur. Notre arrière-grand-père a interdit aux descendants de ses enfants désobéissants de posséder la terre, je suis venu jusqu'ici pour y parvenir, j'ai obtenu tout ce que je voulais, mais il m'est impossible de sentir que je possède quoi que ce soit. Il nous a exilés de son royaume et j'ai parfois l'impression que sa malédiction fait que, où que nous allions, et même si nous réussissons, nous demeurons exilés au cœur même de nos réussites."

» Et pourtant, achevait maintenant Chehab Jbeili, Zeid était puissant, je l'ai compris à mesure que le temps passait. Il avait maintenu à son plus haut niveau l'hacienda Scilla, et son importance dans tout le nord du Mexique demeura. Quand il allait à Hermosillo, la capitale de l'État, mon cousin dînait chez le gouverneur. Orosco, le président de la République, le reçut avec une délégation des principaux chefs des régions frontalières avec les États-Unis. Deux ou trois de nos compatriotes m'ont raconté l'avoir rencontré dans un grand hôtel de la capitale. Ils ont eu du mal à trouver des mots suffisamment éloquents pour me décrire son rang, son élégance et la fierté qu'ils en avaient éprouvée. Ce qui ne l'empêcha pas d'être finalement emporté dans ce qui fait bien davantage le quotidien du Mexique et de ses zones rurales. C'est une histoire embrouillée, évidemment, mais qui contraste formidablement avec les récits des hôtels de Mexico, des complets, des chapeaux et des automobiles. On revient là aux rixes entre bandes rivales et au banditisme endémique des bords du désert et des montagnes. Il s'y agit de bêtes volées aux

États-Unis et revendues au Mexique, du fils et héritier de Jaime Guttierez jouant pour des raisons politiques à prêter main-forte à des aventuriers américains à la poursuite des voleurs, et de la découverte que ces chevaux avaient été achetés par des hommes de l'hacienda Scilla. Ce sont là des ingrédients qui ne peuvent qu'aboutir, si on n'y prend pas garde, à des événements fâcheux, coups de main, rixes, fusillades. C'est exactement ce qui se produisit et c'est au cours d'une fusillade, près d'un bourg appelé Colonia Suárez, que Zeid fut tué, vraisemblablement alors qu'il était en chemin pour aller palabrer avec les aventuriers américains qui campaient près d'un bosquet de sycomores et qui lui auraient tendu une embuscade. Mais était-ce vraiment une embuscade, était-ce un coup monté par Jorge Guttierez, comme on l'a dit, je n'en sais rien, tout cela n'est jamais élucidé dans ce genre de coins reculés. Ce que je sais c'est qu'on ramena le corps à l'hacienda dans une ambiance électrique, que le fils de Zeid, qui avait dix-huit ans, voulut partir pour une expédition punitive mais que sa mère l'en empêcha en se jetant presque sous les jambes des chevaux de la troupe qui venait de se constituer. D'après ce que m'a écrit la fille de Zeid, qui savait que j'entretenais une correspondance avec son père, Patricia fut digne et égale à elle-même durant les jours qui suivirent, dans la plantation et la demeure endeuillées, couvant son fils du regard et surveillant ses premiers agissements de chef. Mais elle m'a raconté aussi que, tandis que pendant des semaines des péons, des cavaliers, des Indiens, des hommes de l'hacienda et de celles des environs défilaient pour s'agenouiller un instant sur la tombe de Zeid, sa mère se levait la nuit, errait en nuisette dans la maison, tournait autour des liqueurs de son mari en hésitant à se servir, sanglotait dans l'obscurité sans que ni les femmes de chambre ni personne osât intervenir pour la calmer ou lui tenir compagnie, puis elle repartait s'enfermer dans sa chambre où en pleurant elle poussait des cris de rage qu'étouffait un oreiller dans lequel elle mordait vraisemblablement jusqu'à se tuméfier la mâchoire. »

7

« C'est aberrant, dit-il, cela ne tient pas debout ! Cette femme qui refuse de se donner à cause d'un jeu, même s'il était révélateur à ses yeux d'un esprit de trahison, c'est très peu crédible, vous ne trouvez pas ? »

Je ne sus quoi dire, mais je pensais de même, en effet. Pourtant, depuis que j'avais entendu cette histoire racontée par mon père qui la tenait de Chehab Jbeili, je l'avais si souvent imaginée, réélaborée, tournée et retournée dans ma tête, qu'elle avait acquis force de loi à mes yeux. Elle était devenue indiscutable, j'y croyais comme on croit aux légendes, aux choses lointaines dans le temps autant que dans la géographie et qui n'ont pas la même logique que ce qui nous entoure immédiatement, ce qui semble correspondre aux lois de la raison.

« C'est ainsi que votre oncle l'a raconté à mon père, répondis-je.

– Mon grand-oncle, corrigea-t-il.

– Oui, pardon, votre grand-oncle. »

Il s'assit après m'avoir apporté un verre, sans m'avoir demandé ce que je désirais ni même si simplement je voulais boire, de si bon matin. Comme si désormais nous étions si proches qu'il savait mes goûts et que, entre la veille où j'étais venu chez lui pour la première fois et ce jour-là, il y avait continuité, que rien ne pouvait interrompre notre conversation, notre amitié naissante, notre convivialité autour de ses whiskys. Je le connaissais de réputation, ce Raëd Jbeili, l'un des derniers descendants de la lignée, j'avais appris qu'il avait fait restaurer la fameuse maison de l'Empereur, et je m'étais mis dans l'idée de lui rendre visite pour la voir, ce qu'après quelques hésitations j'avais fini par faire, la veille, donc, de ce jour. Au terme d'un après-midi passé à deviser, nous nous étions donné rendez-vous à nouveau ce matin-là où nous nous retrouvions sur la même terrasse. Pour arriver jusque chez lui, jusqu'à la demeure édifiée jadis par le fondateur, l'homme au nom abrupt, le fermier puis collecteur d'impôts, il faut emprunter une route tortueuse et très vite pierreuse et sans asphalte, puis s'arrêter et laisser la voiture pour grimper encore quelques dizaines de mètres à pied, avant de distinguer les premières cerisaies, puis les pommiers. Le logis est au milieu, ses murs sont en grosses pierres, avec une petite bâtisse en annexe. Sur ce plateau très élevé où il est situé, en haut de Jabal Safié, on est en retrait, à l'abri contre le ciel, et l'on ne voit rien du hameau de Massiaf, on ne voit que les sommets pelés ou semés d'arbousiers et qu'on croirait à portée de main. Par endroits, les restes sans toit de maisons aux murs sévères semblent lentement se dissoudre parmi les chênes verts et les cyprès, mangés par les figuiers sauvages et les noyers. La plupart des habitants se sont déplacés depuis des lustres vers le bord de la route tortueuse où ils ont construit des maisons plus modernes et plus laides, que d'ici on ne distingue pas. « Ainsi que vous le savez, m'avait-il dit pensivement la veille comme s'il revoyait pour la première fois ces contrées à travers mon regard, nous nous sommes longtemps désintéressés de cet endroit qui est pourtant à l'origine de la fortune de notre famille. On peut comprendre. Mon père et mon grand-père avaient une sorte de vénération pour ces montagnes. Mais une vénération sans fondement, pure idéalisation, sacralisation issue d'une habitude, d'un tic, de quelque chose qu'ils tenaient de leurs ancêtres. Ni l'un ni l'autre n'a rien fait pour revenir ici, pour rebâtir cette maison. Ces lieux étaient dans leur héritage, et c'est tout. » Il s'était tu, pensif, puis, se levant, était allé jusqu'à la rambarde basse en pierre qui bordait symboliquement la terrasse et avait mis un pied dessus, en observant l'horizon puis les vergers en contrebas, comme pour tenter de comprendre un tel désintérêt. Il était maigre mais parfaitement charpenté, il avait les bras musclés et portait un pantalon de toile blanc et un T-shirt violet. Son regard était puissant mais semblait subitement attiré par des rêveries impartageables, et oui, je sais, c'est ainsi que j'ai également décrit l'autre, son grand-oncle Chehab, à qui j'ai aussi rendu visite dans le récit de mon père. Je les décris de la même manière, sans doute. Mais qu'importe, puisque l'un m'a servi de modèle pour imaginer l'autre.

Ce matin du deuxième jour, il finit d'ailleurs par me demander, comme si en y resongeant cela lui avait paru extraordinaire, comment je connaissais si bien le passé de sa famille. Je lui dis qu'il était presque une partie intégrante de mon patrimoine, depuis que je passais les étés dans ces montagnes avec mes parents et que mon père, un jour à Beyrouth, avait rendu visite à son oncle (il ne m'avait pas encore corrigé : « mon grand-oncle ») et ainsi eu l'occasion d'entendre de lui l'histoire du fondateur puis celle de Zeid.

« La légende de Zeid... » marmonna Raëd.

Puis, reconnaissant qu'il en rajoutait, il reprit :

« Il n'y a rien de sûr dans aucune de ces histoires, ni dans aucune histoire. On bâtit nos vies et nos destins sur des socles fragiles, faits de blocs de réel maçonnés avec l'argile des légendes, retravaillés à partir d'arrangements avec la réalité. Et en cela les aventures de Zeid ne sont pas différentes. On les connaît surtout par Chehab, justement. Or Chehab était loin, il a tout reconstitué lui-même, à partir de lettres. Des lettres dans lesquelles sans doute Zeid lui-même ne disait que ce qui lui semblait dicible. »

Il se tut, et je restai silencieux. Puis il remarqua que je n'avais pas touché à mon whisky. Sans me demander mon avis, une nouvelle fois, il appela la jeune femme qui tenait la maison et qui était l'épouse de son régisseur, et la pria de me préparer du thé. Le matin brillait sur les montagnes et faisait triompher la crête des pommeraies en face de nous.

« Ces lettres, demandai-je, on les a retrouvées ? Elles existent vraiment ?

– Oui, répondit-il. C'est moi qui les ai retrouvées. Les choses que raconte Zeid, c'est un peu celles qu'a transmises Chehab à votre père. C'est tout ce que l'on sait de cela dans la famille. Mais Chehab a toujours caché les bizarreries, les zones d'ombre, les moitiés de confidences que Zeid lui faisait sur son mal-être, sur quelque chose qui semblait le tarauder, un secret, que Chehab n'a jamais cherché à percer. »

La femme du régisseur apparut portant du thé fumant sur un plateau, avec plusieurs *manouché* sur une assiette, ainsi que de la *labné*, des olives vertes, de la menthe et de minuscules concombres. Elle déposa le tout sur une petite table devant moi.

« Elle vous a concocté un petit déjeuner véritable, me dit Raëd en riant. Elle doit mieux comprendre cela que mes whiskys de bon matin. Vous la soulagez. Le monde reprend sens à ses yeux grâce à vous. »

Je ris, et la femme du régisseur aussi. Elle était grande, osseuse, mais droite et fière, vêtue de noir et apparemment ombrageuse. Je la connaissais un peu, elle était de Ayn Safié, et je crois que nous venions avec mon père quand j'étais gosse acheter des œufs frais chez son père. Ils avaient une maison perchée, et c'était elle que je voyais sortir puis emprunter le chemin en sautillant comme une chèvre et descendre vers nous, sur la route, qu'elle atteignait au bout de longues minutes avec les œufs frais. « Vous vous appelez Nahia ? » lui avais-je demandé la veille. Elle avait dit oui, et n'avait pas attendu pour me confirmer qu'elle savait qui j'étais, le monsieur qui habitait la maison au-dessus du plateau de Massiaf. Elle me connaissait adulte, moi je me souvenais d'elle petite fille. Mes longs voyages avaient contribué à faire oublier aux gens du pays l'enfant que j'avais été ici et mes étés parmi eux, trente ans auparavant.

Lorsqu'elle rentra dans la maison, nous demeurâmes un moment silencieux. C'est moi qui revins à la conversation, poussant Raëd Jbeili à poursuivre.

« Quand je suis allé là-bas, reprit-il donc, au temps de mes propres errances, Leonardo, le fils de Zeid, que j'ai retrouvé à Mexico et qui m'a reçu avec beaucoup d'enthousiasme malgré son grand âge, m'a raconté des détails qui m'ont finalement convaincu que tout ne s'était peut-être pas passé comme Zeid l'avait raconté à Chehab, et comme ce dernier l'avait cru volontiers, ou avait feint de le croire. Je suis arrivé à la conclusion que cette affaire de punition que fait subir Patricia à Zeid est peu crédible. Et vous êtes d'accord avec moi, je le vois bien. Pourtant, d'après ce que m'a dit

Leonardo, ses parents vécurent effectivement toujours en froid, et ce fut une vraie souffrance pour lui et sa sœur. Or une brouille qui dure toute une vie pour un jeu d'ombres, voilà qui ne me convient pas. Néanmoins, vous l'admettrez facilement, je pense, cette histoire d'ombres, ça ne s'invente pas. Ou alors c'est si bien inventé qu'on est forcé de la garder. Mais il y a autre chose, forcément. Dans les confidences que m'a faites Leonardo, et contrairement à ce que Zeid a raconté à Chehab dans ses lettres, il semble que Patricia et son frère Matteo ne s'entendaient nullement, que Matteo était une sorte de tyran dont sa sœur garda apparemment longtemps après sa mort un souvenir horrifié. Il voulait lui imposer ses valeurs machistes, et seule la présence du comte Scilla l'empêchait de la reléguer au rang qu'il estimait être le sien, à la broderie et au piano, comme ornement de salon puis comme objet d'échange pour une alliance avec un des clans voisins, celui de Guttierez ou d'El Lobo. Le bonhomme apparemment était grossier et dur. À l'inverse de ce que rapportent Zeid et la vulgate familiale, Patricia ne le cajolait pas en public, elle le provoquait plutôt devant son père, sachant qu'il ne pourrait rien faire en présence de ce dernier. De un. De deux : il semble que, d'après la version que Leonardo tient d'une tradition discrète, Matteo ne soit pas sorti accompagner Zeid à l'heure de son départ. Il l'aurait rejoint. Et devinez pourquoi… Bien sûr, pour lui demander des comptes concernant l'honneur de sa sœur. Qu'on ait surpris les amoureux, qu'on les ait espionnés durant leur théâtre d'ombres, c'est possible, je n'en sais rien. Quoi qu'il en soit, Matteo apparemment l'a appris, peut-être un peu tard, en cherchant à comprendre les raisons du départ d'El Turco. Qu'il ait alors fait une scène à sa sœur, c'est fort possible. Qu'il ait ensuite rattrapé Zeid pour avoir avec lui une explication, c'est aussi probablement ce qui s'est passé. Et c'est là que l'on peut imaginer le véritable scénario, un scénario que j'ai proposé, de manière à peine déguisée, à Leonardo Scilla, qui ne l'a pas rejeté, sans pour autant l'agréer, vous comprendrez pourquoi – à moins que vous ne l'ayez déjà compris. Matteo rejoint donc le groupe de Zeid et une rixe éclate. Certes, il paraît impensable que Zeid, que notre vulgate donne pour un philosophe, soit capable de dégainer et d'abattre Matteo, le fils du comte Scilla – un comte si généreux avec lui. Impensable aussi parce que Zeid a toujours été voulu comme l'opposé de l'Empereur, son arrière-grand-père. On en a fait celui dont les actes de générosité et de bonté rêveuse, accompagnant la constitution d'un domaine, devaient rédimer la violence de l'ancêtre et de la fondation du sien, une violence qui entachait le passé du clan depuis des lustres. Sauf que, en réalité, Zeid, comme tous les descendants de l'Empereur, portait cette violence en lui. De plus, et c'est peut-être cela qui à un moment donné réveille des gènes dormants, de plus, il a été deux fois humilié : une fois par son sentiment d'infériorité face aux aristocrates italiens et une fois face à Patricia. La troisième, par le biais de Matteo, aura été celle de trop. Voilà mon hypothèse. Quant à la manière dont tout s'est passé, elle importe peu. Le jeune et arrogant *hacien-dero* arrive peut-être seul, trop confiant, et il est facile pour Zeid, après quelques phrases échangées sur un ton d'injures ou de défi, de tirer son arme et de faire feu à bout portant sur le garçon. Mais Matteo arrive peut-être avec un groupe de cavaliers, deux ou trois, parce qu'il ne va pas mobiliser un bataillon pour cette affaire, et alors c'est une véritable tuerie, en effet. Se peut-il après cela que l'on ait surpris une bande de cavaliers innocents que l'on aura abattus, coupant ensuite la tête de l'un d'eux pour la rapporter à l'hacienda ? Je n'en sais rien, peut-être que toute cette histoire de tête est inventée, c'est très romanesque, les têtes coupées, c'est bien dans les romans, c'est moins bien dans la réalité. Ou alors, écoutez voir : Matteo arrive avec deux ou trois compagnons et somme Zeid de le suivre à l'écart pour régler la chose, parce qu'on ne peut parler d'une sœur nue, même en ombres chinoises, devant tout le monde. Zeid part avec Matteo et ses sbires et là, d'une manière ou d'une autre, il les descend tous, peut-être par adresse au tir, peut-être par ruse. Il n'était pas devenu comme ça, par hasard, ce héros dont des hommes se disputaient l'honneur de le suivre, ou parce qu'il parlait syriaque. Il devait en effet s'être endurci et n'avoir plus d'états d'âme. Dans le monde où il vivait, c'était indispensable. Il les descend donc et après ça, pourquoi pas, des voleurs de chevaux viennent à croiser son chemin. Ils ont mis la main sur les bêtes de Matteo, qui durant la rixe ont fui, et dès lors il est facile de leur faire porter le chapeau. »

Je dus avoir l'air très déconcerté. Raëd rit de bon cœur et but une gorgée de whisky. Je me levai pour me servir enfin un verre.

« Vous trouvez cela incroyablement bas, dit-il quand je revins m'installer en face de lui. Mais, finalement, le fait de balancer l'ancien collecteur d'impôts du haut de la montagne n'était-il pas aussi bas ? Et c'est sur ça pourtant que toute la fortune du clan s'est fondée. Je crois toutefois que ce n'est pas si simple, et que Zeid n'était pas un monstre de bassesse et de manipulation. Il a juste fait une moitié de bon calcul. Il devait être certain qu'en agissant ainsi il ne ferait qu'aider Patricia à se débarrasser de son frère, une brute qui allait un jour ou l'autre exercer sur elle son pouvoir et la marier à un rejeton d'El Lobo ou de Guttierez, ou de quelque gouverneur de province. Et certain aussi que, de cela, Patricia lui serait reconnaissante. Il devait penser qu'ensuite elle lui reviendrait. Sauf que ce n'est pas tout à fait ainsi que ça s'est passé. Mais en attendant il n'a pas véritablement menti, avec la complicité ou non de ses hommes. Il a peut-être menti au comte, par charité, d'accord, et à quelques bonnes âmes. Mais le reste de la population du domaine aura vite compris. Et surtout Patricia. Il n'y aura pas eu mensonge, juste un effroyable non-dit, qui a plané sur l'hacienda des Scilla durant des décennies, auquel se sont soumis les cavaliers, les péons, les servantes, et dont les enfants de Zeid auront évidemment senti toute la puissante lourdeur, ce dont son fils Leonardo m'a parlé longuement, assis sur la terrasse de sa maison de Mexico. Il ne m'a rien dit de plus, mais je suis certain que, si j'avais pu aller interroger le peuple des paysans et des Indiens ou leurs descendants, j'aurais découvert que tout le Sonora connaissait l'histoire, savait exactement et sait encore aujourd'hui dans le détail ce que je tente de reconstruire en tâtonnant et que les seigneurs feignaient d'ignorer, ou d'oublier. Aussi, si Patricia n'est jamais revenue à Zeid, ce n'est pas à cause de son absurde vœu d'Eurydice formulé durant une scène de strip-tease poétique, mais parce qu'il lui était impossible, malgré tout, de se jeter dans les bras de l'assassin de son frère. Peut-être même se punissait-elle d'avoir laissé entendre, lors de leurs discussions, qu'elle voulait cette mort, qu'elle en serait heureuse. Elle se punissait d'avoir joué sa lady Macbeth, allez savoir… C'était comme si elle avait poussé son futur mari au crime. La distance qu'elle aura mise pendant dix-huit ans entre elle et Zeid, c'était en fait une distance entre elle et elle-même, entre elle et son bonheur désormais inaccessible, parce que entaché du sang de son frère, son propre sang en quelque sorte. »

Je demeurai pensif. Nahia sortit sur la terrasse pour débarrasser le plateau qu'elle avait apporté une heure avant et repartit sans un mot.

« Finalement, dis-je, si Zeid était une victime du serment de l'Arbre Sec, il aura quand même fini par réincarner à la perfection le personnage de Khanjar, son ancêtre. Comme ces gens qui conjurent une terreur en affrontant ce qui les effraye, en lui donnant corps. »

Je pensais que Raëd allait protester, mais, à ma surprise, il opina.

« Et ce qui est étonnant, poursuivit-il, c'est que Chehab lui-même ne l'a pas vu comme ça, alors que c'est frappant. La preuve, c'est qu'il a passé sa vie à tenter d'approcher une figure réunissant les traits et le caractère romanesque de l'Empereur, sans se rendre compte que Zeid en était le plus évident représentant. Chehab était une sorte de monarchiste rêveur, passionné par les fondateurs de royautés nouvelles, par les aventuriers et les conquérants – tout ce qu'était notre ancêtre, finalement. Il a tout fait pour en fréquenter de vivants, par une étrange fascination qui est sans doute la même qu'exerçait sur lui la personne de Khanjar, l'ancêtre honni source de son malheur puisqu'il l'aura privé de pouvoir sur la terre et les montagnes, de mariage et de descendance. Chehab était comme les papillons fascinés par la lumière qui les brûle. Il est allé à la recherche d'archaïsmes violents et fascinants, semblables à ceux qui sont à l'origine de la naissance de sa famille et de la puissance de son clan. Il s'est rendu dans des contrées où persistent les conditions des légendes et des épopées, aux confins de la Chine, dans l'espoir de rejoindre un ataman qu'il prenait pour un roi barbare. Mais sa quête a commencé plus près, ici même. Il aurait souvent raconté que l'un des spectacles les plus marquants de sa jeunesse, bien après le départ de Zeid, aux derniers jours de la guerre, ce fut l'irruption des cavaliers arabes de Fayçal et de Lawrence dans Beyrouth, en septembre 1918. Ces Bédouins sortis de leurs déserts, chevauchant bruyamment dans les rues d'une cité de commerçants et semant l'inquiétude et la panique chez les habitants, le ravirent sans doute, en tant qu'illustration de la persistance des attitudes farouches des anciennes épopées. Il partit avec quelques amis, enthousiastes comme lui, pour Damas, où se tenait le Congrès national syrien, au moment où son père, mon arrière-grand-oncle Harb Jbeili, était en train de se faire une place auprès des autorités françaises. On peut le voir sur la célèbre photo des notables de Beyrouth entourant le général Gouraud en 1920 sur le perron de la Résidence des Pins. Et pendant ce temps son fils était à Damas, chez les adversaires du Liban nouveau. La colère paternelle dut être terrible, il y eut assurément des scènes tonitruantes de reniement, de malédiction. Chehab fut même brièvement mis au ban de la famille. Pendant longtemps d'ailleurs, la tradition passait pardessus l'épisode syrien des aventures de Chehab pour aller directement à celles qui commencent à Téhéran. Et encore, ce n'étaient que des versions tronquées, toutes à l'avantage des Jbeili. Les familles de notables, de négociants et de propriétaires terriens n'aiment pas beaucoup avoir des aventuriers en leur sein, peut-être parce que cela leur rappelle trop qu'elles descendent elles-mêmes d'errants qui se sont un jour lassés d'errer – vous voyez ce que je veux dire. Si les Jbeili finirent par admettre l'histoire de Chehab, c'est parce qu'ils y trouvèrent des ingrédients nobles à leurs yeux, comme par exemple cette insistance à croire que mon grand-oncle fut un agent britannique et contribua à reconstituer le front Sud-Est durant la guerre civile russe. »

Il se tut. Un épervier volait assez bas, lentement, souverainement, et passa dans le ciel immense. Je songeai à mon père, à ce qu'il m'avait raconté sur Chehab et au fait que, lorsqu'il l'avait rencontré dans les années trente, c'était à ses yeux un homme redoutable, presque un mythe, non parce qu'il avait erré à travers l'Asie, mais parce qu'il l'imaginait mêlé à la marche de l'Histoire.

« Mon père me parlait d'un serviteur kazakh, ou chinois, au service de votre grand-oncle, dis-je, comme pour refaire vivre une scène où Chehab était bien vivant, assis devant mon père et lui parlant, dans la maison à galerie aujourd'hui disparue, comme nous parlions nous-mêmes à ce moment face aux montagnes de Jabal Safié.

– Ulan ! s'exclama Raëd. Bien sûr… J'ai de lui quelques photos, si ça vous intéresse. Il était kazakh, en effet. Je crois que Chehab était content de l'avoir à ses côtés. Ulan faisait passer Chehab pour un véritable seigneur, il était la preuve que mon grand-oncle avait tutoyé des rois qui lui avaient laissé un de leurs serviteurs en guise de souvenir. Alors qu'à la vérité Ulan n'était qu'un nettoyeur de cages de cirque. Mais pour Chehab il représentait ce qui subsistait de tangible de sa presque légendaire aventure, comme ces éléments d'un rêve dont on découvre en s'éveillant qu'ils sont soudain là dans notre existence, et que le rêve finalement n'en était pas un.

» Ces aventures, elles ont pris racine dans les livres que Chehab lisait avec Zeid, au temps de leur première jeunesse. Il vécut ensuite le voyage de son cousin en fonction des récits de ce dernier, tantôt sur le mode de la déception quand Zeid se retrouvera dans les salons aristocratiques italiens, tantôt sur celui de la passion quand il lui contera le western mexicain. En 1914, Harb, son père, l'envoie en Égypte, pour suivre une affaire commerciale avec des armateurs italiens, et il est coincé par le blocus des côtes syriennes au début de la guerre. Il reste là-bas quatre ans et c'est alors que s'opère vraiment sa métamorphose, semblable à celle de son cousin en Italie. Il fréquente les intellectuels libanais francophiles, il lit les œuvres antiques, la poésie de Hugo et va à l'Opéra. Il est parmi les premiers cependant à revenir au Liban, à la fin des hostilités, et on pourrait penser qu'il va se passionner pour la cause de l'État du Grand Liban que prône la France et dont son père est un fervent partisan, comme tous les notables chrétiens. Charles Corm, rentré d'Égypte lui aussi, lui propose apparemment de participer à sa *Revue phénicienne*, mais Chehab entre-temps a vu la fameuse fantasia des cavaliers arabes et cela l'a renvoyé d'un seul coup à une scène de tableau héroïque ou orientaliste, et a réveillé en lui les émotions de ses lectures d'adolescent et celles éprouvées devant les lettres de Zeid à propos des chevauchées sauvages au Mexique. Il décide donc de partir pour Damas, à l'insu de son père, dont vraisemblablement les activités commerciales, le négoce et la spéculation l'ennuient immensément. Il semble pourtant avoir réussi quelques affaires en Égypte, mais comme distraitement, en compagnie de marchands grecs et libanais. Il part avec deux autres jeunes hommes qu'il ne nommera jamais que par leurs prénoms, et qui semblent tous deux chrétiens comme lui. Mais évidemment ce sera une terrible déception. Il pensait trouver à Damas, en 1919, des armées bédouines semblables à celles d'Alexandre ou de Napoléon, campant aux abords de la ville avec leurs bannières et leurs chefferies. Mais il n'en fut rien. Il logea avec ses deux compagnons chez un drogman chrétien qui se révéla paradoxalement proche des commissaires français en train de négocier avec Fayçal. Pour plus de sécurité, il se fit passer pour un négociant. Il écrira à Zeid, bien plus tard, quand il racontera tout cela dans des lettres que le fils de notre cousin du Mexique m'a montrées, que Damas lui avait été insupportable. Il cherchait un vaste champ de fantasia et un camp de conquérant, il trouva une ville fermée, toute en venelles et en maisons recroquevillées sur elles-mêmes, closes comme des forteresses, et peuplée d'un nombre inouï de fantômes noirs, de femmes couvertes de haut en bas, marchant en groupe comme des ombres pressées, qui lui donnèrent le cafard. Pourtant, la cité était en ébullition, mais ce n'était qu'allées et venues de bandes de fiers-à-bras surgissant et disparaissant dans les ruelles indémêlables du tréfonds de la cité, hostiles en définitive aussi bien aux Français qu'à Fayçal, qu'ils soupçonnaient assez justement de vouloir négocier avec le général Gouraud, poussé en cela par la grande bourgeoisie et par les notables de la ville.

» Évidemment, il aurait pu revenir, c'était peut-être le plan, allez savoir, sauf qu'il était obstiné et décida de partir encore un peu plus vers l'est, dans le désert, en direction de Palmyre, en touriste, si on peut dire, et pour tenter peut-être de voir quand même quelque chose de concret qui aurait ressemblé à son rêve de fantasia et de tribus en guerre. J'ai retrouvé dans les archives familiales une photo de Chehab où on le voit en keffieh et tenue de cavalier occidental, debout sur un fût de colonne et entouré de trois autres gaillards, dont deux sont probablement ses fameux camarades d'expédition et de déception. La photo date vraisemblablement du début de 1919, et il semble bien qu'elle ait été prise à Palmyre. Je me suis souvent demandé comment elle avait pu arriver dans ces archives, puisque Chehab ne rentra que longtemps après, et à l'issue de pérégrinations durant lesquelles il est peu probable qu'il ait conservé des objets de ce genre. J'ai fini par comprendre qu'elle avait été rapportée par l'un de ses deux compères, dont on n'a que le prénom et l'initiale du nom, Alfred C., ce qui fait que je n'ai jamais retrouvé sa trace.

» Ses compagnons revinrent, il le dit au détour de l'une de ses lettres. Il poursuivit seul, avec un guide du nom de Azem. Ce Azem était un Duleimi, et avec lui Chehab traversa l'Euphrate à Deir ez-Zor et alla tantôt à cheval tantôt à dos de chameau jusque dans la province d'Al-Anbar, où dans une oasis il fut reçu plusieurs jours par un puissant cheikh qui apparemment lui conta les histoires qu'il avait envie d'entendre sur des guerres tribales et sur les tribus anciennes arrivées du Sud. Il galopa sous d'immenses palmeraies mais parle dans ses lettres de misère, de maisons en pisé, de saleté et d'un inconfort inouï. Il raconte aussi qu'avec les cavaliers du cheikh il partit à la recherche d'un étalon fameux, source de toutes les convoitises, qui avait été volé dans le village et pour lequel les Duleimi se seraient entre-tués parce que cette bête était pourvoyeuse de montures de rêve. Après ça, il reprit la route. En chemin il fut embarqué dans une voiture par un officier britannique, et entra ainsi à Bagdad dans une espèce de vieille Ford pétaradante qui fit apparemment beaucoup d'effet. L'officier britannique lui conseilla une hôtellerie dans laquelle il logea lui-même, et avec lui Chehab demeura quelques jours dans la ville des *Mille et Une*

Nuits, qui n'était pas une cité très accueillante – pauvre, pleine de venelles et de maisons en terre. Il passa des soirées sur le bord du Tigre, dans des guinguettes, à côté de cafetiers accroupis dans leurs robes sales, en face de rougeoyants couchants, contemplant les barques en roseau qui tournaient sur elles-mêmes, les mêmes que celles dont parle Dos Passos dans le récit qu'il fera de son voyage dans la région deux ans plus tard et que l'écrivain américain compare à ce que l'on lit dans Xénophon et chez César. Chehab ne fera allusion ni à l'aventurier grec ni au chef romain, mais sans doute baigna-t-il dans cette ambiance d'un autre temps, misère immémoriale, gestes et pratiques venus du fond des âges ou surgis des épopées antiques. Et il fut heureux. En tout cas c'est ce qui transparaît dans les lettres qu'il écrira à son cousin quelques années après, et c'est sans doute à Bagdad qu'il rencontra cet Arménien qu'il évoquera souvent, un drôle de type toujours tiré à quatre épingles, mais dans un style ancien, un peu décalé, et qui, au bout de quelques jours durant lesquels il l'emmena dans des endroits où on mangeait les meilleurs poissons du fleuve et chez de petits négociants chaldéens abrupts mais accueillants qui lui proposèrent des antiquités trouvées à Ninive et Babylone, lui fit part d'un projet auquel il voulait l'associer. Il s'agissait d'acheter à Kazvin, en Iran, du caviar et de revenir le vendre aux Anglais de Bagdad. "La plus-value sera énorme, lui dit-il, mais il y a un hic, c'est qu'il faut une automobile. Or il y en a à Téhéran, on pourrait en acheter une", et le bonhomme sembla vouloir embarquer Chehab dans l'affaire parce qu'il avait besoin de son argent pour acquérir une auto. Il est fort peu probable que Chehab ait pensé s'associer à ce personnage, mais il le lui fit peut-être croire pour aller avec lui jusqu'à Téhéran, où il arriva au début de l'hiver. Il faisait un froid glacial, la crête des montagnes était ourlée de lumière mais sur la ville planait une odeur de charbon. Les platanes étaient comme des spectres blancs, de même que les mendiants et les derviches qui passaient leurs journées autour de braseros, dans la neige fine qui recouvrait les rues. Chehab logea à l'Hôtel de France, où logera Dos Passos, il trouva un tailleur, arménien lui aussi, qui lui coupa des costumes de saison et un manteau. Son propre Arménien entre-temps finit par trouver une automobile, Chehab accepta de l'acheter, dans l'idée d'aller plutôt à Ispahan et Persépolis. Il avait de l'argent, et surtout un compte encore à Alexandrie. Depuis le bureau de poste central, il obtint par télégraphe de son ancien secrétaire en Égypte de faire virer la somme qui y restait, qui était encore à son nom et qui était importante.

» Cette automobile appartenait à l'ancien ambassadeur russe à Téhéran, Biliayev, passé du côté des Blancs et désormais transfuge en Iran. Biliayev l'avait revendue à un aristocrate également réfugié en Iran, Simeon Selemnov, avec le fils duquel Chehab négocia donc l'achat de ce qui devait être une Ford T, ou quelque chose du genre. C'est ainsi que mon grand-oncle se lia d'amitié avec Grigori Selemnov. Les Selemnov étaient une famille noble de Moscou et avaient quitté la capitale au moment du coup d'État bolchevique. Le père, Simeon, combattit dans les armées blanches du Sud, et dut évacuer ses positions lors de la prise des villes de la mer Caspienne par les Rouges. Il ne put que se réfugier en Iran, où il se retrouva aux côtés de Biliayev, qu'il avait connu naguère dans les salons de l'aristocratie moscovite. Son fils Grigori, qui se battait sur le front de l'Ouest, le rejoignit à Téhéran avec sa mère et ses sœurs après la défaite de Dénikine. »

Raëd s'interrompit, se demandant sans doute si j'avais envie d'entendre cette histoire, que je ne lui avais pas demandé de me conter et qui peut-être m'ennuyait. Or c'était tout le contraire et je le lui dis. Il s'apprêtait à reprendre son récit lorsque Nahia apparut sur la terrasse et vraisemblablement fit un signe à mon hôte qui répondit que oui, nous prendrions notre déjeuner dehors. Les heures étaient passées vite, sans que je m'en rende compte. La chaleur était devenue forte, mais sèche, et décuplait l'effet somptueux de la lumière sur les arbres, les rochers, les montagnes tout autour de nous. Une brise taquinait doucement le bord de la nappe que Nahia était revenue déployer sur la table basse entre nous en prévision du déjeuner.

« L'amitié de Chehab et de Grigori Selemnov, reprit donc Raëd Jbeili, se noua au cours de leurs pérégrinations dans l'automobile du second, que le premier acheta sans trop savoir pourquoi, puisque très vite il apparut que l'affaire du caviar était ratée, soit à cause de son absurdité soit, plus probablement, à cause des troubles qui éclatèrent sur les bords de la Caspienne après l'intervention de la flotte rouge et la proclamation de la République soviétique perse du Ghilan. Propriétaire d'une automobile, Chehab en profita pour aller jusqu'à Ispahan et Persépolis, en compagnie de Grigori et aussi peut-être de l'Arménien. Les trois hommes se relayèrent au volant de la Ford. Sur les routes interminables de Perse, l'auto roulait allégrement mais elle était aussi inconfortable qu'une charrette et bondissait à chaque ornière. Dans des hôtelleries minables et pleines de punaises, ils dormaient ou veillaient en buvant du thé et en mangeant de la confiture. L'Arménien se lamentait et montait de nouveaux projets, tandis que Chehab et Selemnov (qui parlait français parce qu'il avait eu une gouvernante française, forcément) échangeaient des considérations sur les guerres, les grands chambardements et le monde nouveau encore en gestation un peu partout autour d'eux. Au milieu des ruines de Persépolis, ils parlèrent d'Alexandre de Macédoine, de Xénophon et des aventuriers de l'Antiquité qui rêvaient de terres et de gouvernements. Ils déclamèrent des passages de *La Légende des siècles* debout sur les tas de pierres millénaires. Chehab découvrit que Selemnov était comme lui un connaisseur de l'épopée napoléonienne et savait réciter à tue-tête des vers sur la retraite de Russie de Hugo, avec son accent abrupt et ses r qui faisaient comme des échos de roulements de tambour dans un défilé, tout cela tandis que l'Arménien, assis à l'ombre d'un acacia, se rongeait les sangs et les regardait tous deux faire leur numéro en se demandant ce qui lui avait pris de les mettre en relation. Et puis ils évoquaient le conflit en Europe qui était fini, l'arrivée des Arabes en Syrie et la guerre civile russe qui était en cours. Chehab était un peu intimidé par l'expérience et les récits de Grigori. Ce dernier pensait de son côté que Chehab s'était battu auprès de Fayçal, et même après que Chehab lui eut juré ses grands dieux que ce n'était pas le cas il continuait à le dévisager avec une incompréhensible et forte admiration, comme s'il était un héros lui aussi, et Chehab en était un peu honteux.

» À ce moment, c'est-à-dire au début du printemps de 1920, les opérations des diverses armées russes blanches avaient partout tourné au désastre, dans le Caucase, dans le Nord et dans l'Oural. À leur retour à Téhéran pourtant, vers le mois de mai, la situation avait encore évolué, et les nouvelles de l'offensive de Wrangel dans le Caucase étaient en train de redonner espoir à la communauté des exilés russes. C'est probablement alors que germa au sein de cette dernière l'idée qui allait lancer Selemnov et Chehab à la poursuite de l'ataman Prémerguine. Cette idée était simple, si je l'ai bien comprise d'après les quelques mots de Chehab s'y rapportant dans ses lettres et d'après les rares renseignements que j'ai pu glaner dans les livres sur cette affaire. Il s'agissait d'aider Wrangel en suscitant une action militaire dans le Turkestan, grâce aux forces des cosaques blancs. Rien que ça. Sauf que la plupart des atamans cosaques, défaits par les armées rouges après la déroute des forces de Koltchak, se repliaient à ce moment en direction de la Chine. En mai 1920, il ne semblait plus demeurer parmi eux que Prémerguine, dont les informations rapportaient qu'il se trouvait sur les bords du lac Balkhach. C'est là que Selemnov, encouragé par les exilés russes et leurs chefs, Biliayev, Silaenkov et Selemnov le père, se proposa d'aller l'assurer de l'appui des émigrés, de lui apporter de l'argent et des nouvelles favorables à propos de Wrangel dans l'espoir de le pousser à revenir soutenir Boukhara puis se porter à nouveau vers l'ouest.

» À la vérité, tout cela était une parfaite absurdité, parce qu'un ataman et quelques milliers de cosaques cantonnés à l'est des steppes du Kazakhstan ne pouvaient influer ne serait-ce que d'un iota sur les combats engagés si loin à l'ouest par Wrangel. Mais je crois que les Russes d'Iran avaient besoin d'agir. Quant à Chehab et à ce Selemnov, ils virent que le désordre généralisé où était le monde à ce moment pouvait permettre de vivre quelque aventure qu'il ne serait plus possible de connaître lorsque tout serait fixé, lorsque les frontières, les politiques et les peuples seraient à nouveau stabilisés. L'un partait parce que l'inaction lui pesait, l'autre, Chehab mon grand-oncle, parce que entrer en contact avec un ataman des cosaques, c'était comme d'aller chercher un tableau ancien, d'entrer un peu dans sa texture, dans ses couleurs, d'en devenir un personnage, de vivre, ne serait-ce que quelques semaines, à la hauteur des mythes et des légendes, et donc de remettre en jeu le rêve déçu une première fois en Syrie. »

Raëd se tut. Mon visage devait exprimer un léger désarroi face aux détails géopolitiques qu'il venait d'exposer. Il rit de bon cœur, puis déclara que tout cela n'avait guère d'importance en fait, et que ce qui en avait, c'était l'incroyable marche de Chehab et de son compagnon. J'étais prêt à l'entendre. Mais mon verre de whisky était vide, à nouveau.

III

Les légions de Prémerguine

« Dans l'intérieur, vous rencontrerez sûrement M. Kurtz. »

JOSEPH CONRAD,
Au cœur des ténèbres

8

« Ils partirent donc en mai 1920, reprit Raëd après me l'avoir rempli. Les nouvelles concernant Prémerguine étaient rares, et les dernières, les seules qu'il y eût jamais à vrai dire, rapportaient qu'il se trouvait au nord des monts du Karatau… Vous me regardez à nouveau avec cet air dépassé, et j'ai le sentiment que cette fois vous me prenez pour un fou de croire à toute cette histoire. Vous en seriez davantage encore convaincu si je vous montrais sur la carte les régions que traversèrent Chehab Jbeili et Grigori Selemnov, ainsi que leurs guides turkmènes. Mais j'ai toujours voulu y croire, j'ai bâti un scénario plausible et un itinéraire vraisemblable pour tenter de reconstituer l'aventure, à défaut d'avoir des détails précis de la part de Chehab lui-même ou de la moindre autre source qui aurait gardé souvenir de cette entreprise. Chehab énumère juste quelques noms, et cite des lieux au gré des événements qu'il raconte, telles sa visite au khan de Boukhara et sa rencontre avec Ulan le Kazakh, ou lorsqu'il évoque les divers points où Prémerguine était signalé. Ce fut une chasse absurde et totalement vaine, à la recherche d'un chef et de centaines de combattants épuisés, avec femmes et enfants, qui semblaient insoucieux ou ignorants de l'intérêt qu'ils suscitaient et qui devançaient systématiquement de quatre ou cinq jours de marche leurs poursuivants. Mais je pense que Chehab était dans une grande exaltation. L'infini des paysages qu'ils parcoururent, le désert, la steppe, les montagnes immenses qu'ils longèrent, les fleuves impassibles qu'ils remontèrent, dans l'espoir de prendre contact avec une armée dirigée par un chef mystérieux, tout cela lui donna une force inouïe et le tendit tout entier vers son but, lui communiqua une sorte de volonté farouche, que dut partager aussi Selemnov. Il le dit d'ailleurs dans une de ses lettres, et c'est une des choses les plus précieuses qu'il dit : dès qu'ils entrèrent dans le désert du Karakoum, ils comprirent tous les deux que leurs plans n'étaient que des plans tirés sur la comète, que leur idée de pousser un chef cosaque campant sur les bords du Syr-Daria à soulager un général régulier se battant dans le Caucase était d'une absurdité sans nom.

» Mais ils s'en moquaient, et Chehab surtout, qui savait que ses rêves étaient d'une autre sorte. Avec deux guides turkmènes, ils traversèrent donc pour commencer le désert du Karakoum, probablement par l'est, parce que Chehab parle dans ses lettres du passage de la voie de chemin de fer de Merv. C'était le printemps, les vastes étendues étaient sans doute verdoyantes et les dunes marron piquées d'arbrisseaux. Durant le jour, peut-être crurent-ils discerner à l'horizon les contours des sommets de l'Hindou-Kouch. La nuit, le ciel devait être aussi fastueux que les rêveries de Chehab qui pensait là à Alexandre le Grand et aux peuples scythes et massagètes, dont les noms brasillaient dans sa tête comme les feux de camp autour desquels les guides riaient et racontaient des anecdotes que Selemnov comprenait à moitié et lui traduisait vaille que vaille. Au bout d'une semaine, après avoir surveillé toute une journée le cours de l'Amou-Daria, couchés dans l'herbe de la brousse, ils franchirent le fleuve discrètement de nuit sur un pont aux planches de bois mal appariées. Ils entrèrent ensuite dans Boukhara – un épisode que j'aime bien, parce que j'aime l'idée que mon grand-oncle vit ce que les voyageurs et les caravaniers sur la route de la soie ont cru voir : les minarets et les dômes de faïence, les bazars et les hommes aux allures de sages immémoriaux, aux coiffes de couleur et aux barbes légendaires. Surtout que Boukhara ne serait bientôt plus la capitale d'un émirat à la manière médiévale. L'ambiance était lourde en ville et dans le bazar, les agents des républicains et des communistes travaillaient en sourdine. C'est donc en croyant pouvoir éviter la fin imminente de cette principauté légendaire que les deux aventuriers se présentèrent à son émir dans son palais pour lui expliquer leur mission, et le convaincre que l'intervention de Prémerguine ne pourrait que lui être bénéfique. Mais l'émir ne dut être que moyennement rassuré, parce que, à ses yeux, les Rouges du Soviet de Tachkent qui approchaient et le menaçaient ou une troupe de cosaques russes de qui sa survie aurait été tributaire, comme celle des anciens souverains l'était de troupes de mercenaires, c'était du pareil au même. Il fit pourtant mine d'être content, il se dit probablement que Prémerguine était trop loin et ne viendrait pas. En revanche, il rapporta à Chehab et Selemnov qu'il avait entendu dire des choses épouvantables sur le fameux ataman, et ajouta, détail singulier et paradoxal, qu'on disait – mais était-ce possible ? était-ce concevable ? – que Prémerguine était un poète et un amoureux des roses.

» L'émir leur donna deux guides, plus précieux que les précédents, et des chevaux frais, sur lesquels ils remontèrent vers le nord en direction des monts Karatau. Dans certains villages où leurs guides avaient de la parentèle, ils s'arrêtèrent, mangèrent des ragoûts de mouton et dormirent dans des maisons de bois ou des yourtes. Ils entendirent des histoires sur la famine de 1918, sur les guerres héroïques anciennes et sur celles du présent, et comprirent surtout que les communistes et les réformistes boukhariens qui voulaient l'abolition de la monarchie avançaient de partout en direction de la capitale de l'émirat. Ils évitèrent les détachements rouges au pied des premiers contreforts des monts Zerafchan, le long de champs de coton à moitié abandonnés. Ils allongèrent leur route vers l'est pour contourner le désert. De tous côtés, depuis la steppe et les plaines, les horizons étaient barrés par les silhouettes imposantes des montagnes de l'Asie. Leurs pics parfois soudain se dressaient dans le ciel et semblaient à portée de main, parfois elles semblaient reculer, se tasser sur elles-mêmes, mais toujours elles rappelaient la présence puissante, par-delà leurs sommets lointains et vertigineux, du monde chinois. Eux poursuivirent sur les terres plates, ils remontèrent les berges du Syr-Daria qu'ils traversèrent à cinquante kilomètres au nord de Tchimkent. La région était ici tenue par l'armée rouge qui contrôlait sévèrement le chemin de fer. Ils entendaient la nuit, au loin, le roulement des trains, et Chehab pensait en frémissant à ceux de Trotski ou de Koltchak dont les journaux ne cessaient de rapporter les récits à travers le monde depuis deux ans. Ils descendirent le Syr-Daria dans l'obscurité, embarquant les chevaux sur de petites barques, cabotant le long des rives, puis se cachant dans la journée non loin de villages silencieux. Chehab tentait de se souvenir des noms antiques de ces fleuves, tournait et retournait des syllabes dans sa tête durant les longues pauses ou pendant les marches, comme s'il ne pouvait habiter ce monde autrement que par les noms de ses lieux de légende. Il était épuisé, raconterait-il, non pas à cause des trajets mais en raison de la vigilance et de l'état d'alerte où ils se trouvaient en permanence. Il était vêtu d'une chemise et d'un pantalon russes, il avait une casquette et des bottes de cavalier ouzbek, les cheveux en bataille, l'air en permanence absorbé par les réflexions que lui inspiraient les paysages et les histoires que racontaient les guides, tellement absorbé qu'il semblait soucieux et paradoxalement distrait, ce qui faisait que souvent Selemnov l'interpellait : “Ho, Chi'ab ! Tu es là ?” et tout le monde riait. Mais Chehab opinait tranquillement. Il n'avait jamais été aussi présent à lui-même et au monde. Et puis il intriguait la compagnie, évidemment. Les guides le croyaient français et, lors des soirées autour des feux, il feignait de parler de Paris en empruntant des images du Caire, de son Opéra et de ses fêtes dans les villas des riches négociants libanais. Il s'apercevait que de ce côté du monde, où l'on ne soupçonnait même pas l'existence du Liban, et à peine celle de l'Égypte, les récits sur Paris ou Rome ou Istanbul avaient le même effet qu'avait sur lui l'évocation de Merv, Khiva ou Samarcande.

» Mais cette marche vers le nord, plus elle se prolongeait, plus elle se compliquait, parce que les guides boukhariens ne connaissaient rien à ce qui était désormais le Kazakhstan, et c'est à ce moment que leur groupe tomba sur Ulan. Ce dernier apparut un jour, aux côtés d'une piteuse caravane de forains, ou de ce qui restait d'un cirque qui venait de Tachkent. Il prétendra toujours avoir été au service du prince Nicolas Constantinovitch, le célèbre cousin de Nicolas II exilé dans le Ferghana. La mort du prince puis l'instauration du Soviet de Tachkent l'avaient forcé à rejoindre ce cirque pour gagner son pain. Or ce n'était pas facile, parce que la famine de

1918 avait mis un terme au travail et amené la disparition des animaux, tous mangés par la population ou par les forains eux-mêmes, racontera Ulan, y compris les lions, les singes et les girafes. Ulan avait quitté Tachkent avec ses collègues et leurs chariots vides, grinçants et brinquebalants, leurs cages désertes et les vestiges de leur minable chapiteau, et c'est en remontant vers Kyril Arba qu'ils tombèrent sur Chehab et ses compagnons, au bord d'un champ de melons où ces derniers étaient en train de ramasser des fruits pour se désaltérer. Ulan, qui avait besoin de travail et d'argent, accepta la proposition de mener la troupe qui mentit d'abord sur son itinéraire. Plus tard, quand les guides boukhariens furent partis, quand Selemnov et Chehab se furent convaincus de ses compétences et de son honnêteté, ils lui expliquèrent où ils allaient, où il devait les guider, et Ulan ne vit à cela aucun inconvénient. Il se montra même d'une efficacité remarquable. Il connaissait la région, c'était un bon chasseur, son cheval, acquis auprès des forains grâce à une avance de Chehab, était fatigué mais il le ménageait en allant souvent à pied, ou en l'utilisant pour porter les victuailles, les fusils et les paquetages de ses deux employeurs qui devinrent vite ses amis. Autour du feu, en buvant du thé dans des gobelets militaires en fer-blanc qui donnaient au liquide un goût infect, il leur raconta des anecdotes sur le cousin du tsar et ses lubies, sur le cirque, sur les tigres que les citadins confondaient avec des lions. Durant la journée, ils continuaient d'avancer en direction de l'est, le long des monts Karatau, avec toujours ces horizons hantés par les sommets des montagnes limitrophes de la Chine.

» Finalement, au bout de deux jours encore, ils atteignirent des zones où la présence de l'ataman Prémerguine commença à devenir perceptible. Au milieu de conversations avec des pâtres, des gardiens d'enclos de chameaux ou dans des maisons où ils s'arrêtaient pour une heure ou pour la nuit, au sein de phrases adressées à Ulan en kazakh dans un débit précipité, Chehab et Selemnov devinaient chaque fois le nom de l'ataman, résonnant comme l'écho d'un effarement venu d'ailleurs, colporté par des rumeurs qui parvenaient déformées, peu crédibles, ou comme un lointain frémissement. Les cosaques n'étaient pas arrivés jusque-là, mais ils n'étaient pas passés loin, deux mois auparavant. Plus au nord, les récits devinrent plus précis et les trois hommes comprirent qu'ils approchaient de l'ataman Prémerguine. C'était à mi-chemin entre la vallée de Talas et le lac Balkhach. En ces parages, on était formel, Prémerguine avait encore une armée, il était même suivi d'une formidable caravane transportant les familles de ses cosaques mais aussi du butin, des biens innombrables, des richesses acquises grâce au pillage. Des chariots, des chevaux, des chameaux réquisitionnés la composaient. En entendant la traduction de tout cela, assis en tailleur sur des tapis soyeux ou fermant les yeux pour dormir, Chehab imaginait Prémerguine à la manière de ces rois barbares qui avaient envahi l'Europe, courant avec leurs guerriers et suivis du train immense de leurs tribus et de leurs peuples aux noms fabuleux, Huns, Suèves ou Burgondes. Selemnov, lui, était moins poète, et il était inquiet. Ces histoires de butin et de peuple entier marchant à la suite de l'ataman ne servaient pas ses plans. Il voulait un chef mobile, avec des cavaliers capables de se mettre immédiatement en mouvement, de déferler sur les steppes et de faire en quelques jours le trajet qu'ils avaient effectué, Chehab et lui, en trois semaines. Tout le reste l'agaçait et il ne cessait de marmonner des "On verra, on verra", comme des conjurations. Il attendait des mots rassurants de Chehab mais celui-ci était dans ses rêveries anciennes et demeurait silencieux, ce qui fait qu'à nouveau, comme souvent, le Russe l'interpellait : "Ho, Chi'ab ! Tu es là ?"

» Mais Selemnov fut bientôt rassuré, si on peut dire, par des récits de guerre terrifiants qui confirmaient que Prémerguine n'était pas qu'un chef nomade mais bien un guerrier redoutable. Dans la plaine de Bichkek, où il avait repoussé l'attaque d'une colonne rouge venue de Tachkent un mois plus tôt, les rumeurs rapportaient qu'il avait fait pendre des villageois sur son chemin et planter des têtes sur des piques comme on le fait en Chine. Dans un village qui avait été pillé par ses hommes, à cent kilomètres du lac Balkhach, on leur raconta que ses cosaques, qui voulaient s'amuser comme on s'amusait durant les guerres civiles russes, avaient donné le choix au père de trois garçons faits prisonniers de décider lequel de ses fils serait exécuté, puis lui avaient ordonné de le tuer lui-même, sous les yeux de tous les habitants de son hameau, à défaut de quoi les trois garçons seraient abattus. Prémerguine, passant par là, avait fait irruption avec ses proches et sa garde, au milieu des maisons éparses qui tenaient lieu de village, sur le terre-plein où se jouait ce drame affreux, et sauvé les trois garçons et leur père tout en chassant presque à coups de pied les femmes hurlantes qui voulaient le remercier en baisant ses bottes et ses étriers. Mais sa justice était assez terrifiante puisqu'il avait donné l'ordre au père des garçons d'exécuter lui-même le cosaque qui avait imaginé l'horrible mise en scène précédente. On ne savait donc que penser de lui, à la vérité, à travers les territoires qu'il avait traversés, où on racontait aussi que, après sa victoire sur la colonne de Tachkent, un de ses lieutenants avait fait ériger une pyramide avec les têtes des soldats communistes vaincus et s'était excusé en riant devant Prémerguine de n'avoir pas trouvé le corps du chef de l'expédition pour en couronner la pyramide. C'était sa tête qui finalement avait servi de panache à la morbide construction céphalique. Mais ni Chehab, ni Selemnov, ni Ulan ne parvinrent à comprendre si, aux yeux de ceux qui racontaient cela, l'acte de l'ataman à l'égard de son lieutenant était une punition pour la cruauté de ce dernier ou seulement pour son incompétence. »

Tandis que Raëd parlait, Nahia avait dressé la table, tranquillement, silencieusement, sans nous interrompre. Lorsqu'elle eut terminé, elle attendit debout. Mon hôte se tut et la regarda, comme s'il se demandait ce que cette femme faisait au cœur des steppes kazakhes. Revenu de son voyage, il lui répondit que oui, bien sûr, elle pouvait servir. Il se leva en annonçant qu'il allait ouvrir une bouteille de vin, je dis que je boirais de cet arak que Nahia avait posé sur la table en même temps que les légumes frais et les petits concombres qu'elle avait probablement cueillis un peu plus tôt. Il dit qu'alors il ferait de même. Il coupa une grosse tomate et l'assaisonna de sel et de sumac, puis s'adossa à nouveau à son fauteuil en osier, à la main le verre d'arak dans lequel il faisait doucement tinter ses glaçons. Il laissa Nahia nous servir puis reprit :

« Cette pyramide couronnée par la tête d'un conseiller imprudent, je dois néanmoins vous avouer l'avoir rencontrée à propos d'un chah du XVIIe siècle dans la description de la Perse par un négociant français. Est-ce que ce genre d'horreurs se répète, est-ce que Chehab aussi l'a lue et l'a accolée à l'histoire de Prémerguine ou est-ce que les légendes déjà intervenaient dans l'évocation de l'ataman, je ne sais pas. Les fictions se multipliaient probablement à mesure qu'ils s'approchaient du lac Balkhach. Comme la zone avait été récemment traversée par l'ataman, ils ne se cachèrent plus. Ils allaient plus vite et, surtout, ils espéraient recevoir de lui un signe, d'autant que Selemnov avait fait en sorte qu'on avertît le chef de leur présence et de leur mission. Mais Prémerguine ne leur fit pas signe. Selemnov se consolait en disant que l'ataman n'avait pas reçu la nouvelle de leur visite. Sauf qu'à chaque étape, quand ils croisaient des pâtres avec de rachitiques moutons, une petite caravane à moitié vide de chameaux fatigués, ou dans les fermes et les hameaux, on savait déjà qui ils étaient et où ils allaient. Selemnov pressait l'allure, on dormait peu, on se levait avant le jour, et c'était tant mieux parce qu'il faisait très chaud. On ne s'arrêtait pourtant presque pas en journée. Mais la chaleur ralentissait le pas des bêtes. Chehab raconte qu'il avait des éblouissements et s'endormait au pas de sa monture, et dans son sommeil il se voyait au milieu d'un peuple barbare rutilant, allant à cheval entre les chariots, environné de femmes bariolées et mené par un cavalier immense qui lui déclarait qu'il allait fonder un royaume en Chine et détrôner son roi, le collecteur d'impôts Roukoz Abou Jamil. Lorsqu'il se réveillait, il essayait de se souvenir des traits qu'avait Prémerguine dans son rêve, mais c'était en vain. Il s'aperçut d'ailleurs que nul n'avait vu Prémerguine, nul ne l'avait en fait approché, il n'était que le nom d'une force qui courait à travers la steppe, ce n'était plus tout à fait le même que le militaire qui avait combattu à Orenbourg et contribué avec les atamans Doutov et Annenkov à isoler les positions de l'armée rouge en Asie centrale au moment de l'offensive de Koltchak. Chehab et Selemnov marchaient à la rencontre d'un chef autonome qui peut-être, après tout, se voyait fonder une principauté dans ces confins entre la Chine et la Russie, dans ces régions aux décors féeriques et épuisants. Tout en progressant, Chehab mesurait l'espace du regard, comme depuis qu'ils étaient partis il n'avait cessé de le faire. Ses yeux, dirait-il, s'étaient comme élimés et épuisés à détailler les confins immenses et sans bornes. Il observait maintenant l'horizon plat du côté du lac et de ses marais alors que de l'autre côté, comme toujours, les montagnes gigantesques semblaient leur faire des signes, assises depuis l'aube des temps dans une indifférence hautaine et mystérieuse. Près de lui, Selemnov était tendu, préoccupé, et plus que jamais convaincu peut-être de l'absurdité de la mission qu'il s'était fixée. Ses lèvres charnues, ses traits un peu épais de charretier davantage que d'aristocrate semblaient tirés, son regard fulminait quand une pensée le traversait, et tout ceci se relâcha d'un coup lorsqu'ils atteignirent les rives du lac Balkhach et ses marécages. Ils les longèrent, mais au point où ils devaient trouver le camp de Prémerguine il n'y avait rien, il n'y avait rien nulle part en apparence. Des pêcheurs finalement leur annoncèrent que Prémerguine, ses troupes et sa caravane étaient partis d'ici un mois auparavant. En soirée, ils arrivèrent sur les lieux où avaient campé l'ataman, ses soldats, ses chariots et son bétail. Il y avait des traces de feux partout, la steppe était en friche, les bosquets rasés et des épaves de chariots abandonnés parsemaient l'espace autour d'eux.

» Prémerguine avait en effet levé le camp et marchait en direction de l'est, le long du fleuve Ili, et donc en direction de la Chine. Ils firent de même, longeant les rives du fleuve ou parfois escaladant les monts qui le bordent, pour regarder au loin le large cours d'eau et essayer d'apercevoir la grande anabase de l'ataman Prémerguine. Selemnov bouillait d'impatience, il voulait rattraper les cosaques avant qu'il ne fût trop tard, mais Chehab avait compris de son côté qu'il était effectivement trop tard. Sauf que ça lui était égal, tant qu'il lui restait encore une chance d'avoir sous les yeux pour un instant le spectacle d'un peuple en marche à la recherche d'une terre nouvelle. Ils apercevaient de temps à autre des agriculteurs ou, à flanc de montagne, des bergers kazakhs ou bien ouïghours avec dc petits troupeaux de moutons. Un jour, les membres d'une petite caravane de chameaux poilus et bas sur pattes s'arrêtèrent, burent avec eux de l'alcool de riz et leur racontèrent qu'ils avaient vu l'armée de Prémerguine, à trois jours de marche, et ce qui les avait surtout frappés, c'était l'aspect sinistre des troupes, parce que, d'après ce qu'ils avaient compris, le général était malade, on le transportait dans un chariot entouré d'une légion inquiète. "Le *général*, c'est l'ataman Prémerguine ?" demanda Selemnov, inquiet. Les autres opinèrent, oui, bien sûr, qui voulez-vous que ce soit ? et sans doute avaient-ils dit "général" en croyant parler comme ces étranges voyageurs russes et furent-ils déçus du contre-effet de leur choix linguistique. Surtout qu'un lourd silence ponctua la brève discussion qui s'ensuivit, où Chehab et Selemnov, par l'intermédiaire de Ulan qui traduisait, essayèrent d'en comprendre davantage, en vain. Après un conciliabule qui dura une partie du reste de la nuit, ils décidèrent de poursuivre quand même, surtout que la colonne de Prémerguine semblait devoir ralentir.

» Ils chevauchèrent en silence toute la journée du lendemain, pensifs tous les trois, et épuisés aussi, mais le surlendemain, au matin, alors qu'ils se préparaient à repartir une fois de plus, en toisant du regard encore et encore le fleuve en contrebas, en scrutant ses berges, ils virent de la poussière qui s'élevait dans la plaine. Ce n'étaient pas des bergers, ni une caravane, et ils distinguèrent bientôt des cavaliers qui grimpaient vers eux, six cosaques aux barbes de popes et aux coiffes abracadabrantes. Ils se dirent alors que ça y était, Prémerguine dépêchait ses hommes à leur rencontre pour les inviter à le rejoindre, à moins que ce ne fussent des envoyés apportant une mauvaise nouvelle, celle qu'ils craignaient par-dessus tout et qui mettrait un terme à cette absurde poursuite. Or ce n'était pas l'arrière-garde de l'ataman, ni des messagers de mauvais augure, c'étaient des rescapés d'une autre division, celle du général Zoukov, qui battait en retraite elle aussi depuis des semaines et qui cherchait à rejoindre la colonne de Prémerguine. Mais Zoukov, dirent les cosaques, avait été accroché par les communistes et ses régiments décimés. Les soldats étaient épuisés, les munitions manquaient, et ces six individus indiquèrent qu'ils étaient parmi les rares survivants. Ils avaient appris quelques jours auparavant que des barines marchaient vers Prémerguine et décidé de les rejoindre pour faire route avec eux.

» Avec ces six-là, ils devenaient une petite colonne de neuf qui ne pouvait passer inaperçue, et ça changea le quotidien. Les six cosaques avaient la mine défaite, ils étaient sales et puants, ils avaient des yeux hagards qui donnaient l'impression qu'ils étaient dans un état de lubricité et toujours prêts à bondir et à tuer pour un morceau de viande ou de pain rassis. Le soir autour du feu, ils racontaient leurs batailles, leurs défaites, la mort de Zoukov, et surtout ils rêvaient de Prémerguine. Ils avaient à son sujet d'étranges histoires, en particulier à propos du butin que son armée transportait. Ils ne cessaient de parler de chandeliers et de miroirs dorés ou en bronze, et aussi d'une collection de porcelaine et de faïences qui aurait appartenu à la famille du tsar, des centaines de vases, d'assiettes, de boîtes, presque tous avec des motifs de roses, une débauche de roses sur des pièces d'une fragilité égale à leur immense valeur et que les chariots de Prémerguine transportaient depuis l'Oural, depuis avant l'Oural, depuis Moscou peut-être ou depuis Petrograd. Il y avait aussi des œufs de Fabergé, toute une collection que d'après eux les Romanov avaient confiée au général afin qu'il la mît à l'abri. Et ces six individus à moitié revenus à l'état sauvage n'arrêtaient pas du matin au soir de fantasmer sur des miroirs et surtout sur de la porcelaine, de la faïence, et Chehab finit par se demander s'ils avaient encore tout leur esprit, s'ils ne déliraient pas, leur délire alors prenant des formes raffinées proportionnellement inverses à la brutalité de leur existence, de leur itinéraire, de la violence de la guerre et à la leur propre. La nuit, les évocations de l'incroyable vaisselle baladée sous les étoiles, le long des fleuves immenses et dans les steppes, animaient les conversations et les rires, l'idée des roses amusait terriblement Ulan, à tel point qu'un soir cela finit par vexer le chef des rescapés de la division de Zoukov, comme si on avait dit du mal de sa sœur ou de sa femme.

» Chehab et ses compagnons alertèrent néanmoins les six cosaques sur les rumeurs concernant l'état de santé de Prémerguine et l'épuisement de sa troupe. Mais les six haussèrent les épaules, soit que l'information fût trop lourde à porter et ils la refusaient, soit qu'ils estimèrent que Prémerguine pouvait tomber malade, c'était normal, mais qu'il ne mourrait pas, un homme pareil ne meurt pas, un point c'est tout, et son armée non plus. Ils marchèrent tous les neuf, sur le flanc des montagnes, ils perdirent l'Ili de vue, puis le retrouvèrent. Ils étaient tous fatigués, ils ne pouvaient envisager une heure de repos, les nuits ne suffisaient pas, le soleil le matin qui enflammait leurs paupières parfois n'avait plus d'effet et ils devaient se réveiller mutuellement en se secouant violemment. Chehab ne supportait plus l'odeur de ses vêtements bien qu'il les lavât à chaque cours d'eau et à chaque torrent. Il était brûlé par le soleil, il avait le visage emballé dans des tissus, et prenait souvent Ulan en croupe parce que la monture de ce dernier avait rendu l'âme depuis longtemps. Les orages les surprenaient, des éboulements les retardaient, mais jamais, racontera-t-il, il ne se demanda quelle folie il était en train de commettre, parce que la rencontre avec Prémerguine et sa fabuleuse légion était une promesse aussi belle pour lui que l'Eldorado l'était aux aventuriers espagnols. Même Selemnov et Ulan semblaient pris dans ce rêve absurde, ils ne protestaient jamais, ne doutaient jamais, à moins qu'ils ne fussent devenus si hagards que le doute même devenait difficile, et la seule chose à faire était alors d'aller de l'avant, mécaniquement, sans penser, mais seulement en rêvant à l'ataman, à son peuple en marche et à son trésor fait de chandeliers d'or et de milliers de porcelaines aux motifs de roses, comme un luxueux mirage. Certains jours, pour faire venir l'espace à lui, Chehab auscultait le paysage avec les jumelles, il rapprochait de lui les flancs des montagnes bleues qui les hantaient depuis des jours en direction du nord, il voyait comme s'il pouvait les toucher les forêts de sapins, les alpages, il voyait des troupeaux, il frémissait chaque fois à l'idée de tomber soudain sur l'armée fantôme, de voir subitement ses chariots, ses cavaliers, peut-être même l'ataman lui-même, au milieu de ses oriflammes, collés à son œil, contre les verres. Mais ce n'était jamais le cas. En revanche, il le vit dans son sommeil, une nuit. On le réveillait pour le conduire sur un mont, au-dessus du fleuve. Des oriflammes étaient plantées devant des tentes aussi fastueuses que celles d'un khan ou d'un roi, grandes, colorées et dotées de portails faits de tissus aux motifs kazakhs et ouïghours. Des guerriers étaient assis tout autour, sur des tapis, les fusils traînant à leurs côtés. On le conduisait jusqu'à un carré délimité par un tapis kazakh sur lequel il y avait quatre sièges, des tabourets rouges décorés de dragons à la manière chinoise, et sur l'un d'entre eux, lui tournant le dos, était assis l'ataman Prémerguine qui se retournait vers lui, et c'était en fait Khanjar Jbeili qui lui disait en français qu'il voulait qu'à sa mort on l'enterre sous le fleuve, comme ses soldats et son peuple l'avaient fait pour le roi Alaric, et avec son trésor. Durant la journée, parfois, il se mettait à penser que ce Prémerguine n'était peut-être qu'une fabrication de leur imagination à tous. Il observait ses huit compagnons progressant éparpillés sur les hauteurs, ou parfois dans la plaine, ou le long du fleuve quand cela n'était pas trop dangereux, et il avait l'impression qu'ils marchaient depuis des lustres, sans but aucun, à la poursuite d'une fantasmagorie. "C'est la fatigue, se disait-il pour se ressaisir, c'est la fatigue."

» Et puis, un jour, ils virent une colonne de poussière s'élever dans le ciel. Ce n'était qu'un troupeau partant en transhumance. Ils allèrent dans sa direction et, deux heures après, ils mangeaient du fromage et du pain frais avec les bergers kazakhs qui avaient de beaux chiens et qui leur racontèrent qu'ils n'avaient pas vu l'armée de Prémerguine, mais qu'ils avaient vu Prémerguine lui-même. Enfin, corrigèrent-ils, ils auraient pu voir Prémerguine s'ils avaient été au village, là-haut, parce que Prémerguine était venu, ses guerriers le transportaient dans un chariot, puis ils l'avaient porté sur un brancard dans la maison du chaman du village. “Il était très malade, le chaman l'a soigné et ils sont repartis, un groupe de cavaliers entourant le chariot du chef. – Et il allait mieux en partant ?” demandèrent les cosaques. “Bien sûr”, répondirent les bergers kazakhs, traduits par Ulan. Quelques heures plus tard encore, les neuf atteignirent le village où vivait le chaman et celui-ci les reçut dans sa maison, entouré de plusieurs paysans assis sur des tapis bariolés, tandis que les femmes préparaient le repas. Il marmonnait en mordillant le tuyau de sa pipe et ne regardait que Ulan. Ce dernier écoutait, posait des questions, sous les yeux de ses compagnons impatients. Le nom de Prémerguine revenait souvent, prononcé de manière précipitée, et aussi des noms qui semblaient chinois à Chehab. Les autres hommes intervenaient aussi, et les questions de Ulan parfois déclenchaient une avalanche de réponses simultanées, une cascade de phrases ou d'exclamations aiguës. Finalement, Ulan résuma l'essentiel en russe, à savoir que Prémerguine était en effet très mal en point, qu'il délirait et dans son délire répétait le nom d'un lac, dans la montagne, très loin de l'autre côté de la frontière avec la Chine, où il voulait mener son armée. Mais son armée, contrairement à ce dont rêvaient Chehab et Selemnov, contrairement à ce que voulaient croire les six guerriers cosaques, semblait elle aussi bien mal en point, selon les villageois, elle s'effilochait sur des kilomètres, épuisée et sans plus guère de ressources.

» Ces nouvelles jetèrent un froid parmi les membres de la petite troupe. Tout le monde se tut un instant, comme pour réfléchir, ou digérer cela. Chehab se mordait la lèvre supérieure, Selemnov regardait fixement au loin et, quant aux cosaques, l'inquiétude rendait encore plus indémêlable leur allure farouche qui déjà ne rassurait pas les villageois kazakhs. Finalement, c'est l'un d'entre eux qui déclara qu'ils n'avaient pas le choix, et qu'ils tenteraient de rejoindre la colonne de Prémerguine, quel que fût son état, elle ne devait plus être loin, de cela au moins on pouvait être sûr. Selemnov et Chehab répondirent que la nuit portait conseil et, le lendemain, ils repartirent tous ensemble. Ils avaient quelques victuailles et Ulan un cheval frais, qu'on avait acquis à bon prix. Un jeune guide avait accepté d'aller avec eux, pour une somme en revanche fort peu raisonnable. Il était désormais question pour eux de quitter le cours du fleuve, en direction du nord-est, en espérant rattraper la colonne Prémerguine, ou au moins de tenter de la rejoindre dans les premiers contreforts des montagnes, au risque de franchir la frontière chinoise.

» En effet, Prémerguine et les siens ne devaient plus être très loin en principe, sauf qu'ils ne les atteignirent jamais. Ils galopèrent encore sur des plaines et dans des pâturages en direction du nord-est et sans doute passèrent-ils en Chine, ce que le guide leur annonça un soir lors de la halte et qui ne l'empêcha pas de poursuivre avec eux le lendemain. Les montagnes étaient à portée de main, au nord desquelles, à des hauteurs vertigineuses et difficiles d'accès, se trouvent en effet des lacs somptueux, paraît-il. Ils commencèrent leur escalade, certains d'être plus rapides que la troupe de l'ataman. Cette troupe, ils ne l'imaginaient plus depuis la soirée dans le village que comme une longue traînée de chariots en déroute et de combattants las entourant un chef dans une civière. Mais c'était tout de même le but qu'ils s'étaient fixé, et ils sentaient tous qu'ils étaient sur le point de l'atteindre, sans se douter qu'à ce moment l'armée de l'ataman Prémerguine avait cessé d'exister. »

Tandis que mon hôte parlait, j'avais à peine remarqué le va-et-vient de Nahia qui nous servait le déjeuner. Lorsque la jeune femme revint pour débarrasser, elle constata à voix haute que nous n'avions rien mangé. Raëd en riant lui demanda de tout laisser, puis m'invita, en s'excusant de ne l'avoir pas fait plus tôt, à me servir, et me proposa un nouveau verre d'arak. Je dis oui à l'arak et je me servis.

« Ce qui s'était passé, reprit Raëd après s'être servi à son tour, c'est que le seigneur de la guerre de Yining et des frontières chinoises, Tchang Tchen-tsin, célèbre pour les atrocités qu'il avait commises durant les guerres civiles en Chine et apparemment encouragé et payé par les agents de la Tchéka, s'était porté contre la colonne de Prémerguine. Il l'attendait depuis quelques jours, il avait eu le temps de réunir une troupe importante, fraîche et motivée par la perspective du butin que la légendaire armée, précédée de sa réputation, semblait transporter. Dans la lettre où il raconte cela, Chehab affirme que ses compagnons et lui ne soupçonnèrent rien, qu'ils n'entendirent rien non plus, ni coups de canon ni mitraillades. Il y eut des bruits sourds en provenance des montagnes, et ils pensèrent à un orage, mais c'est tout. Ils interrompirent d'abord leur progression en apercevant sur des crêtes des cavaliers chinois, qu'ils prirent pour une patrouille de frontière et de laquelle ils voulurent juste se cacher. Mais au soir ils découvrirent les premiers corps, dans les bosquets, sans doute ceux de fuyards rattrapés par les cavaliers de Tchang Tchen-tsin. Et finalement, à la tombée de la nuit, ils surprirent un petit campement, sans feu. C'était celui de soldats de

Prémerguine en fuite, qui leur racontèrent la bataille, le guet-apens parmi des bosquets et sur un terrain affreusement raviné où les cosaques avaient tenté de charger avant d'être fauchés par des salves de mitrailleuses, puis le massacre et le pillage qui s'étaient ensuivis. Ils ajoutèrent que Prémerguine était mort quelques heures avant, si bien qu'on avait pu emporter sa dépouille au milieu d'une débandade de femmes et d'enfants et alors que la bataille au corps à corps n'était pas achevée. "Et où est-il maintenant ?" demandèrent les six cosaques de la division de Zoukov. Les rescapés de celle de Prémerguine répondirent qu'il était question de l'enterrer en cachette, pour que ses restes ne soient pas retrouvés et sa tombe profanée. On ne put obtenir plus d'indications mais les six cosaques déclarèrent qu'ils se mettraient à sa recherche le lendemain.

» Le lendemain, ils repartirent, tous les neuf, grimpant au cœur d'une végétation de plus en plus arborée. Ils virent quelques corps de soldats et de civils, poursuivis sans doute, exécutés puis dépouillés. Mais il était impossible de savoir où aller désormais. À chaque éminence on tentait de balayer les environs à la jumelle. Les cosaques étaient les plus assidus et Chehab finit par se persuader que leur anxiété et leur assiduité à retrouver les porteurs de la dépouille de Prémerguine étaient liées au trésor de ce dernier, à ses faïences et ses mythiques œufs de Fabergé ayant appartenu au tsar, un trésor sur lequel ils n'avaient pas posé de questions mais qui ne devait pas avoir quitté leur esprit un seul instant. Son rêve lui revint et le laissa perplexe. Il regardait les cosaques tandis qu'ils marchaient sur les terres escarpées où les chevaux allaient très lentement et se demandait s'ils pensaient tous les six, comme il l'avait pensé lui-même dans son sommeil, que l'ataman serait enterré avec son trésor, à l'instar des antiques rois barbares. Ses réflexions lui valurent un nouveau rappel amical et bourru de Selemnov : "Ho, Chi'ab ! Tu es là ?" Il se secoua, sortit de ses songeries et donna un coup de talon à sa monture.

» Ils cherchèrent encore deux journées durant, et ne trouvèrent rien, ni le convoi funèbre, ni la tombe de l'ataman Prémerguine, ni son trésor. Au matin du troisième jour, Selemnov, Ulan et Chehab annoncèrent qu'il était vain de poursuivre. Les cosaques déclarèrent qu'ils continueraient, mais il y eut entre eux un échange assez âpre et, finalement, ils se résolurent à admettre que s'acharner était inutile, et l'équipée commune s'arrêta là. »

La lumière crue de la mi-journée était belle et commençait à lentement s'adoucir avec le début de l'après-midi. Nahia desservait maintenant la table, moyennement satisfaite de l'honneur que nous avions fait au repas. Raëd me proposa un café que j'acceptai. Il poussa ensuite distraitement vers moi le plateau de fruits qui venait d'arriver.

« Les trois compères devaient être terriblement déboussolés, reprit-il pensivement. Mais ils ne pouvaient demeurer dans ces montagnes, c'était trop risqué. Selemnov voulait rebrousser chemin, il ne pensait pas qu'il pût y avoir d'autre solution, il fallait retourner en Iran. Mais Chehab n'était pas de cet avis. Au terme de longues discussions, Selemnov résolut de partir pour Yining, plus au sud, avec les six cosaques, et de refaire ensuite seul en sens inverse le chemin emprunté à l'aller. De cela, Chehab dit qu'il était las. À parts égales de danger, l'idée de rejoindre Ürümqi, à l'est, lui parlait davantage, le guide lui ayant assuré qu'il trouverait là des caravanes pour le mener jusqu'à Pékin. Cette idée de traverser la Chine n'étant pas pour lui déplaire et Ulan se montrant prêt à l'accompagner, il se sépara ici de son ami russe, à l'issue d'adieux déchirants, deux mois seulement après leur départ de Téhéran mais deux mois, dit-il, qui lui avaient paru plus longs que deux années.

» Avec Ulan, il traversa effectivement la Chine dans toute sa longueur et cela leur prit deux mois. Il racontera qu'ils suivirent la route de la soie septentrionale à partir d'Ürümqi, où en effet ils rallièrent une caravane. Ils longèrent le désert jusqu'à Huandang, passèrent au large de caravansérails abandonnés depuis des lustres et de cités pétrifiées, ocre sur le fond mauve et violet des montagnes arides. Il exigeait parfois de s'en approcher, payant pour ces détours et pour errer au milieu de dédales infinis de murs de briques polis et sculptés par les sables du désert comme des stalagmites ou des moignons. Il vit les bazars chinois, vécut des semaines avec un chapeau conique sur la tête, retenu par une cordelette sous le menton, ce qui faisait rire Ulan et le guide chinois qu'il avait pris à Ürümqi. On le cacha sur les routes pour éviter le racket des seigneurs de la guerre et de leur soldatesque, il tomba malade à cause de la nourriture ou de l'eau, il eut la fièvre et dormit dans des auberges affreuses dans des villes dont il oublierait le nom. Dans un bourg, il assista à une effroyable exécution sommaire de bandits ou de révolutionnaires, ce qui l'abattit davantage que la fièvre et après quoi il eut de violentes envies de vomir durant des jours entiers. Il vit au loin des forts chinois pareils à des décors d'opéra, mais il vit aussi les automitrailleuses semblables à des monstres préhistoriques des armées privées des chefs de guerre. Et la meilleure, c'est qu'aux alentours de Taolin, un jour, il croisa une automobile dans laquelle se trouvaient des Français, des archéologues et aussi le consul, qui lui dit s'appeler Alexis Leger. Il revint en sa compagnie à Pékin et ce n'est que tardivement qu'il apprit que le diplomate était aussi poète. Ils avaient tous deux le goût des empires nomades et des vastes espaces où progressent les conquérants. Chehab lui raconta la poursuite de Prémerguine et fit du cheval en compagnie de cet homme un peu guindé, à la paire de moustaches effilée comme son air. J'ai cherché des allusions à mon grand-oncle dans des archives relatives à Saint-John Perse en Chine, mais Perse n'a laissé traîner aucun document sur lui et son passé, il a strictement contrôlé et restreint ce qu'il léguait à la postérité et il ne s'y trouve rien sur Chehab. Ce dernier en tout cas demeura quelques semaines à Pékin, dans la concession internationale où Leger lui recommanda un hôtel et où, dans les consulats et dans les clubs européens, on voulut entendre et réentendre de lui l'histoire de Prémerguine et de sa division armée dont on avait perdu partout la trace, une histoire qui ensuite dut être transmise aux chancelleries, avec les réserves d'usage parce que celui de qui on la tenait était un aventurier aux mobiles incompréhensibles et que certains considéraient avec méfiance comme un espion. Chehab se promena aussi dans la ville chinoise, assista à des fêtes, dormit dans des temples, se saoula de couleurs et de formes, retomba malade après avoir mangé je ne sais quelle sorte de scorpion vivant dans un restaurant cantonais et finalement, à bout de forces et d'argent, il partit pour Shanghai d'où il prit le bateau. À sa grande joie, Ulan annonça qu'il souhaitait rester à son service. Chehab n'avait plus le sou, et il prétendra toujours que ce fut Alexis Leger qui lui en prêta. Il quitta la Chine au printemps de 1921. Un mois après, la peau brunie, les yeux éclatant des restes de dix fièvres et de mille spectacles dessus imprimés, dans un costume neuf acheté à Pékin pour l'occasion, il débarqua presque incognito, mais en compagnie d'un serviteur kazakh, dans le port de Beyrouth où, de mémoire de douanier, on n'avait jamais vu un seul Chinois ni un seul Asiatique. »

9

Le déjeuner s'étira, de même que la quiétude formidable du monde. C'était là un lieu où à la mi-journée on peut éprouver cette sensation de tranquillité totale, quand plus un oiseau ne passe, plus une bête ne bouge, ni même les vergers, ni autour d'eux les chênes verts et les arbousiers. À l'intérieur de la maison, les travaux de rangement de la cuisine étaient finis, Nahia avait disparu après nous avoir servi le café. Tout se trouvait comme suspendu dans l'attente du basculement du jour dans l'après-midi. Et c'est ce qui se produisit, mais imperceptiblement, sans que rien semblât changer, à part peut-être la lumière qui, éclatante et festive jusque-là, s'assagit un peu, s'adoucit, mais à peine, traînant son exaltation sur le sommet des cyprès et des pommiers. Une cigale se mit soudain à crisser, méthodiquement, puis se tut, aussi brusquement qu'elle avait commencé, comme si elle s'était rendu compte qu'elle perturbait le silence que la nature et les hommes avaient décidé de laisser s'établir et durer encore. Je remuai dans mon fauteuil en osier, je pris une petite gorgée de café et reposai la tasse qui fit tinter l'assiette. Cela fut comme un imperceptible et involontaire signal et Raëd reprit son récit, lentement, paisiblement, comme en le mesurant au rythme de l'après-midi qui débutait.

« Toutes ces errances, dit-il, ces immensités parcourues, nous n'en connaissons les détails qu'à travers la correspondance de Chehab avec Zeid et quelques anecdotes racontées par-ci par-là par mon grand-oncle, et aussi par Ulan, que l'on tenta souvent de faire parler chez les Jbeili. Et vous seriez tout à fait en droit de penser que ce ne sont que des affabulations. La présence de Ulan fut longtemps considérée comme la seule et énigmatique preuve que Chehab avait vécu d'incroyables aventures, avant que la visite des membres de la Croisière jaune ne confirme avec éclat ce que l'on conjecturait. Cette visite dut avoir lieu à peu près à l'époque où votre père rencontra Chehab, et dans la même maison, probablement. Tout juste débarquée à Beyrouth, la délégation vint pour l'écouter et prendre son avis à propos de l'Asie centrale et de la Chine, ce qui prouve que le périple de Chehab était bien connu. Dans la vulgate familiale, on prétend qu'il reçut André Citroën et Pierre Teilhard de Chardin, et moi j'aurais voulu le croire, sauf que Citroën n'accompagna pas son équipe à Beyrouth et que Teilhard partit avec celle de Pékin. Ceux qui se tinrent sur la galerie de la maison, entourés d'une nuée de fonctionnaires du Haut-Commissariat en costumes blancs, ce furent Georges-Marie Haardt, le chef de l'expédition et l'ami de Citroën, ainsi que l'écrivain Georges Le Fèvre et le cinéaste André Sauvage, ce qui m'a poussé à prospecter dans de nombreuses archives cinématographiques avec l'inutile espoir de trouver des traces de cette visite et des images de la demeure de Chehab et de sa galerie, où je me plais à imaginer toute cette compagnie écoutant attentivement mon grand-oncle qui, c'était de notoriété publique, parlait bien et racontait encore mieux – c'était un amoureux de la langue et des poètes, comme vous savez. Et j'imagine Ulan participant à la réunion, évidemment, interrogé lui aussi malgré ses réticences et son désir de rester en retrait. Ulan était devenu une figure fameuse de la ville des années vingt et trente, vêtu hiver comme été de chemises blanches bouffantes et parlant l'arabe avec un terrible accent. Il adoptait une attitude cordiale et distante avec tout le monde, les mondains que fréquentait Chehab autant que les petits boutiquiers chez qui il faisait les emplettes, accréditant ainsi la rumeur qu'il avait été prince en Asie centrale. Les émigrés russes, et les plus nobles parmi eux, étant désormais peintres en bâtiment ou chauffeurs de taxi, on mit l'état de majordome de Ulan sur le compte de cette déchéance généralisée. Cela permettait d'expliquer la familiarité de ses relations avec Chehab en dépit de l'incompréhensible insistance du soi-disant prince asiatique à se faire passer pour un ancien forain et un serviteur de Nicolas Constantinovitch Romanov à Tachkent.

» Cette célèbre visite des membres de la Croisière jaune eut lieu en 1931, c'est-à-dire dix ans après le retour de Chehab. Entre-temps, mon grand-oncle était devenu une référence dans le monde cultivé de Beyrouth, et dans les milieux mondains. Il était courtisé aussi bien par les élites francophiles et libanistes fascinées par ses aventures supposées, et qui lui demandaient sans cesse des textes et des conférences qu'il ne donna pas, que par les nationalistes arabes à cause de son enthousiasme initial à l'égard de Fayçal. Mais il se désintéressait de la politique locale. Il était la coqueluche des salons parce qu'on construisait sur ses voyages des scénarios qu'il se plaisait à ne jamais démentir et qui ont complètement brouillé le souvenir de son aventure, qu'il entreprit fort heureusement de raconter à Zeid. Sa correspondance avec son cousin était une chose importante pour lui, elle portait sur divers sujets et pas seulement sur leurs vies respectives, et c'est ainsi par exemple que l'on sait qu'il eut de nombreuses relations amoureuses. Dans cette correspondance, en revanche, il ne dit rien sur son frère aîné Ghazi, avec qui il ne s'entendit jamais. Pourtant, il y eut des crises, parce que après la mort de Harb, leur père, en 1926, Chehab refusa les agissements de Ghazi, ses méthodes d'élargissement des entreprises familiales aux dépens des concurrents, ses rachats de manière déloyale des concessions étrangères que ces derniers possédaient, en soudoyant leurs comptables, leurs trésoriers, ce qui laissait des familles d'anciens et honnêtes rivaux sur la paille. Les deux frères eurent des disputes dont le clan semble avoir gardé un souvenir cuisant, sans doute parce que ce n'étaient pas des tendres, chacun à sa manière. Ils étaient de caractères si radicalement opposés que toute coexistence ne pouvait demeurer longtemps pacifique. Ils portaient tous deux la même folie héritée de la descendance de Khanjar, mais elle était de nature différente chez l'un et chez l'autre. Chez Chehab, elle s'était muée en une puissante et permanente exigence esthétique, une aptitude à se jeter dans des affaires aventureuses et absurdes afin d'arriver à un moment sublime, unique, rare, de contemplation royale et conquérante du monde. Chez son frère, elle était prosaïque, immédiatement investie dans la matière, dans les choses du quotidien, le travail, les affaires, la politique, dans le but d'affermir une position sociale et une fortune. Contrairement à tout ce qu'on pourrait imaginer, je suis arrivé à la conclusion que Chehab était un contemplatif, comme nombre d'aventuriers parmi les plus fous que seuls les spectacles qu'ils ont envie de voir poussent à des entreprises déraisonnables. Et c'est son frère, sédentaire sans scrupule, froid, calculateur, ne s'engageant jamais dans des affaires inutilement grandioses, qui était de l'espèce des ambitieux et des guerriers. C'était un peu ça, le problème de Chehab : il rêva de fondateurs de royaumes, il alla jusqu'au fin fond de l'Asie pour se mettre au service d'un condottiere, mais n'accepta jamais l'idée que son frère était lui aussi en train de construire un empire, quoique commercial celui-là. Il ne supportait la race des conquérants que si elle était capable de lui offrir de grands opéras, des matières à rêverie, non quand elle était là, assise derrière un bureau, ou quand elle agissait dans les officines, avec un état-major fait d'avocats et de fondés de pouvoir, et que ses batailles se déroulaient à coups de documents, de contrats et de réunions discrètes, entraînant des effondrements boursiers et des prises de butin dans les ports et les entrepôts. Bref, tout cela pour dire que Chehab et Ghazi, son frère, ne s'entendaient sur rien, se querellaient sur tout, le premier reprochant au second son inculture, sa vanité et son manque de scrupules, le second raillant l'idéalisme et la naïveté du premier. Épuisé par leurs tête-à-tête et leurs disputes incessantes dans les bureaux des entreprises familiales, Chehab se mit à prendre le large des semaines entières, s'acquittant de sa part de travail et signant tout ce qu'il avait à signer jusque tard dans la nuit, afin de pouvoir s'occuper ensuite d'autres projets.

» L'un de ces projets concernait les montagnes des Jbeili, vous l'avez sans doute deviné. Après la Grande Guerre et jusqu'au milieu des années trente, la plupart des régions montagneuses, qui avaient été vidées de leurs habitants par la famine et la conscription, avaient repris vie. Mais ici, du côté de Massiaf, où la population fut toujours rare et les villages épars, les choses furent plus lentes à s'améliorer. Les Jbeili n'avaient pas renouvelé les métayages quand leurs anciens métayers étaient morts ou avaient été contraints de partir pour la côte à la recherche d'un peu de nourriture. Ceux qui étaient restés avaient continué à produire des feuilles de mûriers, mais les intendants, encouragés par la reprise des activités d'importation de la soie grège sous l'impulsion des autorités du Mandat, gardaient presque tout l'argent que cela rapportait. La magnanerie de Cattine, qui appartenait aux Jbeili, fonctionnait au ralenti et les feuilles de mûriers étaient vendues à celles de Kfardebiane ou Mayrouba, que possédaient les Khazen. Harb Jbeili puis son fils Ghazi ne s'en souciaient guère, cela rapportait si peu qu'ils s'en désintéressaient. Les intendants tout de même venaient de temps à autre dans l'imposante demeure de Bachoura apporter quelque argent, maigres fruits, disaient-ils en geignant, d'une activité devenue peu lucrative. Ils se présentaient le matin. Harb et après lui son fils Ghazi les faisaient souvent attendre dans leur large salon, puis sortaient en robe de chambre de soie, les écoutaient mentir en opinant, leur faisaient servir un café, les laissaient déposer devant eux sans aucun commentaire sur une table basse une petite enveloppe avec une liasse de billets attachée par une cordelette, que les intendants accompagnaient souvent de quelques produits de la montagne qui revenaient de droit aux Jbeili mais que ceux-ci ne réclamaient plus depuis des lustres, œufs frais, poules, zaatar, figues et raisins qu'ils avaient déposés dans les cuisines avant d'entrer dans le salon aux immenses tapis qui les impressionnaient et qu'ils ne cessaient de mesurer du regard, en attendant la survenue du maître.

» À plusieurs reprises à cette époque, les Jbeili reçurent des propositions d'achat de grosses parcelles, de la part notamment d'émigrés revenus enrichis des Amériques et qui rêvaient de posséder un morceau du paradis libanais de leurs ancêtres. Certains d'entre eux tentèrent des démarches auprès de la famille mais Ghazi aussi bien que Chehab refusaient même de les recevoir. "On souffre dans notre chair, on renonce à se marier pour garder l'intégrité de nos biens, et vous voulez qu'on en brade des morceaux à des inconnus ?" grondait Ghazi. Sauf que de ces biens il était nécessaire de faire quelque chose, et les acheteurs éconduits avaient des projets, des maisons à ériger, des cultures à développer. Cela laissait les Jbeili indifférents. "Nous ne sommes pas des Khazen !" clamait Ghazi en colère, sous-entendant par là que les Jbeili n'avaient pas besoin de vendre des terres pour avoir un peu d'argent, comme c'était le cas des anciennes familles de l'aristocratie locale. "Nos montagnes ne sont pas de la marchandise", ajoutait-il plus calmement, avec fierté, autour d'une partie de poker ou durant un dîner dans les grandes demeures de Beyrouth. Et Chehab, à qui on rapportait les propos de son frère, opinait avec bonheur. On ne débite pas les fables et les légendes. C'était là la seule chose sur laquelle les deux frères s'accordaient sans hésitation.

» Cet Olympe privé, à moitié vide et abandonné, domaine jadis de Khanjar Jbeili, Chehab s'était pourtant mis en tête d'en faire quelque chose. Il le parcourait à cheval quand il voulait fuir Beyrouth et les bureaux des entreprises familiales. Il suivait les sentiers muletiers avec ses compagnons, grimpait à travers les chênes verts et les arbousiers, s'arrêtait pour cueillir des figues ou du raisin sauvage, arrivait sur le plateau de Massiaf, puis poursuivait et redescendait les gorges de Jabal Safié, jusqu'à la source. Il longeait sans fin des terrasses abandonnées, des maisons fermées, dont déjà les toitures s'effondraient, ou qui étaient mangées par de jeunes arbres. Les intendants l'accompagnaient. En chemin il écoutait leurs récits à propos des familles décimées, des terrasses en ruine. Parfois il corrigeait aimablement les approximations par lesquelles ils tentaient de dissimuler leurs abus et leur despotisme et eux se reprenaient : "Oui, bien sûr, Chehab *beyk*, vous avez raison, bien sûr." Ils le craignaient peut-être davantage que Ghazi, à qui ils faisaient leur visite annuelle à Beyrouth, parce que Chehab n'entrait pas dans les catégories auxquelles ils étaient habitués, ils ne parvenaient pas à le cerner. Il était distant comme son frère, mais d'une distance rêveuse, pas du tout hautaine, et pouvait subitement témoigner une grande amabilité qui les intimidait. Il était toujours très bien vêtu, contrairement à son aîné, dont les costumes semblaient tous pareils, il ne portait pas le tarbouche mais un chapeau européen et, surtout, il était suivi par cette ombre asiatique qui rappelait sans cesse qu'il avait vu des mondes lointains, des déserts et des cités légendaires, et cela perturbait et embarrassait toujours ses interlocuteurs. Nahia vous en ferait un peu le même portrait. Elle le tient de son grand-père, qui lui a raconté les visites de Chehab. Celui-ci s'arrêtait dans la maison du prêtre, où les habitants venaient lui présenter leurs doléances, en observant avec inquiétude les intendants assis à côté de mon grand-oncle, et parlaient du manque de soutien de l'État et des routes épouvantables. Chehab contribua à réhabiliter les moulins, et surtout les mûreraies. Il recruta plusieurs nouveaux métayers. Ils reconstruisirent les maisons à l'abandon, restaurèrent les terrasses agricoles et en échange il leur octroya trois années de récoltes, les aidant à acquérir des bœufs de labour pour semer un peu de blé. Chehab obtint aussi du gouvernorat local, vers 1932, que l'on prolongeât la route depuis Cattine jusque sur le plateau de Massiaf. Cela lui permit d'arriver dans sa voiture, une Delage décapotable, jusqu'au cœur du district. Il reprenait ensuite son cheval, avant de tenter, les années suivantes, de pousser en automobile jusque sur les terres les plus abruptes, en direction du Jabal et des bords de ses gorges. La voiture avait un succès fou, on n'en avait jamais vu dans ces parages, l'écho de son klaxon retentissait joyeusement. Chehab emmenait parfois les enfants en promenade mais cela n'allait pas très vite, c'était laborieux, on dansait dans les ornières et sur les bosses des chemins et les troupeaux de chèvres ne se dérangeaient jamais pour céder le passage.

» Mais le principal projet grâce auquel Chehab espérait réhabiliter la région était sans aucun doute celui de la culture du pommier. Oui, je sais, c'est étonnant, vu le temps que la pomme a mis à s'implanter. À ce moment, nul n'y songeait encore, et le cadet des Jbeili fut en cela une sorte de visionnaire. Ces pommiers, à vrai dire, il n'en eut pas seul l'idée, elle lui vint de la fréquentation d'un personnage singulier du nom d'Ernest Askari, dont les milieux mondains de l'époque ont gardé souvenir. J'ai une photo de cet Askari, sur un cliché conservé dans les archives des Jbeili, où il pose aux côtés de Chehab, en compagnie des poètes Charles Corm et Hector Khlat et de l'écrivain Amine Rihani. C'est très vraisemblablement à Massiaf, où Chehab menait parfois ses amis. Figurent aussi deux femmes sur cette photo, elles sont en robe, avec des chapeaux, et l'une d'elles est indolemment appuyée à la croupe d'un mulet. Je me plais à imaginer les pique-niques des mondains et des littérateurs, leurs expéditions à cheval et à dos de mule, leurs rires et leurs plaisanteries le long des chemins. J'imagine les considérations des poètes francophones divinisant sans fin chaque pierre et chaque arbre comme à leur habitude, faisant courir autour d'eux des ménades ou bien Aphrodite et Adonis énamourés, et tout ce monde s'étalant ensuite sous quelque immense noyer, déballant sur des nattes villageoises les fromages locaux, la menthe et les olives. C'est peut-être d'ailleurs lors d'un pique-nique de ce genre qu'eut lieu le célèbre pari de Rihani, qui gagea sous les rires et les applaudissements qu'il parviendrait à faire parler Charles Corm en arabe – et qui y parvint, comme il le raconte dans ses chroniques.

» Sur cette photo donc, il y a cet Ernest Askari, que j'ai longtemps confondu avec le poète Hector Khlat. C'était un fils d'émigré qui avait défrayé la chronique au début des années trente en débarquant à Beyrouth depuis l'Égypte avec ses quatre filles dont il devint vite de notoriété publique qu'il cherchait à les marier à des enfants du pays. Il arriva avec un fameux perroquet des îles que tenait un grand Nubien lui servant aussi de sofragui, à la manière des familles des négociants syro-libanais du Caire. Il était riche, il avait fait des études en France, avait hérité de commerces de métaux mais avait une lubie : il voulait planter des pommiers au Mont-Liban, la terre de ses ancêtres. Cela lui venait, disait-on, d'un séjour en Normandie, et d'études d'agronomie que son père avait interrompues pour le forcer à rentrer s'occuper des affaires familiales. Au bout de trente années, durant lesquelles il avait bien travaillé, s'était marié à une Syro-Libanaise d'Alexandrie qui lui avait donné quatre filles, il avait décidé de se tourner enfin vers les arbres, sa vraie passion. Il était reçu avec sa femme et ses filles dans tous les salons de Beyrouth, où l'on avait souvent des garçons à marier. La fortune dans les métaux, le domaine en Haute-Égypte, sans compter le décorum lors du débarquement, perroquet et Nubien, tout cela avait rendu la famille Askari très la mode. Ernest envoyait systématiquement en cadeau, avant de se rendre aux dîners où il était convié, des caisses de pommes qu'il faisait venir de France. On les servait à la fin des repas, en même temps que les glaces et les pâtisseries, ce qui permettait à Ernest d'expliquer les noms des diverses espèces ou les différences de couleur et de goût de chaque genre.

» C'est probablement lors d'une de ces soirées que Chehab le rencontra, qu'ils se lièrent, causèrent de plantations, de sols et de montagnes et que, parmi les filles qui souvent entouraient leur père, l'une d'entre elles apparemment plut à mon grand-oncle. Ce dernier raconte dans une lettre à Zeid qu'il discutait affaires avec Ernest et emmenait ensuite les quatre filles en promenade pour leur faire connaître les marchés de la ville et les quartiers des souks. Il les embarquait dans sa Delage décapotable, je suppose, avec leurs chapeaux, leurs robes et leur rivalité, et aussi leur compétition pour le faire rire et attirer son attention. Je ne sais s'il leur fit traverser Souk el-Tawilé et Souk el-Jadid, s'il leur fit boire du julap et du jus d'orange. Ce qui est sûr en tout cas, c'est qu'il leur fit visiter Massiaf, où il se rendait avec leur père et Ulan. Il y fallait deux automobiles, on faisait des pique-niques, puis Askari et Chehab partaient à pied ou à cheval analyser les reliefs, l'exposition des terrains, l'accessibilité des terrasses, et discuter avec les habitants. En écho, des bruits coururent en ville, et Chehab fut ainsi considéré avec envie comme le premier à avoir remporté l'un des quatre membres du fabuleux lot proposé par Ernest Askari. Il semblait évident que cela était dû aussi bien à la fortune des Jbeili et à leur rang social qu'aux affaires en cours entre le père et le futur gendre. La seule chose, et la plus drôle, c'était qu'on ne savait pas au juste laquelle des quatre filles était l'heureuse élue. Les opinions divergeaient, se modifiaient. On ne fut hélas fixé que lorsque tout fut consommé – non pas le mariage, n'est-ce pas, mais l'accident qui emporta Chehab en même temps que Sophia, l'aînée des filles Askari, Askari lui-même, et Ulan. Parce que entre-temps, évidemment, Ghazi Jbeili n'avait cessé de rappeler à son frère les conséquences qu'aurait son mariage, et il se plut sans doute à lui montrer qu'il fallait choisir entre les pommiers et la fille de l'émigré. Il ne pouvait avoir les deux, conformément au fameux serment de l'Arbre Sec. Chehab déclara que ces fables anciennes ne le concernaient pas. Ghazi arbora le testament, reconduit de père en fils auprès d'une légion de notaires. Mais Chehab passa outre, pensant que son frère finirait par céder, d'autant que les pommeraies étaient une affaire fameuse pour Massiaf et remplaceraient avantageusement les mûreraies. Ghazi annonça que Chehab se marierait donc sans l'accord de son clan et qu'après cela, bien entendu, il serait exclu de l'héritage. Chehab ne le crut pas, et, sur ce qui suivit, les ragots et les légendes allèrent longtemps bon train. Mais nul ne pourra jamais assurer que Ghazi eut à voir avec la mort de son frère, ce qui est aujourd'hui la version retenue par la postérité, ni qu'il fit trafiquer l'automobile de Chehab, ni qu'il chargea des cavaliers, ou des chevriers ou simplement des marcheurs, de faire irruption devant la Delage, au tournant à pic de Jabal el-Raheb, afin de l'envoyer par-dessus bord et jusqu'au fond du précipice. Après tout, ce fut peut-être simplement le destin absurde et ironique qui voulut que, après avoir traversé l'Asie dans toute sa longueur à cheval, en caravane, en voiture, Chehab trouvât la mort dans un accident sur une route de montagne, comme son ami Amine Rihani, qui après avoir traversé dix fois les océans et cent fois les déserts mourut en tombant de bicyclette, ou comme Youri Gagarine, qui périt dans un accident d'avion après avoir contemplé la Terre depuis la première navette spatiale. Je me demande même si ce n'est pas avec les années, et après que Ghazi eut montré aussi sa violente détermination à faire respecter le serment ancestral aux dépens de son propre fils, de manière absolument effarante, que par un retour sur l'accident de Chehab on se mit à soupçonner qu'il ait eu quelque chose à voir aussi dans la mort de son frère, qu'il l'ait préparée et fait exécuter, craignant que les lois modernes ne finissent en effet par venir à bout des serments anciens, même légalisés par des notaires sur testament, et que les montagnes tout entières ne deviennent le lot de son frère, le coupant, lui, l'aîné, des racines symboliques de son pouvoir et de la légende familiale sur laquelle son prestige reposait encore fortement. Bref, les choses resteront à jamais indécises, en suspens, comme dut rester en l'air la Delage de Chehab avant de plonger dans les gorges de Jabal Safié, comme avaient plongé cent ans avant elle le collecteur d'impôts Roukoz Abou Jamil et son fils. Chehab, en plein conflit avec son frère à propos de mariage, d'héritage et de testament, poursuivait l'élaboration de son projet de plantations avec Ernest Askari. Un jour du début de l'été de 1935, ils étaient donc tous les deux à Massiaf, avec Ulan et avec l'aînée des filles, Sophia, lorsque au tournant abrupt au sommet de Jabal el-Raheb, là où la route mal finie redescend vers Jabal Safié, pour une raison restée à jamais inexpliquée – jaillissement d'un obstacle inopiné (cavaliers que Chehab chercha à éviter, chèvres dévalant les buissons en hauteur jusque sur la route, berger assis sur le bord et se redressant soudain au bruit de la voiture), problème mécanique (freins ou volant bloqués), ou simplement morceau de la route se défaisant sous les roues de l'automobile à cause des éboulements et de la neige de l'hiver –, la décapotable se renversa, quitta la route et dégringola jusqu'au fond des gorges, se retournant sur elle-même, heurtant les parois de la montagne, rebondissant et semant forcément durant sa trajectoire catastrophique les corps des quatre passagers avant de s'abîmer au bout de quelques fatales, brèves mais interminables secondes contre les rochers du torrent. »

IV

Tableau perdu

Le sanglier le jeta presque mort sur le sable roux.

OVIDE, *Les Métamorphoses*,
livre X

10

« Comment savoir, telle est la question », déclara-t-il en prenant appui sur sa canne afin de s'asseoir sur le muret, sous le figuier où il était venu me retrouver alors que je tâtais les fruits pour vérifier s'ils étaient mûrs.

Ils ne l'étaient pas complètement, nous en avions un peu parlé, puis j'avais fait allusion aux pommes qui n'existaient plus par ici, et, de fil en aiguille, nous en étions arrivés à évoquer les Jbeili. Je voulais entendre son avis sur l'accident de voiture de Chehab, soixante-dix ans plus tôt, et j'y parvins.

« Vous vous rendez compte ! dit-il. La première voiture qui ait jamais arpenté ces montagnes ! Et elle finit dans le fond du ouadi ! De quoi traumatiser les habitants et les attacher plus que jamais à leurs mules ! »

Il rit, et moi aussi.

« Mais je crois qu'on n'en saura plus rien, enchaîna-t-il, on ne pourra jamais que broder des histoires et des versions. C'est un peu lié à notre condition, d'inventer des histoires, face à notre impuissance à savoir, et à comprendre. »

C'était un des plus vieux habitants de Massiaf, et l'un des derniers survivants des époques anciennes. Mais le temps passait si vite que même lui paraissait trop jeune pour certains événements, comme celui-là, précisément.

« Je ne sais pas ce qu'ils en disent, eux », poursuivit-il en désignant le sommet de Jabal Safié, et la maison de Raëd, où je me trouvais la veille et l'avant-veille.

Comme je ne réagissais pas, il revint à la charge :

« Vous étiez chez *khwéja* Raëd, je le sais, Nahia me l'a confié. C'est ma petite-cousine, Nahia, vous savez ?

– Finalement, vous êtes tous cousins, par ici, non ? » plaisantai-je.

Cela sembla le satisfaire, comme si c'était un signe que l'honneur était sauf, que tout le monde était parent, qu'on n'était pas sorti du rang, ni du sang, selon l'expression qu'ils utilisent ici.

« Je ne sais pas ce qu'ils en disent, répéta-t-il, désormais assez confortablement assis entre deux grosses pierres, sur le muret dont il m'avait assuré un jour que lui et son père et avant lui son grand-père les avaient construits, tous, celui-là et tous ceux qui étaient encore visibles et qui soutenaient les terrasses agricoles aujourd'hui à nouveau abandonnées et en ruine. Parce que sans doute ils ont dû se cacher la vérité, dès le début, pour se disculper et pour disculper Ghazi *beyk*. Mais maintenant que tant d'années sont passées leurs versions, pas plus que celles des autres, ne sont fausses – ni vraies d'ailleurs. Qui s'en soucie ? Sauf qu'en ce temps-là mon père et tous les gens ici étaient convaincus que c'était Ghazi le responsable, que c'était lui qui avait voulu que la voiture passe par-dessus bord, vous voyez ce que je veux dire. Est-ce que Raëd *beyk* a émis cette hypothèse ?… Oui ?… C'est vrai qu'il est différent des autres, Raëd *beyk*, différent de son frère, et de ses neveux, qu'on n'a jamais vus par ici. Mais est-ce qu'il vous a dit que la punition aussi a fini par arriver ? Parce qu'elle est arrivée, si vous voyez ce que je veux dire. De l'avis de tout le monde, c'est la mort de la femme de Ghazi *beyk* qui a été la punition. Vous savez comment elle est morte, sa femme ? Tout le monde le sait, enfin, les vieux surtout, parce que tout cela se perd, évidemment. Votre père ne vous l'a jamais raconté ?… C'était un type bien, votre père, et généreux, et il aimait les figues, comme vous, et les pommes. Mais qu'est-ce que je disais ?… Ah oui, la femme de Ghazi *beyk*… Ghazi *beyk*, après la mort de son frère qu'il a feint de beaucoup pleurer, a voulu déménager dans une nouvelle maison. Il était devenu très puissant, ses affaires allaient bien, il importait les produits les plus modernes, les voitures, les machines à écrire, les machines à coudre. Il était aussi l'ami des Français, du chose, là, du comment on disait déjà ?… oui, voilà, du haut-commissaire, et aussi de toute l'administration du Mandat. Il faisait ce qu'il voulait, il avait la main sur les commis et les courtiers du port, et quant aux chefs des dockers, ils étaient à sa solde. Et donc il voulut avoir une maison à sa mesure – non que celle qu'il avait à Bachoura ne l'était pas, mais il voulait plus – et il acheta la maison d'un ancien consul européen à Zqaq el-Blat. Il était en train de se faire bâtir une villa moderne dans le même quartier mais cette prestigieuse demeure lui parut davantage digne de sa stature. On la mettait en vente, et il l'acheta, ce qui fâcha sa femme. *Sitt* Wafa était une Debbas et avait toujours vécu dans d'immenses vieilles maisons et elle rêvait de s'installer dans du moderne. Elle bouda longtemps, paraît-il, parce qu'elle allait devoir recommencer à gérer l'entretien de ce genre de bâtisse, dont la hauteur des murs était équivalente à celle de l'ancienne demeure de Bachoura mais le nombre de fenêtres encore supérieur, et donc aussi la poussière qui allait s'accumuler sur le sommet inaccessible des énormes rideaux et sur les centaines de cristaux des lustres. J'ai vu ce genre de palais, à Beyrouth, plus tard, c'est sacrément haut, vous voyez ce que je veux dire, ma femme me disait que pour tenir cela propre il fallait des grues et des ouvriers à demeure. *Sitt* Wafa n'avait pas de grues, mais elle avait des gens pour travailler, ça oui, et elle surveillait toujours elle-même le cérémonial du nettoyage de ces Everest dans sa maison. Elle montait même jusqu'aux plus hauts barreaux des échelles que les bonnes et les hommes à tout faire de son mari dressaient pour nettoyer. Elle était là-haut un jour pour s'assurer que chaque élément de cristal d'un grand lustre avait été dépoussiéré lorsqu'elle perdit l'équilibre et ne dut son salut qu'à la jambe de l'un des ouvriers, au pantalon duquel elle s'accrocha. Elle resta suspendue ainsi de longues secondes dans la panique générale avant que l'on réussisse à ajuster l'échelle et à la soutenir afin qu'elle pût reprendre pied et empêcher l'ouvrier à qui elle s'agrippait de se retrouver déculotté et elle au sol avec son froc entre les mains. Mais ça ne lui servit pas de leçon, ou bien alors c'est que la punition qui ne s'était pas accomplie la première fois devait absolument l'être, même si je me demande pourquoi c'est *sitt* Wafa qui dut payer et pas Ghazi *beyk* directement. Un ou deux ans après, *sitt* Wafa se trouvait à nouveau très haut au-dessus du sol, au-dessus du mobilier de ses salons et du monde des servantes qui attendaient son verdict, inspectant les hauteurs vertigineuses de ses rideaux, là où leur tissu touche le plafond. Elle était maladroitement appuyée à leurs voilages, les pieds mal assurés posés contre les barreaux d'une échelle, lorsque à nouveau elle perdit l'équilibre. Mais cette fois il n'y avait pas d'ouvrier ni de pantalon auquel s'accrocher et *sitt* Wafa en tombant tenta de s'agripper aux rideaux eux-mêmes mais n'y parvint pas, elle emporta dans sa chute des cordons qui ne réussirent pas à la retenir et elle finit sur le sol, aux pieds de ses servantes et de ses bonnes, démantibulée et la nuque brisée. »

Il se tut et me regarda de son air vif, malgré son grand âge. Il avait une chemise bleue à carreaux, rentrée dans son pantalon dont la ceinture était serrée très haut sur son buste. Toujours assis, il tenait sa canne droite, à un pas de lui, le bras tendu, la main posée dessus. Je m'étais installé à ses côtés, sous le figuier. Je le connaissais bien, et lui m'avait connu bébé. Mon père, qui nous avait fait estiver ici durant des lustres et que j'avais imité en continuant à venir tous les étés, avait érigé avec lui, Diab, une coutume qui consistait à se lancer des zajals à la gloire l'un de l'autre dès qu'ils se retrouvaient. C'étaient des zajals calamiteux, mais qui avaient établi entre le citadin qu'était mon père et ce vieux montagnard une sorte de complicité devenue presque légendaire.

« Je ne sais pas, poursuivit Diab ce jour-là, si Ghazi *beyk* fit le rapport entre cette chute et celle de son frère dans le fond des gorges. Mais tout le monde la fit, paraît-il, ce n'était pas très compliqué, si vous voyez ce que je veux dire. Sauf que lui avait un tel caractère, une telle obstination à considérer comme justes ses actes, que sans doute il ne vit là qu'un coup du sort, rien d'autre. Dans le temps, on nous racontait l'histoire de Khanjar, l'ancêtre des Jbeili, celui qui a tout gagné ici, une sorte de personnage de légende. Eh bien j'ai toujours imaginé ce Khanjar sous les traits de Ghazi. C'est probablement de tous celui qui lui ressemblait le plus. Il a été impitoyable, il a tout fait avec l'idée qu'il avait une mission sur cette terre, celle de conserver les biens des Jbeili indivis, et de les exploiter. Jamais les Jbeili ne furent plus puissants que sous son règne, dans les affaires et en politique. Après l'indépendance, Ghazi sut naviguer entre d'une part l'entourage du président Khoury, notamment le redoutable frère de celui-ci, avec qui il entretint les relations nécessaires pour la bonne marche de ses négoces en l'associant à certains d'entre eux, et d'autre part les chefs de l'opposition, de qui il était proche par ses relations mondaines et surtout par les alliances familiales de feu sa femme *sitt* Wafa, des alliances qu'il sut conserver après son deuxième mariage et grâce auxquelles il réussit à rester dans l'orbite du pouvoir quand Khoury tomba et que Chamoun le remplaça. »

Il s'arrêta un instant de parler, distrait par quelque chose dans l'arbre au-dessus de nos têtes, puis de son bâton m'indiqua un minuscule chardonneret qui venait de s'y poser, faisant légèrement bouger la branche et les feuilles autour de lui.

« Cela dit, reprit-il quand l'oiseau se fut envolé, toute cette puissance, qu'il devait très lointainement à ces montagnes, Ghazi *beyk* la faisait prospérer à partir de la ville et du commerce, comme son père, et jamais il ne mit les pieds ici. Ni lui ni Fayez, son fils aîné. En revanche, celui que l'on voyait, c'était le cadet, Naufal. Je ne sais pas quand il est venu pour la première fois, lui. J'ai comme le souvenir qu'il a toujours été là. On le tenait un peu pour la réincarnation de son oncle Chehab, qui d'ailleurs était son parrain. Mais c'était faux. Naufal s'intéressait au négoce et aux affaires, à l'inverse de son oncle et comme son père, dont on disait qu'il était le favori et qu'il aurait très bien dirigé les entreprises des Jbeili. Il avait un nombre incalculable d'idées nouvelles, que même son père n'arrivait pas à suivre. Mais il aimait aussi les livres. C'était ce qu'on prétendait en tout cas, il y en avait toujours qui traînaient parmi les cahiers de comptes, et il était paraît-il capable de faire simultanément des lettres aux correspondants et aux fournisseurs et écrire des choses savantes, de la philosophie ou je ne sais quoi. C'était un poète, vous voyez ce que je veux dire. On l'a peut-être aussi un peu idéalisé, ici. On disait qu'il était beau comme un dieu et on l'aimait parce qu'il venait souvent, car il adorait la chasse. Je m'en souviens encore, même si j'étais petit alors. Il arrivait en voiture, s'arrêtait chez nous à l'aube, et après aussi, au retour. Mon père l'accompagnait, à l'instar de quelques autres habitants du coin, des métayers ou certains petits notables. Il aimait aller chasser les cailles et les chevreaux au sommet de Jabal Safié, sur le plateau le plus élevé, là où ils ont leur cimetière, vous savez, et il est un des rares je crois à avoir souvent poussé jusqu'aux alentours de la maison de leur ancêtre, celle où habite maintenant *khwéja* Raëd, là où vous étiez hier. Il parlait même de la faire restaurer… Quand c'était au juste ?… Au milieu des années quarante, je m'en souviens parfaitement parce qu'on était aussi très occupés par les événements, la fin de la Seconde Guerre, les nouvelles de la politique et des manifestations pour l'indépendance. Mais il a renoncé parce que c'était vraiment inaccessible. Il a fini par faire autre chose. Il loua le couvent de Ayn Safié, oui, tout le couvent, qui depuis appartient aux Jbeili, même s'il est abandonné aujourd'hui. Il avait été déserté pendant la Grande Guerre et la famine, les moines étaient morts de faim ou bien ils étaient partis, et Naufal, vingt ans après, obtint de l'évêque, qui ne pouvait rien refuser aux Jbeili, de le faire restaurer. Il y a une vue imprenable depuis la terrasse, vous connaissez l'endroit, vous y êtes allé, bien sûr. Les moines savent y faire pour repérer les meilleurs endroits où vivre. Naufal fit retaper deux chambres de façon un peu sommaire. C'était pour se reposer, disait-il, pour passer une nuit ou deux, pour profiter de l'aube qu'il aimait plus que tout, et aussi peut-être, en cachette, allez savoir, pour y faire venir des conquêtes, même si c'était loin et difficile d'accès. Il était très coureur, et au début on avait peur de lui, il paraît, ici, il était comme le loup dans la bergerie, et les familles craignaient pour leurs filles. Les vieux contes sur les fils de Khanjar Jbeili, et sur les ogres que c'étaient, demeuraient vivaces, en ce temps-là. Mais Naufal *beyk* était simple, amical, on répétait qu'il ressemblait par son caractère et ses manières à son oncle Chehab. Quand il venait dans son couvent, tout le monde était aux aguets, la montagne entière l'espionnait, de crainte ou par curiosité. On rentrait les filles et on jasait un peu. Parce que, tout de même, faire venir des femmes dans l'ancien couvent, ça les chiffonnait, les gars d'ici, même si les plus mécréants ou les plus sceptiques riaient en faisant des allusions salaces et se racontaient des blagues sur les moines lubriques, des blagues dont Naufal riait aussi avec mon père. Je me souviens qu'il avait l'air heureux, Naufal, quand il venait à la maison, il plaisantait, il parlait de gibier, de cailles, de renardeaux et surtout de sangliers. Il aimait bien ma mère, il se sentait à l'aise chez nous, au retour de la chasse, il demandait la permission et ôtait ensuite ses grosses bottes, ma mère voulait lui apporter de l'eau chaude pour lui laver les pieds mais il refusait, "Je ne suis pas un vieux féodal, disait-il en riant. Fais plutôt ça à ton mari", ajoutait-il, sachant qu'elle lui répondrait en s'amusant de mon père. Il appréciait sa cuisine et cela la flattait, et aussi les fruits de la treille et des figuiers de mon père, dont on lui servait des assiettes en l'écoutant parler de Beyrouth et de sa trépidante activité.

» Et puis il y a eu cette histoire incroyable, quand Naufal est tombé amoureux. Pour en parler, il faut remonter plus loin, après que *sitt* Wafa a dégringolé de son échelle. Je n'ai aucune idée de la manière dont Ghazi *beyk* Jbeili vécut son veuvage. Il est impensable que dans son entourage, dans les familles des grands négociants qu'il fréquentait, dans les soirées mondaines, chez le haut-commissaire, on ne lui ait pas sans cesse rappelé qu'il avait la vie devant lui, qu'il devait se remarier, que cette pauvre *sitt* Wafa en serait ravie pour lui de là où elle était. Je ne sais pas si on lui fit rencontrer des veuves, ou même des jeunes femmes. Plus d'une devait rêver d'épouser cette sorte de prince du négoce et de venir habiter le palais Jbeili, malgré les racontars sinistres qui certainement avaient couru sur la hauteur des plafonds et l'inaccessibilité des lustres. Et finalement on lui présenta *sitt* Linda Safi. C'était la fille d'un dignitaire égyptien d'origine libanaise, un excellent parti, et riche, paraît-il, grâce à un veuvage survenu très tôt. Ils firent connaissance dans un de leurs bals ou une de leurs soirées, elle était juste en visite chez ses cousines, pour l'été. Mais après l'avoir vu elle ne repartit plus. Elle cherchait à se caser à nouveau, et lui de son côté avait besoin de quelqu'un de son rang, mais qui eût encore quelque chose à offrir, côté féminité, vous voyez ce que je veux dire, et qui fût à la hauteur de sa situation, qui lui tînt son monde et qui lui fût de bon conseil dans la vie de tous les jours. Leur relation plutôt discrète dura un été. Il passait la prendre en voiture au Grand Hôtel de Sofar pour aller dîner ou jouer aux cartes, ou bien il soupait avec elle en tête à tête. Il l'emmena visiter les cèdres et je ne sais quoi, elle fit venir une garde-robe inouïe d'Égypte, des chapeaux, des tailleurs, des choses qu'elle avait mises, paraît-il, pour des réceptions chez le roi, là-bas, il y avait un roi en Égypte… oui c'est ça, le roi Fouad. Bref, ils décidèrent de se marier. Les seules hésitations de Ghazi à ce sujet venaient du fait que Linda avait une fille, et qu'il n'était pas question pour les Jbeili de l'adopter, pour les raisons que vous savez. Sauf que Chadia, la fille de Linda, était majeure, elle avait vingt et quelques années, elle portait un autre nom et Ghazi obtint de Linda avant de l'épouser qu'elle ne deviendrait jamais son héritière. Autrement dit, à la mort de Linda, tout reviendrait exclusivement aux deux garçons de son mari. Mais ce dont Ghazi Jbeili ne se doutait pas, c'était qu'en essayant de sauver le patrimoine des Jbeili, il apportait le désordre. Car si la fille de *sitt* Linda n'obtenait rien de lui par héritage, s'il lui offrit juste, pour faire plaisir à sa mère, des compensations sous forme de terrains et de bijoux, il la fit venir habiter avec eux dans le palais Jbeili. Et vous connaissez la suite, n'est-ce pas, en tout cas je ne saurais pas vous la raconter, moi. Ces folies d'amour, ces coups de foudre, je ne sais pas les expliquer. Je ne pensais même pas que ça existait, avant d'en avoir entendu parler à propos de Naufal : vous voyez une femme et spontanément, instantanément, vous comprenez qu'elle incarne tout ce que vous avez toujours rêvé de posséder, elle concrétise en une fois vos désirs, vos envies, vos fantasmes. Moi, j'ai toujours connu ma femme, Halimé, je la connais depuis que je suis né, et quand je l'ai épousée, cela paraissait normal, je ne savais même plus si je l'aimais ou pas. Et puis, à propos de Naufal, il y avait tout le reste, aussi, vous avez compris, vous le savez, je ne vais pas en parler, tout le reste, après quoi il partit – ce sur quoi j'ai encore moins à dire. »

Un camion roulait poussivement sur la route, en faisant un bruit infernal. Nous nous tûmes, attendant qu'il s'éloigne en direction du hameau chiite de Delbé après être passé devant le bas-relief antique sur lequel on voit depuis des siècles Adonis se faire tuer par une imposante bête sous les yeux effarés d'Aphrodite. Au bout de quelques longues secondes, le vrombissement de l'air retomba, et le calme progressivement revint. Mais Diab demeura silencieux. Il avait vraiment l'air embarrassé, et je n'insistai pas. J'avais compris sa pudeur, bien sûr. Cette affaire était connue, mon père me l'avait racontée maintes fois, j'en savais donc pas mal de choses. J'avais pour commencer beaucoup entendu parler de Chadia, et entendu dire qu'elle était jolie comme tout, fine, délicate, avec un regard effronté et intelligent et un corps qui est resté célèbre. Pour le reste, on peut penser qu'elle débarqua d'Égypte après le retour de voyage de noces de Ghazi et de sa propre mère. C'est Naufal en tout état de cause que l'on chargea d'aller l'attendre au port. Il ne dut pas être très content d'avoir cela à faire, ce mariage bouleversait sans doute déjà assez sa vie. Mais il était aussi assurément partagé entre la curiosité de voir à quoi pouvait ressembler cette jeune fille et l'inquiétude à l'idée qu'elle allait vivre chez lui, avec lui, avec son père et sa belle-mère – son frère Fayez étant à ce moment déjà marié. Chadia venait d'Alexandrie. Le bateau était à quai quand Naufal arriva. La foule se mêlait aux voyageurs qui apparaissaient en haut de la passerelle puis lentement mettaient pied à terre avant d'être absorbés par ceux qui attendaient, dans la masse mouvante desquels parfois s'ouvrait un passage pour une carriole chargée de bagages. Il vit ainsi apparaître plusieurs jeunes femmes, et aperçut celle qu'il soupçonna être Chadia. Elle fendit l'attroupement, suivie par deux porteurs, elle était en tailleur, sûrement, dansant sur ses talons. Refusant d'admettre que c'était elle, dans une sorte de pressentiment de la catastrophe que cela pourrait entraîner, Naufal se détourna, cherchant, par-dessus les têtes, les tarbouches, les chapeaux et les calottes des porteurs, d'autres visages susceptibles de coïncider avec la description qu'on lui avait faite. Sauf que la jeune femme l'avait vu et vint résolument vers lui puis en souriant lui tendit la main, sa si belle main aux ongles rouge incarnat qu'il prit dans la sienne tandis qu'elle se présentait. Je ne sais si Naufal sentit que sa vie allait basculer. Durant les jours suivants, il fut probablement comme en lévitation à cause d'elle, de sa présence sous le même toit. Il se sentait à côté de lui-même, se voyait agir et vivre comme s'il était un autre, comme s'il avait un frère jumeau, ou un double agissant à sa place, poursuivant sa routine quotidienne alors que lui ne pensait qu'à la créature récemment arrivée. Et à l'évidence ce fut la même chose pour Chadia. Installée dans sa nouvelle existence, tout lui était comme un rêve, non seulement parce qu'elle avait toujours eu l'ardent désir de vivre à Beyrouth, de déménager au Liban, mais surtout parce que les journées lui parurent dès son arrivée comme une allée féerique qui conduisait à tout instant, chaque fois qu'elle se retournait, vers le visage étrangement beau et séduisant de Naufal, qu'elle se plaisait à appeler « mon frère », avec une insistance qui faisait rire tout le monde et dans laquelle Naufal seul entendait une forme de violente ironie et de douce allusion. Des mois s'écoulèrent ainsi au cours desquels ils vécurent dans deux vies parallèles, ne se fréquentant que très peu. Naufal passait son temps dans les bureaux des Jbeili ou dans ses livres, et aussi en principe la nuit dans les cafés et les cabarets, sauf qu'il y allait moins, beaucoup moins, dans la peur inconsciente qu'elle n'en tire des conclusions. Chadia, quant à elle, sortait, rentrait, se faisait conduire par les chauffeurs, ou conduisait sa propre petite automobile de sport, accompagnée de ses cousines libanaises à qui elle taisait évidemment son étrange état. Elle était sans arrêt en visite, elle n'avait jamais eu autant l'occasion de fréquenter le beau monde de Beyrouth, car elle n'y venait auparavant que l'été avec sa mère. Mais elle prenait garde à ne jamais faire naître d'histoires ou d'anecdotes mêlant des hommes, alors qu'elle était lorgnée par toutes les marieuses de la ville, toutes les tantes et les alliées de sa mère. Et puis, finalement, ils franchirent le pas. Peu importe comment cela se produisit, c'est un peu toujours la même chose : les corps qui se frôlent par mégarde, un mot au sens ambigu prononcé par l'un et que l'autre saisit au vol, ou lui qui l'invite à venir regarder un ouvrage dans sa chambre et relève les cheveux qui viennent de tomber sur son visage. Bref, les voilà qui passent à l'acte. Ce ne sera pas une affaire très longue, parce qu'elle est dure à assumer, malgré tout, malgré leur force de caractère et l'amour qu'ils éprouvent innocemment l'un pour l'autre. Ils se voient sans doute en secret dans les chambres du palais Jbeili, parce que c'est le lieu le plus sûr, l'alcôve la plus naturelle et la moins compromettante. Elle lui chuchote peut-être qu'ils n'en ont rien à faire, du mariage de leurs parents, que c'est leur mariage à eux seuls qui compte, qui est le vrai, le légitime. Ou bien, entre deux baisers, elle lui susurre que leurs parents ne se sont rencontrés que pour permettre leur propre union, alors pourquoi s'en priver ? Au début, elle craint le jour qui se lève après l'amour, comme si le soleil et la lumière allaient clamer sa culpabilité, et elle reste dans le noir jusqu'à midi, heureuse et effrayée, avant de finir par se convaincre de sortir. Naufal de son côté devient d'une assiduité exagérée dans les locaux des entreprises Jbeili, pour éviter de revenir à la maison. Il y dort même parfois, ou plutôt il dort si peu qu'il s'attelle à achever du travail, la lampe de son bureau seule éclairée au-dessus de la paperasse, des comptes, des lettres de crédit et d'assurance, ou des réponses qu'il prépare à des sociétés partenaires. Les caractères dansent néanmoins devant ses yeux, d'affreux lapsus s'introduisent dans ce qu'il écrit, il inscrit « inceste » au lieu de « incessamment » ou de « cela nous intéresse » et il est épouvanté à l'idée que cela ait pu être aussi le cas dans d'autres lettres déjà expédiées à Londres ou à New York. Et puis, dans des moments de fatigue ou d'excès de désir, il se met à vénérer ce mot chargé à ses yeux d'une dose d'érotisme qui le terrifie. Quand il prend Chadia dans ses bras, dans le noir des chambres du palais Jbeili où dorment son père, sa belle-mère et une kyrielle de chauffeurs, d'hommes à tout faire et de jolies bonnes qu'il lui est arrivé d'avoir envie de déflorer, peut-être lui susurre-t-il des phrases où il y a le mot « inceste », et des phrases où il mêle les mots « amante » et « sœur », et cela l'excite elle aussi. Bref, tout cela est pure fiction, évidemment, parce que nul ne saura jamais ce qu'ils firent ni comment ils gérèrent leur passion entravée et qui ne pouvait aboutir à rien. Ce qui est sûr, c'est qu'ils en virent l'impasse, et tentèrent d'y mettre un terme. Mais c'est difficile quand on vit sous le même toit et Naufal peut-être pensa partir à plusieurs reprises. Sauf que, dès qu'il était loin, il était jaloux, malheureux, et elle de même. Mais leur joie du début était passée, tout le poids d'une culpabilité à laquelle ils voulaient résister les tenaillait, et finalement, ce qui décida Naufal à s'en aller, c'est l'attitude de son père, dans le regard de qui un jour il crut deviner que Ghazi *beyk* savait tout, avait tout compris, et laissait faire. En fait, il ne put jamais confirmer ses soupçons ni s'assurer qu'ils étaient justifiés, ni deviner jusqu'où allait le savoir du chef de clan les concernant. Il était tellement certain que l'un des principes d'existence de ce dernier consistait à surveiller avec inquiétude les fréquentations féminines de son cadet, comme avaient dû le faire tous les Jbeili depuis l'Empereur et son fameux serment, il était si intimement persuadé de la puissance de son père, de sa diabolique capacité à manipuler les hommes et les choses, que la nuit, en remuant ces idées noires, ou au bureau, les soirs où il restait tard, ou quand il sortait avec ses amis, au cabaret, au café et même au cinéma où il regardait les films en pensant au sien propre qui valait tous ceux que l'on projetait, il se convainquit que Ghazi avait sournoisement, volontairement, introduit chez lui la tentation en même temps que l'interdit, qu'il avait indirectement permis à son fils d'aimer avec passion une femme parce que celle-ci était sa sœur, ce qui abolissait simultanément la possibilité du mariage. Lorsqu'il entendait son père discuter avec ses employés, ou parler fort, se mettre en colère, ou éclater de rire durant les dîners mondains, ou pendant les parties de poker qu'il faisait avec le président du Conseil et les députés de Beyrouth qu'il tenait par la bourse, il avait la chair de poule en songeant que celui-là même qui vivait de façon si tonitruante et insouciante fermait les yeux sur une relation entre son cadet et sa belle-fille parce que c'était un amour infécond, forcément, à moins que les deux amants ne soient fous – et de toute façon, même si le pire arrivait, aucun enfant ne pourrait être conservé d'une union pareille. Ainsi, dans son esprit surchauffé, Naufal ne doutait pas que son père laissait cette passion qui l'arrangeait suivre son cours toutes les nuits dans sa maison parce qu'il était secrètement heureux qu'elle distraie son fils de tout autre amour plus dangereux. Cela justifiait aux yeux de Naufal que Ghazi n'ait jamais dit un mot de tout cela à sa femme qui semblait ne rien soupçonner, heureuse tous les jours d'avoir sa fille auprès d'elle sans voir les airs de distraction sinistre de Chadia, que cette dernière tentait tout de même de cacher à sa mère. Finalement, un jour que l'on discutait affaires pendant un dîner ou lors d'une réunion avec des partenaires commerciaux et que quelqu'un levait son verre aux amours de Naufal en lui souhaitant de se marier bientôt, Ghazi fit une mauvaise blague pour rappeler que les cadets des Jbeili avaient des interdits mais que Naufal s'en tirait bien – et il lança à son fils un regard salace accompagné d'une expression dans laquelle Naufal aurait juré avoir deviné comme une noire complicité, une allusion indirecte à quelque chose de mystérieux à quoi son père se référait, quelque chose comme un aval donné à l'inceste et à son improductivité. Cela le remua si violemment qu'il ne parvint plus à supporter la vue de son géniteur, et ne put expliquer à Chadia pourquoi il se trouvait contraint désormais de l'éviter. Quelques semaines après, il profita d'un problème dans un contrat avec une société belge – dont on racontera bien plus tard qu'il l'avait provoqué pour devoir aller le résoudre – et partit, avec dans la tête autant le souvenir du corps, des yeux et des seins de Chadia que celui de ce terrible regard de son père.

11

Je retournai chez Raëd Jbeili le surlendemain de ma dernière visite. L'avant-veille, après le récit de la mort de Chehab, nous étions sortis et nous avions marché sur le chemin qui monte vers les sommets. Le brouillard s'était dégagé, laissant réapparaître le relief précis des montagnes, des gorges, de Massiaf et de Jabal el-Raheb. Nous avions cheminé sans hâte, nous promenant dans l'odeur de zaatar et des herbes sèches dont l'air du soir commençait à embaumer. Nous pensions atteindre le cimetière, mais il était trop haut. Nous nous étions alors assis sur des rochers et nous étions demeurés silencieux, comme pour mieux observer les gorges et les versants plus doux, que l'altitude que nous avions encore prise dégageait et déployait sous nos yeux toujours davantage. On voyait distinctement le fameux tournant que fait la route, aujourd'hui asphaltée, quand on vient du sud de Jabal el-Raheb avant de se retrouver brutalement sur son versant nord et de piquer vers le torrent dans lequel était tombée la voiture de Chehab. La lumière s'était petit à petit adoucie, les ombres s'étaient mises à s'allonger, puis la nuit était arrivée progressivement, en remontant depuis les gorges, comme le brouillard. Le soir faisait résonner de loin quelques bruits, un moteur d'automobile, des voix d'enfants qui criaient. Nous étions repartis en causant tandis qu'à notre passage des grillons interrompaient précautionneusement leur chant. Il avait voulu que je reste dîner mais je trouvais que cela faisait trop, j'avais promis de revenir le surlendemain, ce que je fis.

En m'installant, selon notre rituel, dans mon fauteuil en osier, et après qu'il eut apporté une théière et des tasses, je l'informai de ma conversation de la veille avec le vieux Diab, et précisai que ce dernier avait été très volubile. Il sourit puis voulut savoir ce que j'avais appris. Je lui en fis un résumé, jusqu'à l'épisode du départ de Naufal, sur lequel ni moi ni Diab ne savions rien.

« Je n'en saurais rien non plus, commenta Raëd en riant, si je n'avais un peu enquêté, si je n'avais retrouvé les lettres qu'il écrivit à Chadia au temps de leur idylle et qui sont restées dans la maison des Jbeili, si je n'avais hérité par ailleurs des archives de la famille et si, en découvrant des noms, puis en faisant des recherches, je n'avais ensuite à l'occasion de mes voyages rencontré des personnes qui ont croisé mon oncle et l'ont fréquenté à ce moment. Mais ce qui m'a passionné plus que toute autre chose, c'est le personnage de Naufal lui-même, que j'ai mieux connu grâce à la curiosité que j'avais de son départ et de sa mort. J'ai appris des choses qui recoupent ce que Diab vous a dit, mais qui vont plus loin encore. À l'époque où Naufal travaillait avec son père dans les bureaux des sociétés Jbeili, il était coureur, sans aucun doute, mais il aimait aussi la solitude et en particulier celle que lui procurait la chasse. Naufal était un grand chasseur, un passionné des terres de ses ancêtres, où très tôt il vint tirer le chevreuil et le sanglier. Mais il n'y amenait jamais de citadins, il avait besoin de la sauvagerie absolue des lieux et n'acceptait d'être accompagné que par les gens du cru, comme le père de Diab, en effet. Les gens d'ici étaient impressionnés par sa précision au tir, sa sagacité, sa capacité à attendre dans le silence, et aussi par l'obéissance que lui vouaient ses chiens. Il fit effectivement restaurer le vieux couvent et en fit un pied-à-terre, et peut-être aussi une garçonnière. Il s'en servait surtout pour pouvoir rester la nuit dans les montagnes, pour profiter des aurores. Il s'y rendait l'hiver, où les routes rendaient difficile l'accès à ces lieux, et cela lui permettait de les voir sous la neige. Je crois qu'il lui fallait sentir la paisible métamorphose des choses dans l'impression d'immobilité du temps que donnent ces espaces immenses et vides. Enfin, bref, vous comprenez du coup pourquoi durant la jeunesse de Naufal son père n'entendait en fait rien à son fils et demeurait perplexe devant ce garçon singulier qu'il regardait pourtant avec une admiration certaine, convaincu que sa capacité de concentration, due à sa passion de la chasse, et sa culture étaient des atouts pour le travail. Et vous comprendrez aussi pourquoi les femmes l'aimaient, bien davantage qu'elles aimèrent son frère aîné, mon futur père. Mais lui n'aima qu'une seule femme, avec passion, c'était Chadia. Il l'aima jusqu'au bout, et s'il eut un sentiment précis à l'égard de cet amour, c'est celui d'y avoir été poussé, jeté comme en pâture à la méchanceté du destin, ou par manipulation, ou par des hasards qui n'en sont pas, par la malice d'un sort auquel son père était dans sa tête associé. Dans une lettre qu'il écrivit à Chadia, il parle d'un amour fatal, interdit et pourtant irrésistible, contre lequel le seul refuge était le départ. Il partit donc. Il alla d'abord à Bruxelles puis à Anvers, quelques semaines, pour des affaires qu'il régla rapidement – elles concernaient des opérations portuaires, c'était encore le grand désordre en Europe. Puis, comme il n'était plus question pour lui de rentrer, il alla à Paris, où en 1946 l'ambiance était celle que vous savez. Mais il ne vit rien au commencement, ni le jazz, ni la conférence de Sartre à la Sorbonne, ni les concerts de Gréco. Il gaspillait ses journées et ses nuits à boire, à se perdre dans les tripots et les cafés louches, et rentrait à l'aube au Ritz où il avait décidé de brûler l'argent qui lui revenait du partage de certaines affaires qu'il avait réussies auprès de son père. Il offrit un magnifique bijou à une prostituée allemande qui lui décrivait les horreurs des bombardements et de la guerre, et un autre à une des femmes de chambre du Ritz qu'il débaucha. Il passa une nuit avec une riche Américaine pendant que son mari jouait au poker. Avec un marchand d'art qui le croyait fortuné parce qu'il logeait au Ritz il alla à Antibes où il rencontra Picasso, à qui il raconta des légendes sur la montagne libanaise, sur les ménades dont les poètes l'ont peuplée et sur les rochers sculptés de scènes mythologiques qu'on y trouve, ce qui aurait inspiré au peintre ses *Femmes et Satyres dansant près d'un figuier*, un tableau de la série dont le plus connu est *La Joie de vivre*. Naufal était très fier d'être à l'origine de ce tableau qu'il voulut d'ailleurs acheter, mais il n'avait plus assez d'argent.

» Tout cela, je l'ai appris de l'un des hommes qu'il fréquenta là-bas, le marchand d'art Bernard Fosse. Bernard Fosse possédait cette fameuse galerie, quai Voltaire, qui portait son nom mais qui était en fait celle de son grand-père, un collectionneur qui avait connu les impressionnistes et Cézanne. Fosse le Jeune, comme on appelait l'ami de Naufal, avait repris l'affaire sans avoir à changer le nom de la galerie. Il avait néanmoins gagné ses galons dans le milieu en écrivant une thèse sur les œuvres d'art italiennes que les armées françaises avaient au cours des siècles rapportées en France en guise de butin. Je l'ai rencontré il y a une vingtaine d'années. Il était installé dans une belle maison près d'Aix-en-Provence et m'a reçu dans un jardin, sous d'immenses pins, dans le village de Puyricard – on voyait depuis ma place l'unique mur subsistant, troué de fenêtres, du palais d'été des archevêques d'Aix. Durant toute notre rencontre il m'a observé avec l'intention manifeste d'en finir avec mes questions et de me demander des nouvelles de la guerre du Liban. Cela m'agaçait et j'ai réussi à esquiver ce stratagème jusqu'au bout, malgré que mon hôte me laissait entendre qu'il allait me raconter des histoires sur son ami le poète Schéhadé, et aussi des anecdotes sur des amateurs d'art libanais à qui il avait vendu des Delvaux et des Matisse. Il se souvenait évidemment parfaitement de Naufal et de *Femmes et Satyres dansant près d'un figuier* de Picasso, qui est aujourd'hui dans une collection privée américaine. Il m'a surtout raconté que lorsqu'il avait rencontré Naufal, dont il a déclaré en passant que je lui ressemblais beaucoup, il était lui-même occupé par plusieurs esquisses de Véronèse qu'un aristocrate italien possédait et se proposait de lui vendre, prétendant qu'elles étaient celles de *La Famille de Darius aux pieds d'Alexandre* et du *Christ aux pieds de Marie Madeleine*. Andrea Sarti, cet aristocrate de Venise, était sur la Côte d'Azur à ce moment et Naufal le rencontra par l'intermédiaire de Fosse. En sa compagnie et surtout en celle de sa femme Eleonora, Naufal joua dans les casinos de Cannes et de Nice, où une chance insolente et incompréhensible lui fit gagner des sommes énormes, qui lui permirent de passer un été entier au Negre Coste. Il devint une sorte de convive indispensable des soirées et des pique-niques de la société mondaine internationale revenue sur la Côte d'Azur. Il rencontra Matisse, revit Picasso, on le prenait pour un millionnaire libanais, tout le monde lui parlait du Liban et tout le monde semblait y avoir des parents ou des alliances matrimoniales, ce qui le faisait rire. Fosse le Jeune m'a assuré en riant que Naufal couchait avec des femmes d'émigrés bulgares et d'industriels brésiliens, il m'a raconté que mon oncle était pris d'une espèce de boulimie d'amours interdites et d'ébats à haut risque et que lui, Fosse, le mettait en garde, en vain. Il eut surtout ce qu'on appelle une "relation privilégiée" avec Eleonora Sarti. Il se promenait avec elle dans le Vieux Nice et lui aurait raconté son histoire. À sa stupéfaction, elle lui aurait alors rapporté que dans sa propre famille, comme dans beaucoup d'autres à Venise aux XVIIe et XVIIIe siècles, on pratiquait le mariage unique afin d'éviter le morcellement des propriétés, exactement comme chez lui, mais qu'en revanche il y avait des femmes dans ces familles et qu'elle avait une kyrielle d'ancêtres féminines qui avaient fini dans les couvents pour ne pas mourir vieilles filles à la charge de leurs aînés. Eleonora lui promit de lui montrer un jour des ouvrages sur les mariages uniques dans la Sérénissime mais Naufal déclara en riant qu'il ne voulait pas en entendre parler et que cette seule perspective lui ferait éviter d'aller à Venise. Sauf qu'il y alla, il suivit Eleonora, en feignant d'être ami avec le mari. Il logea à l'hôtel Danieli, parce qu'il ne savait comment dépenser l'argent qu'il avait gagné, et elle venait l'y prendre pour lui faire visiter la ville. Elle n'était pas spécialement jolie, d'après ce que m'a conté Fosse, mais elle avait un air un peu sauvage et suave, il y avait dans ses manières et dans son corps entier une ductilité, quelque chose de rebelle et de provocateur. Naufal la regardait avec émoi parler, se mouvoir, le devancer en quittant le canot des Sarti pour monter sur un quai, rire et le taquiner.

» Les Sarti étaient une très ancienne famille qui possédait un palais à Venise et une villa fameuse dans la région de Fanzolo, pour laquelle Véronèse peignit quelques superbes plafonds. Proches du doge Contarini et du parti des réformateurs vénitiens au XVIIe siècle, les Sarti prônèrent en ce temps-là des transformations pour relever la République en prenant exemple sur le gouvernement des Turcs et sur la vitalité des commerçants protestants du nord de l'Europe. Le plus drôle, c'est que trois siècles plus tard Francesco Sarti, le père d'Andrea, fut à l'inverse le chef du parti de la résistance à la modernisation de Venise en s'opposant au parti fasciste et aux industriels qui lui étaient inféodés. Après sa mort, son fils Andrea se rallia aux modernistes, se rapprocha des fascistes et entreprit de convertir une part du patrimoine des Sarti en entreprises industrielles dans le port de Marghera, en association avec des industriels milanais. Tout cela, c'est Fosse qui me l'a raconté quand je suis allé le voir, et il m'a raconté qu'Andrea lui montra enfin, dans la bibliothèque du palais Sarti, les quatre pages d'esquisses de Véronèse dont il lui parlait sans cesse. Mais après un examen minutieux des dessins, des postures des personnages, de leurs costumes, et des notes en italien ancien qui les parsemaient, le galeriste en arriva à la conclusion que, si c'étaient indubitablement des Véronèse, ce n'étaient pas des esquisses des deux tableaux cités par Andrea. Ce qui avait induit en erreur les précédents spécialistes à qui les Sarti au cours des siècles avaient montré ces dessins, c'était que l'un des motifs qui y revenaient était celui d'un personnage à genoux devant un autre aux contours plus sommairement tracés. Mais cela ne correspondait ni à la posture de la femme de Darius dans le tableau de Londres, d'autant que le dessin semblait représenter plutôt un homme, ni à celle du Christ aux pieds de Marie Madeleine dans le tableau de Madrid. Fosse entreprit alors des recherches, dans les livres, dans les musées et les églises de Venise, dans les monastères et dans les archives des Sarti, et c'est là évidemment qu'il découvrit qu'au milieu du XVIIe siècle, à un moment de grandes difficultés financières qu'ils traversaient à cause de la guerre de Candie qui ruinait leurs derniers comptoirs, les Sarti avaient échangé un de leurs tableaux dans une affaire commerciale avec des négociants de la république de Raguse et que ce tableau s'appelait *Vénus et Adonis*. Cela n'avait rien de très original, Véronèse ayant peint plusieurs sujets de ce genre, où les deux amants enlacés, à moitié nus au cœur de la nature sauvage, sont représentés tantôt dans la préscience de la mort prochaine du chasseur et tantôt après la charge fatale du sanglier. Les postures y sont chaque fois différentes, vous connaissez peut-être ces œuvres magnifiques et leur joaillerie de couleurs : parfois Vénus tente de retenir Adonis, d'autres fois ce dernier est sur les genoux de la déesse, paisiblement endormi ou bien blessé et mourant, telle une Pietà sous les arbres. Or dans le tableau qu'avaient possédé les Sarti, ce devait être encore différent, puisqu'il était parfois aussi intitulé *Adonis à genoux aux pieds de Vénus*.

» Cela changeait tout, évidemment, mais personne apparemment ne s'en souciait au début, selon Fosse, et surtout pas Naufal. Tandis que le galeriste travaillait à son enquête, en effet, mon oncle et Eleonora se livraient à des jeux dangereux. Eleonora n'aimait pas son mari, elle le trouvait vulgaire et violent, ses amitiés dans les milieux de la bourgeoisie anciennement fasciste l'agaçaient, et sa conversion subite, comme les autres, à la démocratie avec la fin de la guerre encore plus. “Fais-le-moi oublier”, disait-elle à Naufal, ce qui sans doute au début signifiait qu’il fallait la distraire par des histoires et une présence d’une autre qualité. Mais cela évidemment finit par prendre un autre sens. Naufal était d’autant plus enclin à la satisfaire qu’il détestait ce monde d’aristocrates et d’industriels dont les conversations et l’arrogance lui rappelaient sa propre famille, et son père. Il accompagna Eleonora dans la villa que les Sarti possédaient dans les terres, à Fanzolo. Ils s’aimèrent là en prenant de terribles risques, venant souvent et faisant passer Naufal pour un chercheur et un bibliophile aux yeux des fermiers et des intendants. Ils s’aimèrent dans la bibliothèque de la villa, où il lui mangeait la chatte tandis qu’elle, pour ne pas crier ou gémir, mordait dans un psautier du Siècle d’or ou un ouvrage du XVIIe siècle. Ils s’aimèrent dans la salle dont Véronèse avait peint le plafond, sous les anges et les dieux païens qui flottaient dans les nues légères, et puis aussi dans le parc, directement sous les nuages de fin d’été, dans les bosquets, sous les statues en grès usé représentant des satyres. Elle rêvait qu’ils étaient des bacchantes et que les surprenait quelque fermier de la région dont elle imaginait la punition sous forme de tortures bizarres, mais il lui rappelait que les ménades ne venaient pas dans les plaines, qu’elles étaient des habitantes des montagnes, les siennes notamment, où elles couraient d’un temple à l’autre, comme dans le tableau de Picasso.

» Et puis les Sarti vinrent finalement ensemble pour l’automne à Fanzolo, avec Bernard Fosse qui, m’a-t-il lui-même raconté, avait entre-temps poursuivi ses recherches concernant le tableau inconnu ou perdu dont les Sarti possédaient les esquisses, du moins selon lui. Il n’en avait trouvé trace nulle part et était reparti pour

Paris parce qu'une bizarre intuition le taraudait. Dans le cadre de sa thèse, m'a-t-il raconté comme il dut le raconter aux Sarti et à Naufal tous réunis dans le petit salon de la villa de Fanzolo, il avait eu affaire au relevé des œuvres envoyées en France en 1809 par le maréchal Marmont, gouverneur des Provinces Illyriennes sous Napoléon. Ces provinces comprenaient Raguse, aujourd'hui Dubrovnik, mais aussi Kotor. Or, dans cette dernière ville, le relevé faisait allusion à une œuvre intitulée *La Soumission à l'Amour*, que les greffiers militaires de l'époque, ignorant sans doute les codes régissant les diverses scènes dans la peinture du XVIe siècle, décrivaient sommairement comme une allégorie représentant Mars aux pieds de Vénus. Sans nom d'artiste, ce tableau avait été confisqué par le maréchal Marmont avant d'être restitué à ses propriétaires pour rendre hommage à leur amitié pour la France. Fosse m'a raconté qu'en 1938, et pour étayer sa fameuse thèse, il avait obtenu qu'un consul de France en Albanie ami de son père fît pour lui une petite enquête afin de savoir si ce tableau existait encore sur la côte dalmate. Quelques mois plus tard, cet ami diplomate lui avait envoyé quelques clichés du tableau qui se trouvait toujours dans le palais Drago, la famille jadis francophile de Kotor. C'étaient ces clichés qu'il était allé chercher à Paris, soupçonnant un rapport entre le tableau perdu des Sarti et cette scène conservée à Kotor. Il ne lui en restait plus qu'un, qu'il rapporta à Venise, précieusement rangé désormais dans une enveloppe en papier kraft. Il voulait le comparer, malgré sa mauvaise qualité, avec les esquisses détenues par les Sarti, mais à cela Andrea objecta qu'on ne pouvait pas maintenant, qu'il avait d'autres préoccupations, qu'on verrait plus tard.

» Sarti, en fait, ne voulait pas perdre de temps parce que Fosse l'agaçait et parce qu'il avait mieux à faire. C'était en effet la période de sa chasse favorite, une chasse à courre, une chose qui se pratiquait rarement en Italie et qu'il voulait absolument faire partager à Naufal, sachant les goûts de ce dernier. Il avait des chevaux, des chiens, et Naufal assista en effet quelques jours plus tard à la furie des grandes véneries, à la veillée, aux préparatifs, comme si une armée partait en guerre. Il participa au branle-bas de combat, à la frénésie qui luisait joyeusement dans les regards des hommes et des chiens à la perspective des cruautés imminentes. D'après Fosse, il aurait conservé des souvenirs terribles de cette chasse, des manœuvres, des cavalcades à l'aveugle, de l'incroyable vacarme, des cris et de la violence qui se déchaînaient dans les brumes, au cœur des forêts déjà hivernales, comme dans les contes et les légendes, et après ça de l'horreur archaïque et fascinante de l'hallali, des dépouilles sanglantes des vaillantes bêtes vaincues ramenées et partagées sur le perron de la villa, face au parc et à sa conception raffinée. Dans les rêves qu'il fit à cette époque, paraît-il, Naufal ne cessait de voir son père ensanglanté, poursuivi et acculé par les chiens. Mais il se réveillait en sursaut au moment où ces derniers, au lieu de se jeter sur Ghazi, se tournaient vers lui pour le déchiqueter. Durant les nuits qui suivaient ces chasses, durant les interminables veillées où les chasseurs ripaillaient comme dans les orgies antiques et où la vulgarité de ces aristocrates et industriels récemment encore liés au fascisme se déployait sous le regard des dieux de l'Olympe transfigurés par Véronèse sur les plafonds de la villa, nul ne s'apercevait qu'il n'était plus là. Il était avec Eleonora, dans l'obscurité des communs qui sentaient les pommes pourries. Dans l'excitation du sang, des courses et de la frénésie de la chasse, Eleonora se dépravait entre ses bras, quitte à en rougir le lendemain, selon Fosse qui le tenait de Naufal.

» Je ne sais si elle rougit vraiment, mais, en tout cas, cette liaison ne pouvait durer éternellement et le moyen de l'interrompre fut tout trouvé. Fosse avait finalement réussi à comparer les feuilles d'esquisses du fonds Sarti avec son cliché. Le cliché était en noir et blanc, ancien, fatigué, un flash apparemment en gâchait une partie en la noyant dans une tache de lumière, et le travail, m'a dit Fosse, ressembla à celui qu'entreprend le personnage de *Blow-Up*, le film de Michelangelo Antonioni, lent déchiffrement de détails sur une photo qu'il fallut ensuite confronter aux esquisses du peintre véronais. Ces dernières, tracées au crayon noir, cernées et nimbées de commentaires, emplissaient les quatre feuillets, dans un grand désordre. Un personnage y revenait obsessionnellement, dessiné et redessiné des dizaines de fois, les lignes de chaque version de chaque dessin se superposant aux précédentes dans une quête anatomique de la justesse du geste, le corps nu sans cesse repris apparaissant dans chaque esquisse en palimpseste sous les multiples essais de vêtements, et comme si ces derniers étaient transparents. Ce personnage, m'a dit Fosse, était à genoux dans deux ou trois esquisses, mais un genou seulement à terre dans toutes les autres, tête baissée et les épaules proéminentes et musculeuses. Sur la plupart il avait comme un manteau dont on devinait qu'il lui découvrait une épaule, ce devait être une tunique ou une cape. Or ce que l'on pouvait distinguer sur le cliché du tableau de Kotor, juste à droite de la tache de luminosité provoquée par le flash, c'était justement un personnage à genoux, ou du moins un genou à terre seulement, indubitablement vêtu d'une cape qui lui découvrait une épaule, et penché au-dessus de la jambe qu'une créature féminine lui tendait.

» La conviction et l'enthousiasme de Bernard Fosse n'eurent plus de bornes, car il était convaincu d'avoir découvert un Véronèse inconnu et disparu depuis le XVIIe siècle. Il n'ébruita pas la nouvelle, il n'en parla qu'à Naufal et aux Sarti, et évidemment il n'eut plus qu'une idée, celle d'aller à Kotor. Sauf, je vous le rappelle comme me l'a rappelé Fosse quand il m'a raconté tout ça, Kotor en 1947 était en territoire yougoslave, et la Yougoslavie était depuis deux ans un pays communiste à l'accès difficile. Mais rien n'y fit, Fosse voulait y aller et, vous l'avez compris, Naufal décida de l'accompagner. Il proposa même de payer ce qu'il fallait, bateau, passeurs et autres intermédiaires pour obtenir d'éventuels papiers ou des visas, et surtout de contribuer avec l'argent qu'il lui restait, et qui n'était pas négligeable, à l'achat du tableau. Sauf que rien n'indiquait que ce dernier fût encore visible, avec tous les changements, les guerres et les occupations. Pendant un mois, Fosse multiplia les démarches, et il finit par obtenir des laissez-passer grâce à l'intercession de Picasso puis d'Éluard puis d'Aragon, dont il ne sut jamais s'ils étaient au courant des raisons de son départ en Yougoslavie.

» Ils prirent un bateau qui se rendait à Bari mais furent contraints de débarquer à Dubrovnik. Ils allèrent ensuite en car jusqu'à Kotor. Leurs déplacements étaient contrôlés et des hommes de la Sécurité surgissaient à tout instant à leurs côtés, ou bien venaient s'asseoir à la même table de café et les interrogeaient, mine de rien, comme des badauds curieux, sur leur séjour. À Kotor, ils descendirent dans une petite pension et, de là, cherchèrent à joindre les deux hommes que l'ancien consul en Albanie et auteur des fameux clichés du Véronèse, recontacté par Fosse, lui avait conseillé de rencontrer. Le premier, le concierge du palais Drago, était mort durant la guerre, tué ou déporté par les Oustachis ou par les nazis. L'autre, un interprète qui parlait français, et qui les reçut chez lui discrètement, leur raconta que le palais avait été réquisitionné par l'état-major italien pendant l'occupation fasciste. Il les mit en relation avec l'ancien régisseur, qui leur annonça qu'il n'y avait plus rien dans le palais, qu'au moment de l'arrivée des Italiens tout était encore en place mais que, depuis, on ne savait pas qui avait fait main basse sur les tableaux et les meubles, si c'étaient les Italiens, les Oustachis ou les nazis. Il accepta de les introduire dans les lieux, qui étaient maintenant propriété de l'État. Les nouvelles législations étaient encore vagues, il ignorait s'il était toujours régisseur, mais il possédait les clés, un énorme trousseau de clés avec lequel il leur ouvrit une porte arrière qui donnait sur une ruelle minuscule. Cela sentait le renfermé et l'humidité, de l'eau coulait et fuyait, l'état d'abandon était terrible. Ils montèrent des escaliers sombres, qui avaient dû être de belles volées d'apparat, pénétrèrent dans plusieurs salles en enfilade, vides, où la lumière filtrait à travers les volets clos. C'est là qu'étaient naguère la plupart des œuvres peintes, dit le régisseur. Or, à l'évidence, il n'y en avait plus une seule, il n'y avait plus rien que des murs qui portaient la trace du décor dont ils avaient été ornés sous forme de lignes plus sombres encadrant des espaces carrés ou rectangulaires, comme les fantômes des anciens tableaux.

» Vous aimeriez autant que moi savoir ce qu'est devenu ce tableau, bien sûr, et j'aurais aimé pouvoir vous raconter une belle quête à travers l'Europe de l'après-guerre. Un roman policier, un vrai. Mais la chose, en fait de roman, s'arrêta là. Fosse essaya pourtant, seul d'après ce qu'il m'a raconté, de mener l'enquête pour savoir ce qu'il était advenu des biens du palais Drago, si ceux qui avaient mis la main dessus savaient ce qu'ils faisaient ou si c'était pur pillage. Il chercha les noms des officiers italiens en poste à Kotor, ceux des Allemands et même des Oustachis, il se spécialisa dans les politiques d'occupation, ce qu'il avait commencé à faire pour sa thèse sur les temps anciens. Il tenta même, plus tard, d'étudier les premières années de la Yougoslavie et de sa politique culturelle à l'égard des anciennes classes possédantes, se demandant si le tableau n'était pas resté dans le pays. Mais rien n'y fit, il ne put retrouver sa trace. Lorsque je l'ai rencontré, il avait déjà écrit plusieurs articles sur l'affaire, il avait acheté les esquisses des Sarti et publié la photo défaillante du consul. Son affaire avait fait grand bruit dans les milieux spécialisés, il s'était ensuivi plusieurs fausses alertes, à l'occasion de ventes aux enchères à New York, à Londres, et même à Hong Kong. Il m'a raconté qu'au début des années soixante le tableau était devenu une fixation pour les plus grands commissaires-priseurs, qui espéraient le trouver à chaque vente ou liquidation de collections célèbres. Mais, finalement, Fosse en était arrivé à la conclusion que le tableau avait été détruit, ou alors il était en possession de quelque descendant d'officier italien ou allemand qui en ignorait la nature, à moins qu'il n'eût été revendu comme une vulgaire croûte et ne trônât à l'heure qu'il était dans le salon petit-bourgeois d'une ville d'Europe, ou dans une salle à manger dans laquelle une famille dînait tous les jours sans le savoir sous un Adonis et une Aphrodite peints par Véronèse et valant des millions. »

12

« Après sa déconvenue au palais fantôme des Drago, Fosse élabora quinze nouvelles stratégies, couché sur son lit dans la pension intra-muros de la petite ville du fond des bouches de Kotor, parlant tout seul, gesticulant, allant à la fenêtre, pestant contre les espions dont il voyait les silhouettes rôder autour de l'hôtellerie. Il finit par imaginer un scénario plein d'enquêtes et de filatures tout à fait aléatoires à travers l'Europe. Naufal décida de ne pas l'accompagner, pour des motifs que l'ancien marchand d'art n'a pas su m'expliquer mais que j'ai moi-même reconstitués et qui tiennent au caractère de mon oncle. Je vous l'ai dit, tous les cadets des Jbeili, sous des dehors remuants et aventuriers, étaient en fait des rêveurs et des contemplatifs. Naufal ne faisait pas exception. Il devait avoir rêvé d'entrer clandestinement en possession d'un tableau de Véronèse, peut-être avait-il songé qu'il le garderait pour lui, aurait pour lui seul, tous les jours, le spectacle merveilleux des couleurs et des formes d'une scène imaginée par le maître véronais, comme il admirait les montagnes et leurs colorations changeantes de saison en saison. Mais se lancer pour des années dans des recherches floues, courir derrière des ombres selon des scénarios improbables, je crois qu'il n'en eut aucune envie, pressentant dès le début que cela serait vain et n'aboutirait à rien sinon à d'autres déconvenues encore. Enfin, quoi qu'il en soit, les deux amis se séparèrent. Fosse partit seul pour Belgrade afin de prendre l'avion tandis que Naufal demeurait sur la côte dalmate, attendant de pouvoir embarquer sur un bateau à destination du sud de l'Italie, de la Sicile, ou encore de l'Égypte ou du Liban. Mais la circulation maritime n'était pas très intense, à moins qu'il ne fît volontairement traîner les choses. Il resta dans la même pension, se promena dans Kotor, qu'il finit par bien connaître, passant souvent devant la façade plus sicilienne que vénitienne du palais Drago, qui découpait ses angles sur le fond abrupt des montagnes. Il alla à Perast, à Herceg Novi. Il était en permanence suivi par des agents dont il devint presque un intime, se plaisant à l'idée qu'il se baladait avec en poche un laissez-passer obtenu grâce à l'intercession de Louis Aragon et de Pablo Picasso, des noms qui dans la nouvelle Europe de l'Est ouvraient toutes les portes. Avec un guide qui était assurément un agent aussi, il monta par les cols jusqu'à l'ancienne capitale du royaume monténégrin, où les palais classiques étaient à l'abandon. L'hiver était proche, l'odeur des pins et des épineux dans l'humidité de l'air lui rappelait des souvenirs familiers, le relief était semblable à celui qu'il connaissait, et le pays formidablement désert.

» Tout cela, c'est le journaliste américain qui allait être son compagnon durant les mois suivants qui me l'a raconté. Il s'agissait d'un ancien reporter du *Chicago Tribune* qui, vous allez rire, m'a donné rendez-vous dans les salons de l'hôtel Danieli, à Venise, exactement au même endroit où était descendu Naufal trente-cinq ans plus tôt. Il s'appelait Rooney Hobes et, lorsqu'il m'a reçu ce jour-là, il était sagement assis devant une bière. De stature imposante, il avait les cheveux encore touffus mais entièrement blancs, ce qui lui donnait une sorte d'aura impressionnante, qu'accroissait son regard bleu-gris. Il était d'une affabilité américaine sans façon mais exquise parce qu'il s'y mêlait, par touches imperceptibles, quelque chose de la courtoisie européenne un peu guindée. Il avait pris sa retraite et était revenu vivre à Venise. J'avais réussi à le retrouver grâce à une lettre qu'il avait écrite naguère à mon grand-père et il avait paru très ému à l'idée de me rencontrer, ce qui s'est confirmé quand je me suis installé en face de lui, ce jour-là. Il me détaillait discrètement tandis que je parlais, je me demandais s'il allait me trouver une ressemblance avec Naufal, ce qu'il n'a pas dit. Moi aussi j'étais très ému, parce que je savais que c'était de lui que j'allais enfin connaître la vérité sur la fin de Naufal. Nous hésitions pourtant tous deux à y venir. Il m'a posé des questions sur moi, sur mon intérêt pour mon oncle, et aussi sur le Liban, évidemment. Quand il a fini sa bière, il en a commandé une autre et a fait un signe dans ma direction pour savoir si j'en voulais une, puis il s'est adossé à son fauteuil et a alors entrepris de me raconter les circonstances de sa rencontre avec mon oncle.

» Il venait de mener une enquête sur le devenir suspendu de Trieste après la guerre et s'apprêtait à partir pour les montagnes grecques, afin d'en ramener un reportage sur la guerre civile là-bas, mais du côté des communistes, un reportage dont il était persuadé qu'il lui apporterait la gloire et la fortune. Pour cela, il se rendit d'abord à Dubrovnik où il devait attendre l'autorisation de partir pour la Grèce. Le hasard voulut qu'il descendît dans la même pension que Naufal. Les deux hommes s'installèrent naturellement ensemble pour les repas et bavardèrent, se cachant au commencement les motifs de leur présence en Yougoslavie. Hobes à cette époque mangeait d'énormes tartines de confiture de groseilles qu'il trempait dans son mauvais café yougoslave, et se présentait en insistant sur le fait qu'il s'appelait "Hobes avec un seul b, pas comme le philosophe", alors qu'on ne lui avait rien demandé et qu'il s'exposait au ridicule parce qu'on pensait spontanément à le voir qu'il n'avait jamais lu la moindre ligne de Hobbes et que c'était une blague d'Américain, sauf qu'en réalité il le connaissait et était capable d'en parler des heures, ce qu'il fit avec Naufal. C'est lui-même qui m'a conté tout cela et aussi qu'ils se promenèrent tous les deux dans la vieille cité dalmate qui avait été une république concurrente de Venise. Ils étaient accompagnés d'un agent de la Sécurité qui leur servait de guide. Au bout de quelques jours, ils finirent par s'ouvrir l'un à l'autre. Dans un café où ils réussirent à aller en trompant la vigilance de leur ange gardien, Hobes expliqua à Naufal ce qu'il préparait, comme il me l'a expliqué trente-cinq ans plus tard. Ce qu'il m'a aussi expliqué comme il le fit devant mon oncle, c'est qu'à ce moment, en pleine période maccarthyste, aller en Grèce du côté communiste était une folie et son journal rechignait à le soutenir. Il ne savait même pas si on lui prendrait son reportage, ni si ce reportage ne passerait pas pour de la propagande prosoviétique. Les Yougoslaves, en revanche, étaient très heureux de l'avoir, ils lui avaient même promis d'intercéder pour qu'il puisse rencontrer le commandant Márkos, le chef de la République des Montagnes en Grèce communiste. Mais lui ne voulait pas que les communistes lui facilitent trop la tâche, il avait besoin que son journal lui fournisse les moyens de son reportage, et que cela coûte cher, c'était important, pour justifier le tapage médiatique que l'on ferait autour après. Il avoua même cela à Naufal après qu'ils furent entrés dans la phase de confiance l'un envers l'autre et se furent longuement entretenus sur le Véronèse perdu. Hobes, en plaisantant, m'a dit, comme il dut le dire à Naufal, que s'il y avait eu véritablement un Véronèse caché il aurait abandonné son reportage grec pour couvrir cet événement qui aurait été un fameux scoop et lui aurait rapporté une plus grande célébrité encore. Mais le Véronèse avait disparu et il attendait de pouvoir trouver un moyen de financer son reportage chez les communistes des montagnes grecques. Vous voyez déjà la suite, évidemment : Naufal, qui était à Dubrovnik en attente d'un bateau pour le sud de l'Italie, changea de projet et, le plus sérieusement du monde, proposa à Hobes de sponsoriser le reportage. C'était bien dans la logique américaine du mécénat privé, non ? Il déclara qu'il payerait tout, l'hôtel de Hobes à Dubrovnik et son salaire, les transports jusqu'en Grèce et même l'assurance s'il le fallait. Hobes m'a avoué avoir d'abord éclaté de rire, mais Naufal lui expliqua qu'il voulait finir de dépenser son argent gagné au jeu et qu'il n'y avait pas meilleure manière de le faire. Hobes se méfiait, malgré tout, puis, après plusieurs jours de conversations téléphoniques serrées avec sa rédaction, il accepta.

» Il était temps, m'a-t-il confié, parce que l'hiver arrivait et les routes allaient devenir impraticables. Assis au cœur du somptueux décor du Danieli, buvant bière sur bière, ce qui a fini par me pousser à l'imiter avant que nous commandions un repas, Rooney Hobes m'a raconté en détail ce périple dans les montagnes grecques qu'il fit en compagnie de mon oncle en 1948. Ils traversèrent le Monténégro puis la Macédoine, m'a-t-il raconté, sur des routes de terre boueuses. Il faisait froid, du crachin tombait mêlé parfois de neige. Il leur fallut deux jours pour entrer en Grèce. Ils dormirent d'abord dans des bergeries où des combattants se chauffaient à des braseros. Ces hommes parlaient macédonien, m'a expliqué Hobes, mais étaient grecs, et c'est là que commença la suite des surprises qu'ils vécurent tout au long de cette aventure. Dès le premier jour, ils comprirent que l'ambiance serait joyeuse dans les rangs de la guérilla, la victoire semblait possible et l'hiver s'annonçait radieux, pour le moral sinon en ce qui concernait le ciel. Hobes et Naufal, emmitouflés dans de gros manteaux, avaient rendez-vous avec le commandant en chef, le mythique Márkos, comme on l'avait promis à Hobes. Mais ils durent d'abord patienter dans plusieurs villages successivement, des hameaux ou des bourgs aux allures balkaniques, avec des rues en pente et des maisons au toit de chaume, loin, très loin, des images de la Grèce classique. Ils logèrent plusieurs jours dans une demeure à encorbellement de notable. Des combattants leur tenaient compagnie, les observant avec curiosité, les recevant comme on reçoit dans un salon et leur posant des questions sur la manière dont le monde extérieur voyait leur guerre. Hobes a insisté pour me les décrire comme des cosaques, ils étaient barbus comme des popes, avec des bonnets et de grosses ceintures, dans lesquelles ils avaient des pistolets et des poignards. Mais tout cela était jovial, on parlait avec les mains, parce que le grec, dont Naufal et Hobes pensaient pouvoir extraire quelques mots qui avaient essaimé dans toutes les langues du monde, n'était pas celui auquel ils s'attendaient, quand ce n'était pas du macédonien ou de l'aroumain. Finalement une jeune femme aux traits slaves arriva pour leur servir d'interprète et c'est de ce moment, c'est-à-dire très tôt, m'a dit Hobes, que les choses imperceptiblement s'engagèrent dans une autre direction. J'ai évidemment tout de suite compris où il voulait en venir. Elle était très jolie, cette interprète, m'a-t-il confirmé, et il m'a avoué qu'en la voyant son cœur avait frétillé. Elle lui plaisait, m'a-t-il dit en riant, avant d'ajouter qu'elle n'avait immédiatement eu d'yeux que pour Naufal. Après l'avoir quitté quelques heures plus tard, je me suis aperçu que Hobes n'avait pas une seule fois nommé cette jeune combattante durant son récit, ce qui fait que je n'ai jamais su son nom. Elle ne s'appelait sans doute pas Aphrodite, car elle n'était pas grecque mais macédonienne, et Hobes a fait cette remarque que les peuples slaves lui étaient alors apparus comme les dépositaires de l'antique beauté idéale grecque. Pourtant, cette femme était dans un uniforme qui noyait ses contours. Mais sa féminité transparaissait dans ses mouvements, dans ses gestes, dans ses mains ostensiblement baguées d'anneaux sans grande valeur mais qui faisaient ressortir la grâce de ses doigts. Ses cheveux, blonds, étaient en permanence ramenés en une sorte de couronne de tresses autour du crâne, et même si elle avait des formes un peu paysannes, loin de la statuaire que son visage et son nez semblaient rappeler, il lui suffisait de s'animer ou de rire pour que tout en elle se métamorphosât, s'affinât, devînt léger et transmuât le monde autour d'elle.

» Le premier jour, elle leur confirma que le commandant en chef les recevrait, mais qu'il fallait encore repartir. La guérilla tenait les hauteurs. Les routes qu'ils devraient emprunter pour aller d'une montagne à l'autre étaient celles des sommets, le reste étant toujours menacé par les troupes loyalistes. Ils allèrent à dos de mulet, puis un matin, dans un village abandonné après les batailles de l'automne, alors que le jour était levé, que le ciel s'était dégagé et que tout luisait et brillait comme l'or, que les pics du Gramos resplendissaient contre l'horizon, on leur annonça que le *kapitanios* Atzikis allait venir à leur rencontre et les accompagner jusque devant le commandant Márkos. Hobes prenait des notes, griffonnait sur des carnets en marmonnant qu'il ne comprenait pas la moitié de ce qu'on lui disait. Naufal riait, il était heureux dans ce monde lointain, cette Grèce ottomane où les combattants parfois parlaient macédonien. Son père et sa propre misère devenaient des choses floues, à l'instar du spectacle imprécis des forêts de pins dans le brouillard le long des routes qu'ils empruntaient. Et puis, évidemment, la présence de la jeune guide n'y était pas pour rien. Elle leur raconta qu'elle était étudiante à Salonique mais avait rejoint la guérilla un an auparavant. Elle aimait s'exprimer, pour s'exercer à l'anglais ou au français et parce qu'elle voyait que Naufal la regardait parler avec plaisir, la corrigeait, se faisait aussi corriger ses bribes de grec, et une complicité évidente naquit entre eux, sous les yeux aimablement jaloux de Hobes. Finalement le *kapitanios* et ses hommes arrivèrent, c'était une dizaine de cavaliers aux visages mangés par des barbes noires, avec des capes ou de grands manteaux de princes nordiques, commandés par une sorte de Raspoutine qui n'était autre qu'Atzikis, un chef très respecté dans la région et dont la monture trépignait d'impatience en permanence. Avec cette singulière cavalerie, résurgence d'une armée archaïque, Naufal et Hobes partirent en direction du quartier général des troupes communistes. Il fallut encore chevaucher des jours et des jours. Ils s'arrêtaient dans des postes militaires, se chauffaient, puis repartaient, mangeaient et dormaient dans des bergeries ou dans des villages. La traductrice, qui faisait aussi office de guide, expliquait que les habitants étaient revenus après les combats de l'automne et ce qu'elle appelait la "victoire". En chemin aussi, le *kapitanios*, qui savait des bribes de français, parlait à Naufal et ce dernier traduisait à Hobes. Il raconta que le commandant Márkos avait déclaré la République des Montagnes, que le gouvernement d'Athènes voulait négocier, et il rit en maudissant les Américains qui envoyaient des avions et des officiers pour entraîner les "fascistes", comme il disait avec un air malicieux en caressant sa longue barbe de pope. Ni Naufal ni Hobes n'arrivaient à comprendre si ce personnage tout droit sorti des légendes, avec ses cavaliers aux airs de cosaques, était un communiste convaincu ou si son engagement était lié à de simples questions de politique locale. Durant les haltes et les veillées, on faisait le point et il était alors question de mines, de postes d'observation, de canons de 105 postés en Albanie. Hobes demandait si le commandant Márkos était loin, mais n'obtenait jamais de réponse claire. "Ils ne vont pas te donner ses coordonnées, c'est normal", le rassurait Naufal. Au cours d'une pause assez longue, dans un village où une division en tenue militaire classique semblait en attente, Naufal raconta des histoires de chasse, il fanfaronna en prétendant qu'il était un bon tireur, ce qui fait que le lendemain, à l'extérieur du bourg, il dut montrer son adresse devant les hommes d'Atzikis et les militaires réunis. La kalachnikov le surprit et lui ébranla l'épaule aux premiers coups, mais, quand il l'eut apprivoisée en prenant la mesure exacte de son poids et de sa détente, il fit merveille contre les cibles qu'on lui avait imposées, des boîtes, des restes d'épouvantails et des crêtes de conifères. Il demanda un jour à sa traductrice si on accepterait de le prendre pour combattant. Elle rit, elle lui fit oui pourquoi pas, il tirait si bien qu'il serait utile.

» En attendant, ils étaient utiles l'un à l'autre, il leur arrivait de disparaître quelques instants, dans un bois, au bout d'un village où on s'arrêtait, et ils revenaient essoufflés et comme réchauffés par leur joie dans le froid qu'il faisait. Hobes m'a avoué avoir rêvé de les suivre, et de les surprendre s'aimant dans la neige, ou à l'abri d'un auvent. Un soir, lors d'une halte, il entra dans une petite pièce où il pensait qu'ils étaient plusieurs, mais ils étaient seuls, elle était adossée à un sac militaire, les jambes allongées, elle s'était déchaussée, et Naufal à genoux tenait dans sa main l'un de ses très beaux pieds qu'il massait pour le réchauffer au-dessus d'un brasero. Et si, évidemment, dans tout ça, on ne touchait pas au but, cela ne chagrinait pas Naufal, et quant à Hobes, il prenait des notes, écrivait ses articles à l'avance. On repartait, on s'arrêtait, il y eut un bruit sourd de canonnade un jour au loin, et un autre jour des avions passèrent alors qu'on était heureusement à couvert. Durant les veillées, on écoutait les récits des deux étrangers. La nationalité de Naufal surprenait toujours, on tentait alors de trouver des mots communs à l'arabe, au grec et au macédonien, et on admettait que le pont entre ces langues était le turc. Les hommes se racontaient des anecdotes que l'on essayait de transmettre aux deux hôtes par le biais de la traductrice, à qui on prenait aussi plaisir à s'adresser. Un jour ce fut Atzikis qui raconta l'histoire de ce gars de son village qui avait eu cinq, six, sept, huit filles mais qui n'en démordait pas et voulait un garçon. Il n'eut encore que des filles, dix, onze, douze, et à la douzième ou treizième il déclara qu'il avait décidé d'éprouver la patience de Dieu. Il eut alors une quatorzième fille, puis une quinzième et ainsi de suite, et malgré ce qu'on lui disait sur la démesure entre la patience de Dieu et les capacités de sa femme il persévéra, et après la dix-neuvième fille il eut enfin son garçon. Mais il s'en réjouit si fort, conclut le *kapitanios* hilare, il était si persuadé d'avoir mis Dieu à bout de patience, qu'il fut puni quelques jours après et mourut d'apoplexie. Tout le monde explosa de rire, on commenta la chose durant toute la nuit, et c'est le lendemain qu'ils arrivèrent au quartier général de Márkos.

» L'un des meilleurs souvenirs qu'aura gardés Hobes de sa vie de journaliste, selon ce qu'il m'a conté, ce qui dut être le cas aussi pour Naufal, ce fut sa rencontre avec ce chef fameux, qu'il me décrivit comme grand, filiforme, au visage allongé mais au regard rieur et environné d'autres chefs, des *kapitanios* et d'anciens résistants au nazisme comme lui, en tenue militaire et la plupart avec cette incroyable barbe à laquelle il était, ainsi que Naufal, désormais habitué. Márkos avait reçu la veille une journaliste française de *L'Humanité*. Son discours était donc rodé, sur la victoire possible, sur l'appui de Tito, sur des choses qui aujourd'hui n'ont plus aucun intérêt. Évidemment, la présence d'un Américain lui était essentielle pour faire passer un message au peuple d'un pays qui lui faisait la guerre, mais il finit aussi par s'intéresser à Naufal et, d'après Hobes, ce dernier échangea avec le chef des considérations sur la Grèce multiculturelle, sur l'idéologie de la droite, pour laquelle la Grèce était un pays européen, et sur l'évidence d'une Grèce aux origines orientales. Márkos dut interrompre l'entretien mais émit le souhait qu'il soit poursuivi le lendemain. Mais le lendemain, ce fut impossible, le dégagement du ciel avait permis des raids aériens sur le front Est. Il fallut attendre et ils attendirent. Hobes m'a raconté que Naufal lui disait qu'il se serait bien vu rester là, vivre avec ces hommes, se battre et finir par s'installer dans cette Grèce nouvelle qui s'annonçait. Quelques jours plus tard, Hobes revit Márkos, mais seul, parce que Naufal était parti avec l'interprète, en principe pour une journée, afin de rencontrer la journaliste française qui vivait avec un groupe de maquisards à quelques heures de marche. Y allèrent-ils directement, ou bien musardèrent-ils et prirent-ils des chemins buissonniers, Hobes ne l'a jamais vraiment su, même si c'est probable. Dans le jour radieux que leur offraient ces journées d'hiver, où tout brillait et rutilait comme dans un tableau, ils durent profiter de leur solitude pour s'aimer dans la forêt, et aussi s'amuser à tirer à la mitraillette et au revolver sur des cibles, puis s'aimer encore contre le sol durci par le froid. C'étaient là en tout cas les songeries de Hobes, que sa jalousie, mêlée à son amitié pour les deux jeunes gens, fit naître – des songeries dont il eut honte. Parce que ce jour-là, à cause du ciel limpide, l'aviation loyaliste mena plusieurs raids. Hobes s'en est souvenu devant moi, il s'est souvenu des avions au loin mitraillant des positions de maquisards et lâchant des bombes, alors que lui-même était dissimulé avec son groupe sous un talus. Dans la montagne, Naufal et la guide devaient être en train de s'amuser à tirer, ou à s'aimer sur une prairie, nul ne le saura au juste. Mais ils furent repérés par un des avions et n'eurent pas le temps de se mettre à l'abri. C'est la jeune femme qui la première perçut le vrombissement sourd de l'appareil. Elle se retourna vers Naufal en criant pour le mettre en garde, mais elle vit son amant incompréhensiblement et brutalement propulsé contre le sol et ce n'est qu'ensuite que le bruit de l'explosion la submergea, faisant voler des gerbes de terre et de branches autour d'elle alors qu'elle était projetée contre le sol elle aussi, mais saine et sauve. Selon ce que m'a raconté Hobes, Naufal ne fut pas tué sur le coup, il gémissait, ensanglanté. Sa compagne tenta de le porter, puis le tira jusque sous les arbres dans un sentiment de panique effroyable et en lui parlant en grec, en macédonien, en français, elle ne savait plus. Peut-être l'entendit-il, peut-être pas, le vacarme de l'explosion se poursuivit peut-être dans son imagination et se mêla ensuite aux cris de sa compagne, si bien que Naufal eut, qui sait, à nouveau l'impression d'être attaqué par une meute de chiens qui lui dévoraient les chairs, à moins qu'il n'eût rêvé qu'il était à Massiaf, dans les montagnes familiales, et que son père lui reprochait vertement d'y avoir installé des soldats, des milliers de soldats, alors que lui, Ghazi *beyk*, lui avait assigné de n'avoir que vingt filles. Pendant ce temps, sa compagne, incapable de le déplacer, partit en courant, l'uniforme taché de sang, pour chercher du secours. Dans un hameau proche campaient des maquisards vers qui elle arriva échevelée et en pleurs. Mais quand ils remontèrent avec elle et atteignirent l'emplacement où était couché Naufal, il était trop tard. »

13

Quand Raëd se tut, il avait l'air ému, et je n'aurais su dire si c'était à cause de l'histoire de son oncle ou de la manière dont il l'avait mise en récit devant moi. Nous demeurâmes un long moment sans parler, émergeant lentement, revenant progressivement au présent, puis nous nous aperçûmes qu'il était bientôt l'heure du déjeuner. Nahia avait tranquillement dressé la table, allant et venant, peu soucieuse de notre concentration, mais sans nous déranger non plus, veillant sur nous sans en avoir l'air et à ménager ce qu'il fallait de confort pour nous permettre de poursuivre nos conversations, laissant l'impression de tout comprendre et de donner sur tout sa silencieuse approbation. Raëd le premier s'ébroua. Il se leva en annonçant qu'il allait chercher du vin et me demanda lequel j'aimerais boire. Lorsqu'il revint avec la bouteille et nous servit, nous discutâmes de cépages, de négoce de vin tandis que Nahia nous apportait le repas. Puis à la première occasion je revins à notre affaire et à la mort de Naufal et l'interrogeai pour savoir si c'était Hobes qui l'avait annoncée aux Jbeili.

« Oui, répondit Raëd. Il y eut un bref échange de courrier, et ce sont ces lettres qui m'ont permis de retrouver la trace de Rooney Hobes, qui quelques mois après publia son fameux reportage. Mon grand-père, Ghazi

Jbeili, eut au commencement une réaction parfaitement conforme à son personnage. Il se refusa à toute manifestation de faiblesse face à la nouvelle, se montra fort durant les jours interminables où la ville, les autorités et les gens de Massiaf défilèrent chez lui. Il était juste sombre, les sourcils en permanence froncés, comme si une sourde colère bouillait en lui, et on pensait que c'était à cause de l'absurdité du sort. Certains visiteurs mirent cela sur le compte d'un sentiment de culpabilité, croyant que c'était lui qui avait poussé Naufal à partir régler les affaires de la société familiale. On ne savait pas très bien où Naufal était mort, c'est progressivement que cela a fini par sourdre, et peu de gens l'ont su à l'époque. Or, d'après mon père, une des choses derrière lesquelles le sien cachait sa peine, une des choses qui lui permettaient de feindre la colère, c'était qu'il ne parvenait pas à comprendre ce que son fils était allé faire chez les communistes. Cela le travaillait, et les explications de Hobes ne le convainquirent pas. Il resta ferme en apparence, sauf qu'en réalité il était miné et s'effondra forcément au bout du compte. Mais, avec un être pareil, l'effondrement lui-même demeure peu décelable. Ghazi continua à produire la même masse de travail, d'après ce que mon père m'a raconté, il allait à son bureau, dirigeait les affaires, veillait tard, il était toujours aussi dur et ferme avec ses employés, avec ses chauffeurs et avec son personnel domestique. Mais il avait des absences, brèves, imperceptibles, durant lesquelles il paraissait absorbé dans des pensées lointaines. Quand il réagissait et revenait à lui, et s'il y avait des témoins, il se montrait avec eux d'une amabilité incompréhensible et injustifiée, et c'était comme une grâce qui leur tombait dessus. Sa femme Linda et son aîné, mon père, sentaient bien que les choses n'allaient pas, mais lorsqu'ils l'interrogeaient pour tenter de l'aider ils s'exposaient à la rudesse du personnage, qui ne supportait pas que l'on vît ses failles et ses faiblesses. Bientôt il fut pris d'intérêts absolument nouveaux. Il entreprit discrètement de lire toutes sortes d'écrits sur la guerre civile grecque, puis sur la peinture de Véronèse, ce qui probablement le laissa perplexe, un homme d'affaires comme lui ne comprenant pas grand-chose à la peinture, à l'art ou à la littérature, qui n'étaient à ses yeux que loisirs inutiles, à moins de rapporter gros, et c'est peut-être ce qu'il cherchait à estimer en s'interrogeant sur la valeur des tableaux auxquels il avait appris que son fils s'était intéressé.

» Et puis, fatalement, il se mit à venir à Massiaf, seul avec son chauffeur. Son automobile passait sur la route, devant les maisons des notables, mais sans s'arrêter, roulait le long du plateau, puis prenait la route tortueuse de Ayn Safié. Vous savez qu'ici, dans ces montagnes, la voix a toujours été plus rapide que les ânes, les chevaux et les automobiles, et que les nouvelles de ce fait même vont plus vite criées d'un versant à l'autre, d'une maison perchée à l'autre. C'est ainsi que tout le monde, de Massiaf à Ayn Safié, apprenait que Ghazi *beyk*, ou en tout cas sa voiture et son chauffeur, était là. On les voyait s'arrêter à la source de Ayn Safié, où les paysans des alentours descendaient alors le saluer. Il se lavait les mains, acceptait quelques offrandes de raisins ou de figues si c'était la saison, buvait l'eau fraîche, s'asseyait sur un rocher malgré son costume de ville, causait avec ses métayers qu'il connaissait parce qu'ils lui rendaient visite à Beyrouth, puis repartait. Et puis, un jour, il s'intéressa à la petite hôtellerie Karam qui avait ouvert ses portes sur la colline au-dessus du plateau. Y descendaient parfois quelques estivants. Ce n'était pas l'hôtel de Jean Rassam, le grand hôtel où mon père passerait ses étés plus tard, c'était bien avant. Un jour, mon grand-père décida d'y dormir une nuit, comme ça, sur un coup de tête. Il y avait le téléphone, et il réussit à appeler sa femme, même si c'était compliqué, s'il fallait attendre longtemps la communication. Ghazi, qui estivait à Aley ou Bhamdoun, comme la plupart des familles bourgeoises de ce temps, aima la soirée sur la terrasse de l'hôtel Karam et décida de refaire cela, et le refit, seul chaque fois, avec juste son chauffeur. Les notables locaux prirent l'habitude de venir l'attendre dans le salon ou sur la terrasse, ils l'invitaient à dîner, mais lui allait surtout se promener à pied, ce qui était une chose incroyable de sa part. Un jour, enfin, il se renseigna sur le couvent que Naufal avait fait en partie restaurer. Il le connaissait mais se demandait si on pouvait y accéder. On pouvait, on le lui ouvrit et les gens du coin estimèrent que toutes ces visites et ces nuits passées ici étaient de la part de Ghazi autant de manières de se recueillir auprès de ce qu'avait aimé son fils, à défaut de pouvoir le faire sur sa tombe, ce qui n'était sans doute pas complètement faux.

» D'après mon père, d'après Linda, la femme de mon grand-père, et aussi d'après nombre de paysans d'ici, l'incroyable décision que prit finalement Ghazi Jbeili de s'occuper de ces montagnes, de les mettre en valeur en les plantant de pommiers, fut aussi une façon d'honorer la mémoire de Naufal, même s'il ne le formula jamais lui-même ainsi, car ce n'était pas son genre. À ce moment, c'est-à-dire vers 1949 ou 1950, des émigrés de retour d'Afrique ou d'Amérique avaient acheté de grosses parcelles de terre appartenant aux Khazen, à Kfardebiane, et y avaient planté des pommiers. Ces nouveaux propriétaires étaient secondés dans cette affaire par un agronome qui avait vécu en France et qui apprenait aux paysans de Kfardebiane et à ceux des environs à procéder à des greffes. Ghazi pensa-t-il qu'en reprenant le vieux rêve, à l'époque irréalisable, de Chehab il se réconcilierait avec les mânes de son frère autant que de son fils, c'est bien possible : la personne la plus dure peut subitement être prise d'une sorte de superstition ou de sentimentalisme inattendu. Il en parla tout d'abord avec les notables de la région et avec les métayers, comme pour les sonder, feignant de les écouter et de prendre leur avis. Il contacta ensuite l'ingénieur qui officiait à Kfardebiane, puis il envoya un fondé de pouvoir, qui apparut ici avec les premiers pommiers, des pousses qui n'eurent pas un grand succès mais dont on s'occupa en attendant que les semences prennent. Sur les ordres de Ghazi, l'ingénieur et le fondé de pouvoir firent aménager plusieurs vergers, puis les métayers commencèrent à recevoir des pousses et les terrasses se couvrirent d'arbres. Il était dit que cet homme sur qui pesèrent tant de soupçons réussirait partout, tant qu'il s'agissait de faire des affaires, et il réussit avec les pommeraies comme avec tout le reste. Il suivit et géra lui-même la croissance des arbres et l'extension des terres agricoles de la montagne. Il embaucha ensuite plusieurs autres ingénieurs dont il entendait les rapports chez lui, dans son palais beyrouthin, où ils lui apportaient aussi des caisses de pommes d'espèces nouvelles dont ils avaient la charge. Il y goûtait, on en disposait dans une assiette, et il aimait les éplucher lui-même, dit-on, lorsqu'il recevait ses conseillers, ou de petites gens venus pour des doléances et à qui de temps à autre il tendait un morceau de fruit planté dans l'extrémité de son couteau, comme un prince médiéval avec ses féaux. Mais il prétendit toujours, paraît-il, que les meilleures pommes sont celles que l'on mange sur place, ce qu'il faisait lorsqu'il venait prendre la mesure de la progression des cultures. Diab lui-même, un jour, m'a raconté qu'il se souvenait de ces visites, quand il était adolescent. Il travaillait dans les vergers des Jbeili parce que, pour les arbres de sa famille, son père n'avait pas besoin de lui. Il était payé trois livres par jour, et c'était là qu'il voyait mon grand-père. Il se tenait à quelques pas de lui, avec ses frères et d'autres jeunes gens du village, le dévorant des yeux, à cause de son costume et aussi de sa canne, et à l'idée qu'il venait de la ville et habitait un palais. Diab pensait que le "*beyk*", comme il disait, ne les voyait même pas. Or ce dernier finissait toujours par les interpeller, et par leur demander les enfants de qui ils étaient, ou alors il les reconnaissait et pour eux c'était source d'immense fierté. Puis il s'enfonçait entre les arbres, tâtait les feuilles, en coupait une ou deux, caressait les pommes, en cueillait une ou deux qu'il croquait sur place, et c'était incroyable pour eux, m'a raconté Diab, de le voir, lui, le *beyk*, manger, mastiquer, avaler avant de parler, puis lancer au loin le trognon, c'est un souvenir qui ne l'a apparemment jamais quitté. Après ça, mon grand-père repartait en direction de Jabal Safié et descendait, dans un rituel immuable, jusqu'à la source. De son côté, Nahia m'a raconté (elle pourra nous le redire elle-même, si vous voulez) qu'un jour, en chemin, Ghazi Jbeili croisa son père, sur sa mule. Il fit ralentir l'allure à son chauffeur, la voiture roula au pas près de la bête et Ghazi entama avec le père de Nahia par la vitre baissée une conversation sur laquelle ce dernier semble être revenu cent fois pendant des années, comme si l'éblouissement qu'il en avait éprouvé n'avait jamais cessé en lui.

» Jamais pourtant mon grand-père, pas plus que mon père après lui, ne songea à se faire construire une maison dans les parages. Cela demeure aujourd'hui incompréhensible pour moi. C'est comme s'ils avaient tous deux souhaité garder leurs distances par rapport à la terrifiante figure de leur ancêtre, ou à leurs origines, à ce mélange de paysannerie, de branche matrilinéaire ambiguë et de tendance à la violence dans les rapports dont ils avaient hérité malgré eux et qui les poussait à des actes auxquels ils ne repensaient jamais sans remords. Ghazi continua à venir quelques nuits de la belle saison à l'hôtel Karam dans lequel il eut bientôt sa chambre à lui, mais jamais il n'abandonna ses maisons de Aley puis de Bhamdoun, où il passait le reste de ses étés comme tous les autres notables, comme les chefs politiques et les hommes d'affaires ses homologues, partageant avec eux les soirées, les bals et les parties de cartes. En revanche, ses intérêts durant les dernières années de sa vie furent à l'inverse de cela. Sans délaisser ses entreprises, où sa signature pour la moindre opération était la seule valable, il abandonna à son fils Fayez, mon père, le soin de s'occuper du quotidien, et se consacra aux affaires liées aux pommeraies, aux parcelles à conquérir, aux greffes de nouvelles espèces. Pourtant, il ne se résolut pas vraiment à commercialiser les productions, c'est son fils, mon père, qui le fit, qui le força à acheter des frigos à Daoura, sans quoi tout cela aurait été pour rien, et c'est lui, mon père, qui plus tard allait s'occuper de l'ouverture de nouveaux marchés pour le fruit en Irak, en Syrie et en Jordanie. Tout porte à croire que, pour Ghazi, les pommeraies ne furent qu'une sorte d'acte de contrition, une demande de rédemption, et en même temps une manière de mausolée à la mémoire de son fils (même si, ce faisant, et paradoxalement, il transforma les montagnes sauvages des chasses de Naufal en royaume agricole et fruitier) et aussi sans doute, dans un coin de son inconscient, à la mémoire de son frère. Lorsque ses ingénieurs ou ses contremaîtres faisaient devant lui une allusion à la nécessité de vendre à plus grande échelle les productions de jour en jour plus importantes, il ne répondait pas, ou passait à autre chose, montrant ostensiblement que cette question l'agaçait, ce qui fait que nul n'osait plus y revenir avant un moment. Au cours d'une soirée mondaine à Beyrouth, où le président du Conseil, qui était son coéquipier dans une partie de bridge, lui demanda en plaisantant à moitié pour quelle raison il ne voulait pas contribuer au commerce extérieur du pays, Ghazi répondit sans détour et avec humeur que les gens qui voulaient acheter ses pommes n'avaient qu'à venir le faire sur place, et qu'en cela ils contribueraient au développement du tourisme. Il n'en demeure pas moins, d'après les comptes que j'ai un peu revus parce que cette question me taraudait, que les pommeraies ont fini par devenir une affaire assez juteuse. Certes, cela arriva après la mort de Ghazi Jbeili. Mais ce dernier avait beau faire, il était comme Crésus, toute chose qu'il touchait, même un mythe ou un idéal, même une envie de rédemption, devenait de l'or, de l'argent, des actions et des comptes bancaires entre ses doigts. »

V

« Le roi, qu'on a cru mort… »

14

Tous ceux de ma génération sont ainsi
Jeunes gens
Qui ont subi des ricochets étranges

BLAISE CENDRARS,
Le Panama ou les Aventures de mes sept oncles

Le silence du début de l'après-midi était là, étale et splendide dans la lumière sèche et crue, et permettait au regard de porter loin. Raëd se tut. Dans le ciel, très haut, un épervier volait, que mon hôte m'indiqua. Il battait nonchalamment des ailes. Puis il les tendit et continua lentement à planer au-dessus des sommets. De l'intérieur de la maison parvenait un bruit de vaisselle. Il y eut un bruissement dans les branches d'un pommier devant nous puis un chardonneret en jaillit qui vint effrontément se poser sur le bord de notre table, nous lorgna en penchant sa petite tête par brefs soubresauts, nous montrant son œil inexpressif avant de s'envoler. Raëd déclara en riant que ses chats étaient si bien nourris qu'ils ne réagissaient plus à ce genre d'irruption. Nahia apporta un plat de figues et du raisin dont le grain était long comme des doigts et Raëd me signala qu'il avait découvert sur un marché d'Aix-en-Provence qu'on appelait naguère ce raisin « dattier de Beyrouth ». Nous devisâmes de ses voyages, ce qui nous fit remonter progressivement jusqu'aux causes de son départ. Il hésitait à se lancer dans leur récit. Je lui fis comprendre que je souhaitais l'entendre. Il reprit à la mort de son grand-père.

« À sa mort, en 1958, dit-il, juste avant les événements de cette année-là, Ghazi Jbeili laissait derrière lui, vous l'avez compris, des affaires qui jamais n'avaient été plus florissantes, à l'image du pays tout entier. Son fils Fayez, mon père, semblait donc appelé à gérer sans peine un héritage opulent. Sauf que tout vint le contrarier, ses enfants autant que les événements que connut la région. Lorsque je dis "ses enfants", je remarque que votre regard change et prend une lueur interrogative et amusée. Vous vous demandez si je m'inclus dans ce pluriel. Eh bien, oui, bien sûr. Non seulement j'étais le fils cadet, et ce sont toujours les cadets qui ont donné du souci à leur père chez les Jbeili, mais en outre j'avais de drôles d'idées sur tout, à ses yeux en tout cas, alors qu'il eut longtemps, et peut-être jusqu'au bout, le secret souhait que je sois celui qui lui succéderait à la tête des affaires et des biens des Jbeili. Ce qui ne se fit pas, parce que je n'aimais pas le commerce et les affaires, mais aussi parce que tout, à cette époque, fut bouleversé et que le monde changea radicalement sous nos yeux sans que nous y puissions grand-chose.

» Pourtant, tout avait fort bien commencé entre mon père et moi. J'étais un enfant studieux, je lisais beaucoup, contrairement à mon frère et à ma sœur – pour la première fois depuis quatre générations, comme vous le savez, les Jbeili de la branche aînée ont eu une fille. J'aimais les montagnes, comme lui qui passait ses weekends à l'hôtel Rassam dont l'immense terrasse donnait sur les gorges de Ayn Safié et où il tenait sa cour, recevant ses métayers et jouant aux cartes l'après-midi avec d'autres clients ou avec certains notables. Comme lui j'aimais la source au pied du jabal, la cueillette des pommes, le brouillard de la mi-journée qui monte puis qui se retire à la manière d'un chien apeuré. Mais sans doute les aimais-je de manière différente, comme avaient dû les aimer Naufal ou Chehab ou même, de manière idéale, Zeid lui-même, et en ce sens, évidemment, notre mésentente a peut-être commencé en sourdine, avant que tout cela finisse comme ça a fini, moi dans les organisations de gauche et lui se disant qu'il avait eu tort d'écouter ma mère et de m'autoriser à me consacrer à mes passions, à mes lubies, à mes livres. Je lisais énormément, je réclamais la solitude pour cela et j'exécrais la nécessité instaurée par mon père dès mon adolescence d'aller une ou deux fois par semaine dans les bureaux des Jbeili pour me familiariser avec les affaires aux côtés de mon frère aîné. Ma mère intervenait, prenait mon parti et cela créait des conflits entre mes parents. J'avais Napoléon et Alexandre pour idéals, moi aussi, comme mon grand-oncle Chehab – ou à cause de lui, vu que j'avais retrouvé et lu les livres qu'il avait laissés. J'essayais d'écrire, j'inventais des condottieres, je refaisais dans des cahiers l'itinéraire des conquistadors et rêvais sur le choc de leurs rencontres avec des peuples inconnus, bariolés de peintures et couverts de plumages fauves. À partir d'un certain moment, je partageai mes fantaisies avec un camarade de classe du Lycée Français, qui devint un de mes meilleurs amis. Vous en avez peut-être entendu parler, c'est Elias Khattar, le fils des notables de Marsad qui possédaient des usines de marbre. C'était un garçon brillant qui vivait dans ses livres, comme moi. J'allais souvent chez lui, il venait chez moi, nous lisions *Michel Strogoff* et une version abrégée de *Guerre et Paix*, entre deux parties de *Conquête du Monde* ou de *Monopoly* que nous faisions avec un troisième camarade, Ramzi Tabbal. Ce dernier était le fils d'un couturier et avait réussi à s'imposer parmi les enfants de riches du lycée par son intelligence et sa volonté. Il nous accompagna dans tous nos engouements. Nous allions aussi chez lui souvent, nous aimions la maison étroite où sa famille se réunissait dans une seule pièce encombrée de tissus que le père rapportait pour finir du travail en soirée. Ramzi était l'aîné de cinq sœurs, mais on lui laissait une chambre dans le petit appartement de Sioufi pour vivre et étudier et ses parents étaient ravis et honorés de recevoir chez eux les rejetons des Khattar et des Jbeili, ce qui nous mettait la confusion au front, à Elias et moi. J'ai été fugacement amoureux de l'une des sœurs de Ramzi au temps où, chez lui, nous préparions nos deux baccalauréats. Ramzi nous expliquait patiemment les théories d'algèbre et dessinait sous nos yeux les graphes magiques de géométrie tandis que nous l'aidions en dissertation et que nous avions des discussions houleuses sur l'histoire et la géographie.

» Cette période, jusqu'à la fin de 1970, fut celle de la plus grande insouciance. Notre scolarité achevée, nous nous inscrivîmes, Elias et moi, au grand dam de nos parents, en philosophie à l'École des Lettres tandis que Ramzi, qui ne pouvait se payer ce genre d'études, dut entrer à l'Université Libanaise. Nous lisions Conrad, T. E. Lawrence, et moi je citais sans fin l'*Anabase* de Saint-John Perse. Je faisais aussi le savant en parlant de Xénophon. J'avais découvert les aventures d'Emine Pacha et Elias celles de Samuel Ayyad et nous voulions dessus faire un livre. Nos considérations sur l'avancée de l'Histoire par spasmes successifs dus à des entreprises individuelles faisaient marmonner Ramzi, qui approfondissait en autodidacte son apprentissage du marxisme et de sa conception mécanique de la marche de l'Histoire. Je fis connaissance avec la théorie d'Orose, sur laquelle nous glosâmes beaucoup tous les trois. J'ignore si vous voyez ce que c'est que cette *translatio imperii*, une étrange construction qui veut que les empires se soient toujours déplacés d'est en ouest – de la Mésopotamie à la Perse, puis à la Grèce et à Rome. Si l'on prolonge la chose, ça continue de fonctionner avec la France puis la Grande-Bretagne, et aujourd'hui les États-Unis, et ensuite peut-être la Chine. Ce qui me plaisait dans cette théorie de l'Histoire tout aussi mécanique que celle du marxisme, c'était qu'elle mettait en évidence le fait que toutes les grandes aventures menées par des êtres d'exception à travers le temps allaient précisément à rebours, de l'est vers l'ouest, à l'instar de celles d'Alexandre le Grand, des croisades ou des folies napoléoniennes. Nous en débattions dans les cafés de la rue Hamra, qui commençait à devenir à la mode, ou dans les jardins de l'École des Lettres, alors que nous étions entourés d'étudiantes qui minaudaient à nos côtés. Nous étions jeunes, sûrs de notre fait, et un peu arrogants. Nous allions nous promener jusqu'à pas d'heure sur la corniche, dans le bruit de suçotement de la mer, semblable au doux lapement d'un chien contre les rochers. Nous croisions des filles rieuses qui se retournaient sur nous après être passées, nous mangions du maïs grillé et nous nous indiquions les avions qui progressaient vers nous lentement depuis l'horizon noir, qui passaient majestueusement au-dessus de nos têtes comme de fabuleux monuments illuminés en traînant derrière eux leur lent vrombissement, puis qui s'éloignaient et disparaissaient pour aller lentement atterrir sur les pistes de l'aéroport, au sud parmi les dunes.

» Ce qui finalement enclencha la mutation de nos rêveries et nous précipita dans les rangs de la gauche et des organisations palestiniennes est commun à nombre de jeunes gens de notre condition, je ne vais pas revenir dessus. Ce fut d'abord la défaite arabe de 1967, puis la lente apparition des guérillas palestiniennes et leur soulèvement au Liban à partir de 1969. Mais je me dis aujourd'hui que, au-delà de notre refus des injustices sociales, de l'univers du commerce et du négoce qui nous entourait et qui était celui de nos parents et du pays tout entier, par-delà la politisation dont nous avons coloré notre révolte, notre adhésion aux thèses de la gauche et des organisations palestiniennes et notre envie d'accompagner les grandes aventures révolutionnaires de ce temps-là n'étaient que la conversion ratée, tronquée par les circonstances, d'un mouvement en nous beaucoup plus profond, plus vaste, celui d'un désir d'espace et de gloire à l'ancienne, de quête absurde d'un certain Orient dans les choses, de fondation de royaumes, d'héroïsme et de gloriole qui n'existent en réalité que dans les livres et dont Elias et moi avions, par nos lectures, nos discussions, nos textes écrits sous la poussée de désirs frustes et colorés, intériorisé la dangereuse poésie. Je me souviens que, lors des combats de septembre 1970 en Jordanie entre les Palestiniens et les troupes du roi Hussein, nous avons eu de longues hésitations sur le sens à donner aux événements, oscillant sans cesse entre l'interprétation poétique concernant un royaume à l'ancienne menacé par des armées d'aventuriers errants, ce qui agaçait prodigieusement Ramzi, et l'interprétation politique correspondant à la vision orthodoxe de la gauche et des organisations palestiniennes, vision devenue risible et qui faisait de Hussein un traître et un agent de l'impérialisme. Finalement, quand la défaite des Palestiniens est apparue comme une évidence, quand nous avons appris les aventures romanesques des rescapés fuyant par groupes à travers le nord de la Jordanie, nous avons décidé de nous engager à notre tour. Mais c'était davantage par empathie pour les vaincus et parce que les mouvements palestiniens continuaient, malgré la défaite, à vouloir bouleverser le monde. Sans nous le formuler aussi clairement, les projets de ces derniers nous semblaient un rêve sans prise sur le réel, sans avenir, et donc un vrai rêve de poètes. C'est à cette époque que nous sommes entrés dans l'OCA, la plus radicale des factions palestiniennes.

» Revenir aujourd'hui sur ce que fut l'OCA me paraît vain et dérisoire. L'organisation fit parler d'elle au début des années soixante-dix. Liée aux partis marxistes palestiniens hostiles au Fatah, elle accueillit nombre de jeunes Libanais des classes aisées, en rupture avec leur milieu, comme c'était courant, et à qui on faisait suivre des formations sur le maniement des armes et la lutte révolutionnaire. Nous fûmes parmi ces recrues et, en 1971, nous rejoignîmes les militants armés de l'organisation dans le camp de Hayy el-Bir puis dans celui de Chatila. Nous n'étions pas les seuls chrétiens ainsi enrôlés, mais parmi nos coreligionnaires nous étions en revanche les seuls à appartenir à l'aristocratie marchande, ce qui nous valait des attentions particulières et beaucoup de privilèges que nous nous acharnions à refuser. L'affiliation de fils de deux des familles les plus en vue de la bourgeoisie chrétienne de Beyrouth, proches de surcroît du président Frangié, comme l'étaient mon père et celui d'Elias Khattar, constituait pour l'organisation un objet de propagande capital et une fierté, voire un triomphe.

» L'OCA était une organisation clandestine. Nous nous réunissions par cellules. La nôtre se retrouvait une fois par mois dans une pièce nue d'un petit appartement maladroitement surélevé du camp de Chatila, aux murs de béton non peints mais ornés de photos de Che Guevara et de cartes de la Palestine. Assis dans des canapés rachitiques ou sur des chaises cannées autour d'un bureau austère, nous faisions le point sur la situation dans le pays et dans la région. Nous écoutions de brefs rapports sur l'importance que prenait l'OCA, sur sa participation à des actions et sur sa future intégration dans l'OLP. Lors de ces réunions, Elias et moi étions mêlés aux autres militants, de jeunes chiites de la banlieue, des étudiants palestiniens et un ou deux ouvriers cultivés, fils de vieilles familles déshéritées de Jaffa ou de Saint-Jean-d'Acre. Quant à l'entraînement aux armes, il avait lieu dans les montagnes de l'Anti-Liban, aux frontières avec la Syrie. J'annonçais la veille à la maison que j'allais chez un de nos amis de l'École des Lettres, voire à Kfar Issa, chez Elias Khattar. Pendant trois jours, nous vivions dans des tentes, au milieu de monts arides que les soleils matinaux teignaient de pourpre et d'argent et que les couchants noyaient dans un sacre de rouge et d'or. Nous troublions ces splendeurs par nos mitraillades en direction de cibles diverses, nous marchions jusqu'à l'épuisement, et je ne pouvais alors profiter à ma guise de la beauté de ces terres sauvages où parfois un berger apparaissait sur un sommet avec ses bêtes, comme les Peaux-Rouges dans les films américains. Nous mangions assis en rond, nous rampions sous des fils de fer barbelés, nous bondissions au-dessus de bûchers et, lorsque mon tour de garde arrivait, j'étais heureux de veiller seul la nuit, sous le ciel clignotant de ses mille yeux, même si une fatigue extrême m'empêchait de revêtir ces moments de significations poétiques et si j'avais hâte d'être relevé.

» C'est dire combien il y avait maldonne, et combien ce qui m'importait était davantage l'aventure au cœur des beautés du monde que la lutte armée et la langue de bois des membres de l'organisation. Et cette impression de maldonne se prolongeait le reste du temps, parce que, en définitive, si mes parents étaient au courant de mes sympathies politiques, ils n'imaginaient pas jusqu'où elles allaient, ni que je suivais un entraînement militaire, et les toléraient donc. Mon père surtout, et c'était le plus surprenant, semblait considérer tout cela avec patience, comme s'il attendait que ça me passe, et c'est de cette époque que date mon sentiment, qui s'est révélé exact, qu'il comptait sur moi en définitive pour prendre en charge l'héritage des Jbeili. Comme je ne participais jamais aux manifestations pour la Palestine, le Vietnam ou la fin de la féodalité politique locale, il ne comprenait pas où allait se loger ma contribution à ce mouvement général, et tentait de me provoquer par des piques indirectes. “Tes camarades pensent comme les tracts qu'ils distribuent”, ironisait-il et j'opinais, ce qui le perturbait. Il ne pouvait se douter de l'ampleur et de la gravité de mon engagement, qui n'avait rien à voir avec les manifestations d'étudiants et de babas cool. Il tentait de pénétrer ce qui dans ma vie n'allait pas pour que je sois si féroce envers ce que j'appelais devant lui les “bourgeois”, avec une moue de dédain. Je lui racontais des bobards sur l'empathie et la solidarité, cela le faisait rire, j'entrais alors en fureur, et j'étais souvent confus aussi parce que, à la vérité, je n'avais pas d'arguments réels, à part que j'avais envie d'aventures, comme ça, pour la folie de bousculer l'Histoire et de vivre des choses comme dans les livres. Contrairement à Elias Khattar, qui détestait vraiment son milieu, et à Ramzi Tabbal, que sa pauvreté pouvait pousser à des revendications sociales, j'aimais bien les miens, la tranquille et rassurante sérénité de ma mère que même mon père ne savait comment prendre en défaut quand il était en colère mais qui lui servait toujours de fanal, les feintes minauderies de ma sœur Mia contre lesquelles venait systématiquement se fracasser le caractère fort et tempétueux de Fayez Jbeili. J'aimais mes cousines du côté de ma mère et les réunions familiales, les repas dominicaux et les automnes à Massiaf. Ce que je ne parvenais pas à supporter, c'étaient les bureaux des Jbeili et le travail dans le négoce. J'avais accepté de prendre en charge les relations avec les courtiers du port pour la réception de diverses marchandises, mon père se disait que c'était une bonne chose, moi je tentais de me persuader que c'était pour me rapprocher des dockers, qui avaient un syndicat actif, mais je savais que c'était pour le plaisir de fréquenter les marins, de monter sur les bateaux, et d'entendre des récits invraisemblables de mer, de piraterie et de dangereux périples de la bouche de capitaines au long cours qui avaient été aventuriers.

» Sans m'en apercevoir donc, je donnais entière satisfaction à mon père. Ma part de travail était faite correctement, contrairement à celle que produisait mon frère aîné. Ce dernier ne s'intéressait qu'au ski nautique, aux automobiles et aux femmes, aux soirées dans les cabarets de la ville et aux bordels. Il était toujours acoquiné à trois ou quatre jeunes gars sans feu ni lieu, que notre père refusait de voir approcher de la maison et qu'il fit même une fois ou deux rosser par ses hommes pour les pousser à laisser son fils tranquille.

Ghazi (mon frère portait le nom de notre grand-père) ne fit guère d'études, il alla pour la forme une année en France étudier l'agronomie, soi-disant pour s'occuper des pommeraies, ce qui m'a toujours fait rire, parce qu'il ne mettait pratiquement jamais les pieds à Massiaf. Il ne venait qu'à contrecœur dans les bureaux des Jbeili que mon père avait fait rénover et moderniser, occupant toujours davantage de locaux dans la rue Foch. Ghazi estimait qu'il y avait des choses bien plus intéressantes que le simple commerce. La Bourse le tentait, et il avait envie de se lancer dans le bâtiment. Selon lui, le secteur allait connaître un formidable développement, ce qui eut lieu effectivement à partir du début des années soixante-dix. Mon père ne l'écoutait pas, pensant à tort que tout cela n'était que lubies qui, entre les mains de son fils, ne pouvaient être que ruineuses. Il en voulait pour preuve l'incroyable prodigalité de Ghazi. Il s'aperçut un jour que non seulement celui-ci dépensait sans regarder mais savait aussi à coups de centaines de livres se gagner la fidélité de comparses et de tout un peuple de tenanciers de cabaret, de bordel et de restaurant chic où souvent on annonçait à notre père, mais sur un ton de respect et d'admiration, que "Monsieur Ghazi" était passé la veille, ou l'avant-veille – et dans les yeux du personnel Fayez Jbeili voyait que son fils avait été généreux, très généreux, afin de pouvoir régner sur les lieux de loisir où son snobisme lui imposait de se comporter comme un prince. Tout cela aboutissait à des disputes et des querelles qui s'ajoutaient à celles que causaient les autres bêtises de Ghazi : tantôt on l'avait surpris avec une femme mariée, et il avait dû s'échapper en sautant par une fenêtre, tantôt il avait provoqué une bagarre avec les gardes d'une maison où il avait tenté de se faufiler. Cette situation dura jusqu'au jour où mon frère enfin tomba amoureux. C'était presque inespéré, à tel point qu'on a raconté avec malveillance que, en fait d'amour, il avait juste mis sa future femme enceinte et avait été contraint de l'épouser. Violaine, ma belle-sœur, était un excellent parti. Elle descendait des Chammas, une famille de négociants en farine et condiments qui avait fait fortune en important des vins, de la moutarde et des câpres au moment où la mode de la cuisine française s'était imposée à Beyrouth. Tout le monde agréa donc l'alliance des deux fortunes. Ce qui ne veut pas dire que, une fois marié, Ghazi s'assagit. Sauf qu'avec une femme, et bientôt un enfant, un premier garçon, Fayez, l'aîné de mes neveux, il est plus difficile de faire du scandale, tout devient plus feutré, plus sournois. Bientôt d'ailleurs, il y eut un deuxième enfant, et avec lui la preuve que le ménage se portait finalement bien, Ghazi ayant de surcroît installé chez lui la cour faite d'amis louches, de pique-assiettes et de profiteurs qu'auparavant il régalait dans les restaurants et à qui il payait les distractions dans les cabarets et les bordels. Il se mit à venir un peu plus souvent dans les bureaux de l'entreprise familiale, comme si un curieux atavisme ou une sorte de formatage poussait tout homme marié, installé et devenu père à avoir aussi un semblant d'horaires de travail et un rythme plus ou moins régulier. Mais il continuait à vouloir investir pour son propre compte dans des affaires qui n'avaient rien à voir avec celles des Jbeili. Il investit dans le bâtiment, toujours le bâtiment, dans les carrières de sable, dans le tourisme balnéaire, mais très discrètement, parce que la guerre n'était pas encore arrivée qui allait lui permettre de propulser son "business", comme il disait pour agacer son père, à qui ce mot tapait sur les nerfs.

» Vous comprenez pourquoi c'est sur moi que Fayez Jbeili comptait pour prendre sa suite, une fois, pensait-il sans doute, que toutes ces bêtises idéologiques me seraient passées. En attendant, il fermait les yeux dessus, ce qui explique que soient nées des rumeurs selon lesquelles j'organisais au palais Jbeili, dans la grande maison paternelle aux marbres et aux lustres florentins, des réunions politiques à caractère révolutionnaire auxquelles participaient des membres d'organisations palestiniennes d'extrême gauche et des gauchistes libanais, mais au cours desquelles des serviteurs en gants blancs proposaient à ces comploteurs de l'Internationale communiste du champagne dans des coupes en cristal et des petits-fours de chez les meilleurs pâtissiers de la ville. C'est une drôle de légende, que je continue d'entendre parfois. En tout cas, les choses plus sérieuses commencèrent bientôt, lorsque au printemps de 1973 eurent lieu les combats entre l'armée nationale et les organisations palestiniennes. Je ne participai pas aux affrontements, contrairement à Elias Khattar, mais je dus rester plusieurs jours à la permanence de l'OCA à Chatila. Lorsque je revins à la maison, il y régnait une ambiance lourde et un silence pesant. Tout le monde avait maintenant compris la gravité de mes engagements, d'autant plus qu'il y avait eu un clash chez les Khattar et qu'Elias avait quitté les siens, banni par son père, comme vous savez peut-être, on en a beaucoup parlé à l'époque. Je ne vis pas mon propre père au début, il m'évitait, me manifestant par là sa colère, mais une colère qu'il persistait à ne pas laisser exploser, de peur de me braquer et que je fasse encore plus de bêtises. Finalement, il me convoqua un jour pour me parler d'homme à homme, et aujourd'hui je me revois, la rage au ventre, en train de lui raconter les bêtises dont nous nous gargarisions sur les injustices du monde et sur le capitalisme, sur la bourgeoisie libanaise, sur les malheureux ouvriers et paysans et sur le destin des Palestiniens, des propos que je prononçai tout en ayant dessus le recul qu'il avait lui-même, mais n'osant me l'avouer, incapable encore à ce moment de revenir à ce qui était la vérité, à savoir que je rêvais d'aventures et de choses complètement extérieures à la réalité politique. Il m'écouta d'un air lointain, dur, les sourcils froncés, comme s'il tentait malgré tout de trouver dans mes propos quelque chose de cohérent, et j'en eus honte. Je finis par me taire. Il laissa planer un long silence, puis me déclara que, le jour où nous nous apercevrions de la bêtise de nos idées, nous en ririons, mais que lorsqu'on s'apercevrait de la ruine des Jbeili il n'y aurait plus rien à faire, sauf rire des larmes de sang, et j'eus l'audace, après mes discours dans la langue de bois du plus pur style gauchiste de ces temps-là, de trouver ses propos un peu lyriques.

» Il n'y eut donc pas de cris ni de fureur chez nous, comme il y en eut chez les Khattar, car je pense que mon père, à l'inverse de Chakib, le père d'Elias, ne voyait pas le monde changer autour de lui, ni ne pressentait la fin imminente d'une époque à laquelle son fils contribuait de manière suicidaire. Contrairement aux Khattar, nous n'avions pas de biens fonciers dans Beyrouth, et si en effet, autour de nous, la population se modifiait et si le quartier, qui avait été celui de l'aristocratie marchande, prenait une coloration confessionnelle qui favorisait son adhésion aux thèses et aux slogans de l'opposition populiste et gauchisante, les écoles chrétiennes du coin fonctionnaient encore et les grandes demeures étaient toujours le lieu de fêtes et de réceptions, alors que partout, pourtant, les manifestations de la gauche et des mouvements pro-palestiniens prenaient de l'ampleur et que la faillite de l'État libanais devenait de plus en plus patente. Ailleurs, les partis chrétiens s'armaient, mais chez les Jbeili on en parlait comme d'une affaire banale lors des dîners où jouaient ensemble aux cartes les chefs des partis chrétiens. Tous les problèmes à venir étaient comme tamisés par l'épanouissement des affaires, par l'opulence du commerce dont ma famille tenait de nombreux leviers.

» C'est dans cette ambiance que furent célébrées les noces de ma sœur Mia, qui épousa Jean Rached, un garçon issu d'une famille "très respectable", comme on disait. Son père était magistrat et occupait plusieurs postes honorifiques au sommet de l'État – il était au Conseil de la magistrature et au Conseil d'État –, mais vivait davantage de ses rentes que de ses salaires. Mon beau-frère était un jeune juriste promis à de hautes fonctions et que tout le monde trouvait extraordinairement cultivé, ce qui me faisait rire parce que, dans nos milieux, être cultivé signifiait savoir aligner des citations et des dates dans les salons. Moi, je trouvais ce garçon un peu versatile et manipulateur, et mon jugement s'est révélé exact, hélas. Quoi qu'il en soit, ma sœur en était amoureuse et elle l'observait avec fierté, ce qui m'étonnait de sa part parce qu'elle-même était un peu hautaine. C'était une femme vive et mordante dans son appréciation des choses de la vie, et en même temps superficielle, un peu snob, désinvolte et capable de jugements à l'emporte-pièce. Mon père l'avait gâtée, il n'avait jamais rien su lui refuser. C'était la première fille que les branches aînées des Jbeili se voyaient offrir depuis un siècle, or cette étrange lignée ne savait pas agir avec les filles, et Fayez Jbeili traitait davantage la sienne comme une amante. Il l'aimait passionnément, lui passait tous ses caprices, était souvent déstabilisé par ses crises, ses manières, sa façon savante de le manipuler. Je crois que son mariage fut une torture pour lui, non seulement parce qu'il n'aimait pas beaucoup son futur gendre mais aussi et surtout parce qu'il ne supportait qu'avec difficulté l'idée d'être supplanté dans l'estime de sa fille par un autre homme. Je me souviens parfaitement m'être fait cette remarque en ces termes au cours de l'un des nombreux soirs où l'on fêta leurs épousailles. Nous étions lui et moi – oui, moi, qui le surlendemain partirais rejoindre mes camarades dans un camp de l'organisation dans le Sud – en nœud papillon, un verre de champagne dans une main et un cigare dans l'autre, et j'ai surpris son regard brillant et fier à l'apparition de Mia vêtue d'un superbe tailleur bleu et riant aux éclats, puis la métamorphose de ce regard en une expression soudain lointaine, accompagnée d'un rictus douloureux et ironique, lorsque la mariée est allée vers son tout nouvel époux et a posé son visage sur son épaule sans s'arrêter de rire.

» Les fêtes pour ce mariage furent une débauche de soirées, de dîners et de réceptions que mon père voulait les plus beaux de cette période et qui le furent. C'était en 1974, une année éclatante mais qui vit pourtant le sud du pays échapper littéralement au pouvoir de l'État et tomber dans les mains des organisations palestiniennes et de leurs alliés. Dont l'OCA. Elias Khattar, chassé de chez lui par la colère de son père un an auparavant, loua une maison dans le Arkoub, dans un village de paysans, et prit la direction d'une position de l'organisation, en face d'Israël. Il était entièrement sous le contrôle de l'OLP, mais feignait d'être libre de ses mouvements, et cela, je fis mine de le croire aussi lorsque je le rejoignis. Je passai la plus grande partie de cette année dans le Sud, au milieu d'autres camarades, et de Ramzi Tabbal. Nous vivions à la dure, dormant dans des tentes, mangeant de la mauvaise cuisine, veillant et observant les positions israéliennes, aidant les villageois de la région à récolter le tabac ou les olives. En représailles d'un ou deux accrochages insignifiants avec des commandos infiltrés ou d'approches de la frontière accompagnées de mitraillades et de tirs de chars, nous subissions des attaques aériennes fréquentes des Israéliens. C'était alors la course pour se jeter dans quelque trou, la terre soulevée et envoyée en gerbes dans le ciel avant de retomber lentement en grosses colonnes de poussière tandis que les avions passaient dans un mugissement affreux et que le vacarme des explosions nous submergeait sans que nous pussions rien faire. Je suis confus aujourd'hui devant la futilité qui fut la nôtre, mais je la justifie aussi, parce que nous avions l'impression de vivre quelque chose de différent, d'être en rupture avec nos milieux. Ce qui n'empêchait pas les fils de bourgeois et les étudiants que nous étions de ne jamais s'entendre avec leur direction, et encore moins avec les combattants de l'OLP, que nous étions censés seconder mais qui nous regardaient comme des intrus. Des malentendus, encore et toujours.

» Et le plus grand d'entre eux arriva bientôt : ce fut la guerre civile. Elle éclata à Beyrouth et nous nous attendions à la rejoindre à tout moment. Nous la revêtions d'oripeaux idéologiques et, depuis nos lointaines montagnes, nous en suivions à la radio les soubresauts et les accalmies. J'appelais parfois mes parents au téléphone, mais je les entendais mal. Au cours de l'été, lorsque les combats atteignirent le centre-ville de la capitale, les locaux des entreprises familiales se trouvèrent menacés de pillage. J'en parlai avec mon père, qui se voulut rassurant et évoqua des contacts avec des chefs des milices qui devaient protéger le déménagement des bureaux. Je vins quand même pour l'aider à mener cette affaire, ce que nous fîmes au milieu des affrontements. Mon frère, lui, ne se déplaça pas, il avait trop peur. Je retrouvai mon père et quelques-uns de ses directeurs les plus fidèles. J'étais moi-même accompagné de plusieurs membres armés de l'OCA, et c'était sans doute une chose cocasse que de voir des combattants d'extrême gauche protégeant le déménagement de l'une des plus célèbres sociétés de négoce du pays. J'étais en civil et je vis dans le regard fugace que mon père me lança lorsque j'arrivai sur place, dans la rue Foch déserte où des rafales de mitrailleuses éclataient sans que nous en sachions la provenance, je vis dans son regard le soulagement de ne pas me découvrir en tenue paramilitaire. Durant le transfert dans les camions des documents et des archives, et alors qu'il était évident que les marchandises encore en souffrance sur le port seraient perdues, il me demanda si j'allais l'accompagner à Beyrouth-Est et demeurer enfin à ses côtés. Je lui répondis que c'était impossible, et vous comprenez pourquoi : je ne pouvais risquer de me rendre avec lui dans les quartiers chrétiens où tout le monde savait mes activités politiques et mes engagements. Il me dit qu'il en parlerait au président Frangié, aux Gemayel, qui étaient de ses connaissances, et que les choses s'arrangeraient, que je n'aurais qu'à faire quelques visites de contrition et je serais pardonné, tout serait oublié. Or il n'en était pas question, et, après avoir aidé mon père à sauver ce qui pouvait l'être des entreprises Jbeili, je le quittai avec le sentiment d'avoir affaire à un homme désormais fragile, à la limite de l'effondrement, comme le pays tout entier. Je le pris dans mes bras, il me serra fugacement contre lui – c'était rare de sa part –, puis je repartis avec mes camarades. Après une nuit au palais Jbeili fermé, où je dormis seul, toute la maisonnée étant passée à l'Est, je rejoignis mon poste dans le Arkoub, alors que Beyrouth était en feu. Je rapportai des nouvelles, et des impressions de la guerre, car là où nous étions nous nous sentions un peu coupés de l'action.

» Et, en effet, on nous avait oubliés. Les fronts s'étaient déplacés. Les Israéliens mêmes ne s'occupaient plus de nous, se contentant de nous surveiller distraitement. Nous vécûmes ainsi plusieurs mois, travaillant à la cueillette des olives dans les champs avec les populations et veillant la nuit avec les familles sur des nattes ou faisant de la moto sur les routes serpentines en face des crêtes d'où les soldats israéliens devaient nous observer en ricanant. Il m'arrivait de nous comparer aux mercenaires de Xénophon, abandonnés, livrés à eux-mêmes, et finalement complètement libres. Mais l'inconfort idéologique de notre position devenait de plus en plus manifeste, le temps passant. Vers la fin de l'automne, les informations qui nous parvinrent sur la violence des affrontements confessionnels et sur les enlèvements nous démoralisèrent profondément. Certes, l'OCA n'y prenait nullement part, mais nous étions alliés avec des partis qui fermaient les yeux sur ce genre de faits. Tout cela n'avait plus de sens, et nombre de nos camarades, chrétiens comme nous mais aussi musulmans, décidèrent de quitter l'organisation. Ramzi fut du nombre. Elias Khattar, lui, tenta de prendre contact avec l'un ou l'autre des membres du comité central à Beyrouth pour demander des comptes et faire que les choses n'aillent pas plus loin dans la mauvaise direction. Mais ce fut en vain, comme vous savez. J'attendis de ses nouvelles durant l'automne en m'occupant de logistique et en faisant du cheval, comme un seigneur, grâce à quelques montures fatiguées que possédait encore un ancien propriétaire terrien qui ne venait jamais, notamment parce que nous étions là, et dont nous empruntions les bêtes grâce à son régisseur qui nous craignait. Elias m'appela une fois ou deux et je le sentis furieux et désappointé, puis il m'annonça qu'il allait prendre quelques mois de recul. Je me résolus alors à lever le camp, moi aussi.

» À mon retour à Beyrouth, au mois de février 76, je m'installai dans le palais Jbeili. Je pris plaisir à ouvrir la maison restée fermée depuis le départ de mes parents vers l'autre partie de la ville où je ne pouvais les rejoindre. J'entrai dans l'obscurité épaisse du palais, je fis la lumière, je levai un à un les voiles et les draps qui recouvraient les meubles, puis je fis venir des femmes de ménage que je recrutai parmi les familles kurdes qui commençaient à s'installer là après avoir fui les massacres du quartier de la Quarantaine, et je pris possession des lieux. Mais je n'occupai ensuite qu'un côté de l'immense bâtisse, laissant des pièces entières fermées, les tapis roulés, les rideaux rangés. Les chambres et les salons que j'utilisai étaient à moitié vides, il n'y avait que les meubles inamovibles, les buffets et les lustres, et, pour le reste, pendant plusieurs mois la maison ressembla à une sorte de campement où j'eus plaisir à vivre, souvent seul, mais pas toujours. J'appelai mes parents à mon arrivée. Ils étaient heureux quand je me trouvais dans le Arkoub, d'où je leur téléphonais parfois, car ils me pensaient alors à l'abri des tentations guerrières. Je les rassurai et leur fis savoir que la maison était désormais sous ma garde. Je ne me mêlai pas des combats, qui reprirent dès le mois de mars et ne cessèrent plus jusqu'à la fin de l'année et l'arrivée de l'armée syrienne. Au début du printemps, le palais se trouva si proche des fronts que les murs vibraient en permanence, les vitres volaient en éclats à cause de la chute d'obus dans la rue et sur le toit, dont les tuiles furent fracassées. J'y demeurai pourtant. J'avais toujours sur moi une arme de poing, et une kalachnikov à portée de main. Des miliciens en patrouille tentaient d'entrer, ou bien frappaient et s'étonnaient qu'il y eût quelqu'un. Quand ils apprenaient qui j'étais, ils riaient, me donnaient quelques conseils de prudence et repartaient. Il y avait bien des réfugiés dans d'autres bâtiments de la rue, et dans les palais des anciennes légations, mais le quartier paraissait désert. Au commencement de l'été, les combats se déplacèrent. Mais l'action des francs-tireurs restait perceptible, l'entrée principale du palais était condamnée et, quand je sortais, je prenais par les escaliers de derrière et par les communs. Je croisais quelquefois des femmes, des bassines sur la tête, avec des enfants. Une mendiante ou une diseuse de bonne aventure vint tenter de me dire l'avenir et un vieillard frappa pour me signaler que sa femme et sa fille voulaient travailler, qu'elles pouvaient faire le ménage et la cuisine. Chaque fois, je disais non, en arborant mon arme de poing et ma kalachnikov pour décourager d'éventuelles tentations. J'avais parfois l'impression d'être seul au monde, malgré la présence intermittente d'Elias et de Ramzi et de certains autres anciens de l'organisation qui venaient passer la soirée chez moi. Nous discutions et le ton s'élevait lorsque les débats touchaient à la situation politique et militaire et à la pertinence des positions de l'OCA, dont j'estimais pour ma part que ce n'était plus qu'un appendice du FPLP.

» Et puis surtout j'eus à cette époque une liaison avec une jeune fille qui comptera beaucoup dans ma vie, plus tard, et que j'avais perdue de vue depuis le temps de nos réunions à Hayy el-Bir, où elle venait souvent avec Ramzi. Elle était comme lui à l'Université Libanaise et nous croyions tous qu'ils sortaient ensemble. Elle s'appelait Layal Nasreddine. Je me souviens que j'aimais son prénom et m'étais même dit que j'aurais pu en être amoureux si elle n'avait pas été avec notre camarade. L'occasion se représenta donc – et vous avez compris que ce ne fut pas la dernière – quand Layal se mit à venir avec les autres chez moi, dans mon palatial campement. Elle était d'une famille de la petite bourgeoisie chiite, son père était maire d'un bourg du sud du pays, ce qui en faisait tout de même un notable. Elle militait avec conviction contre ce qu'elle appelait les "forces anciennes" de la société et pour venir chez moi elle racontait des bobards à son oncle, chez qui elle vivait quand elle était à Beyrouth. Elle était fascinée par l'immense palais, par les colonnades des salles arabes, par les stucs et les boiseries des salons européens, tout cela au seuil des anciennes lignes de combat et entouré de silence ou d'une nouvelle population misérable réfugiée dans les bâtiments alentour. C'était le décor des classes sociales qu'elle pensait combattre, et elle n'en revenait pas que je fusse de son bord plutôt que du leur. Je lui disais que je n'étais d'aucun bord, parce que tous les bords s'étaient mélangés et contribuaient allégrement à tout casser sans aucun discernement. Elle riait, elle était très jolie, et très brillante, j'aimais son rire, ses cheveux qu'elle relevait, ce qui offrait son cou et ses boucles d'oreilles à la gourmandise de mes regards. Elle mettait son corps gracieux, élégant, en valeur de manière provocante dans des robes longues qui découvraient ses hanches et le bas suggestif de son dos mais ne se donnait jamais qu'à moitié, parce qu'elle était vierge.

Je me moquais d'elle. Elle voulait libérer la société des néfastes "forces anciennes" et n'était pas capable de libérer son corps de ces mêmes forces qui l'aliénaient. Elle sentait que j'avais raison, souvent elle se mettait nue et me disait que je pouvais, elle était prête, elle en avait envie, mais je ne la croyais pas, je ne souhaitais pas lui nuire, je me contentais de la caresser et de l'embrasser et nous nous aimions ainsi.

» À part ça, je vivais la plupart de mes journées seul, j'écrivais, j'écoutais de la musique quand il y avait du courant électrique. Je fis jouer la centaine de disques des Jbeili et je me dis que cela devait faire un drôle d'effet, d'entendre par les fenêtres de la grande bâtisse, dont une partie avait reçu des éclats d'obus, sortir des airs d'opéra au milieu du silence de l'extérieur seulement coupé de rafales d'armes ou du ronflement des explosions. Et puis je lisais, aussi. Jamais je n'eus une telle paix et une telle solitude pour ce faire, redécouvrant les livres que les Jbeili depuis des décennies rassemblaient, ceux de Chehab, ceux de Naufal et ceux de mon grand-père maternel. Et c'est à ce moment, à l'occasion de mes lectures et de mes recherches de bibliophile curieux, en escaladant des échelles pour atteindre des ouvrages posés très haut, que je trouvai la correspondance de Zeid avec Chehab, une formidable collection de lettres, tantôt dans des enveloppes aux timbres anciens, exotiques, tantôt nues, juste pliées et rangées dans le désordre dans une grande boîte en nacre, utilisée comme décoration au sommet d'une bibliothèque du salon européen et que j'avais toujours vue sans me demander si elle contenait quoi que ce soit. Je passai des jours et des semaines à déchiffrer son contenu, à y mettre de l'ordre, déployant et répartissant les lettres par dates sur la table de la salle à manger, comblant certaines lacunes, remettant à leur place des feuillets déplacés, puis transportant par petits groupes celles que je souhaitais lire dans ma chambre, ou dans l'une des chambres où je dormais. Je lisais, prenais des notes sur un cahier, me transformant en archiviste, en documentaliste, numérotant, signalant les faits déjà racontés, les variantes, les noms, les lieux, les dates exactes. Indifférent à ce qui se passait dehors, au silence écrasant des journées à peine ponctuées du claquement de tirs épisodiques et aux bombardements nocturnes qui pouvaient éclater n'importe quand, je vis alors se dessiner l'histoire de l'homme parti en Italie puis au Mexique, et dans les interstices, à travers les allusions et les réponses à des questions implicites, l'aventure de celui qui était parti en Asie centrale et dont la vie me restait cependant encore mystérieuse.

» Ce qui arriva après ça, c'est que je devins comme l'archéologue de leur existence, et de la mienne. Cela se fit en apparence de manière fortuite, mais en réalité parce que cela devait se faire un jour. L'année suivante, la première phase de la guerre s'acheva avec l'arrivée de l'armée syrienne. Cette dernière était dans une relative mauvaise disposition à l'égard de certains mouvements politiques, parmi lesquels l'OCA, qui avait été très critique à l'égard de son intervention. Quoique je ne fusse plus un membre actif de l'organisation, on me conseilla de prendre le large. Je me décidai donc à partir, exprimant le souhait que, la paix retrouvée, même si on la savait éphémère, mes parents revinssent dans la maison. Mais mon père ne voulut pas en entendre parler. Je levai le camp, une fois de plus, après avoir soigneusement tout rangé, fermé les fenêtres, les volets et enfin la porte principale. J'eus une désagréable appréhension en tournant le dos à la vénérable bâtisse. Puis je n'y songeai plus trop parce que, pendant des années, je suivis les traces des trois cadets. J'allai au Mexique où je retrouvai les lettres de Chehab à Zeid, puis je rencontrai Fosse et ensuite Hobes. Cela me prit un temps considérable, durant lequel je recevais des nouvelles de mes parents, de mon frère, et à ces histoires anciennes se superposaient à nouveau les histoires calamiteuses du présent. »

15

L'après-midi s'achevait, s'étirant dans sa chaude lumière alors que Raëd parlait. Quand il s'interrompit, le monde était paisiblement passé dans un autre règne. Le soleil venait de se coucher mais le jour traînait ses basques. Tout semblait attendre dans cette suspension douce et tranquille des choses qui précède la nuit. L'air était limpide. De la chaleur de la journée ne persistaient que des parfums de thym et de feuilles de pommiers. Pour la première fois, j'acceptai de rester jusqu'au soir. Nahia était partie mais revint préparer le dîner. À l'intérieur, il faisait sombre et elle avait commencé à allumer les lampes, puis une odeur de fumée s'éleva, celle du produit qu'elle faisait brûler contre les moustiques. Je n'avais plus senti cette odeur depuis longtemps, elle me rappela violemment les soirées de mon enfance à Massiaf. Raëd se leva après avoir déclaré d'un air gourmand que c'était l'heure de la bière. Il apporta deux bouteilles et Nahia suivit avec des olives et des carottes coupées en lamelles. Tout en buvant et en admirant le breuvage et sa couleur dans les verres comme on le fait avec le cognac, nous passâmes en revue les marques locales et leurs innovations récentes. Puis nous nous tûmes tandis que la nuit lentement venait, et qu'un grillon émettait poliment quelques sifflements. Nahia éclaira la terrasse, les jardins devant nous soudain disparurent dans l'obscurité épaisse. Nous protestâmes tous les deux bruyamment contre une telle brutalité. Nahia maugréa et éteignit. La lumière que diffusaient les lampes de l'intérieur suffisait. Nous demeurâmes silencieux face à l'ombre des vergers d'où s'élevait maintenant un peu d'humidité. Il faisait vraiment bon. Le ciel s'était mis à clignoter.

« Si j'avais quitté mon père lors du déménagement de ses entreprises avec le sentiment de laisser un homme fragile et abattu, dit Raëd, je me suis aperçu par la suite que Fayez Jbeili avait encore de sacrées ressources. La première année de la guerre, il avait entreposé les archives, les documents et tout le mobilier de ses bureaux dans un grand et vieil appartement qu'il possédait à Gemmayzé, pas loin des installations portuaires, mais du côté Est de la ville. Dès les premières trêves, sans se soucier des pertes causées par le pillage du port et qui s'élevaient à des millions, il reprit ses activités. À vrai dire, les années de conflit furent une sorte de manne, parce que nombre de concurrents s'effondrèrent, d'autres cessèrent leurs activités, et les Jbeili purent racheter quantité de concessions tombées en déshérence. Mon père diversifia si notablement ses activités qu'il riait en énumérant la variété de produits dont il inondait les marchés d'un pays pourtant très vite à nouveau en guerre, liqueurs, sucreries ou papeteries, venus s'ajouter aux invariants qui avaient fait la réputation des Jbeili, machines à coudre, machines à écrire, outils de construction. Lorsqu'ils avaient quitté le palais Jbeili, mes parents étaient allés habiter un immense appartement à Achrafieh, qui donnait un peu trop sur les lignes de front mais avait l'avantage de n'être pas trop éloigné de celui de ma sœur et de son mari. Quand les

Syriens se mirent à bombarder les quartiers chrétiens, Fayez Jbeili refusa de déménager une fois de plus, ou de partir s'installer dans une maison de location en dehors de la ville. "On n'est pas des Bédouins", disait-il avec humeur. Il se plaisait dans la difficulté et ce furent je crois des années aventureuses qu'il aima. Il se rendait à pied à ses nouveaux locaux, et s'obstinait à conserver comme bureau une pièce qui faisait face au port. Pour réfléchir, il se tenait debout devant les fenêtres d'où on voyait les quais et les grues par-dessus les barricades qui bloquaient la vue aux francs-tireurs. L'un de ses hommes les plus fidèles, Lotfi, qui était aussi son chauffeur, ne cessait de le mettre en garde, car c'était comme ça qu'était mort Armand Nahhas deux ans plus tôt, alors qu'il était planté devant sa fenêtre. Lotfi s'en plaignait à ma mère, qui ne pouvait rien faire, sinon ressasser inutilement les mêmes consignes de prudence. Mais, apparemment, mon père avait besoin de se sentir encore en lien avec les lieux anciens qu'il pouvait ainsi apercevoir et refusa également plus tard d'abandonner les bureaux de Gemmayzé, quand ce quartier devint difficile, parce que c'était un des rares qui prolongeaient les anciens souks du centre-ville, une des ultimes survivances des temps révolus.

» C'est ma mère elle-même qui m'a raconté tout ça et tout ce qui va suivre, dans des lettres qu'elle m'écrivait régulièrement et qu'elle confiait à des gens qui partaient, comme c'était la coutume alors, parce que la poste s'était arrêtée de fonctionner. Je recevais la plupart de ces missives tant bien que mal, mais beaucoup hélas se sont perdues, ou arrivaient à d'anciennes adresses que j'avais laissées derrière moi, à Paris, à Venise, à Athènes. Ma mère me racontait le quotidien, c'était l'une de ses distractions, malgré la vie mondaine qui ne faiblit pas, les soirées, les dîners, les inquiétudes à chaque bouffée de violence, et aussi les disputes incessantes entre son mari et son fils, mon frère Ghazi. Elle écrivait très bien, ma mère. Elle s'appelait Catherine Rassam, c'était la fille d'un célèbre médecin des années trente, et mon père l'avait épousée contre l'avis du sien, même si mon grand-père Ghazi avait finalement cédé en déclarant qu'avoir un médecin à demeure était une chose rentable, ce que le docteur Rassam avait peu apprécié et avait pris un malin plaisir à démentir en refusant de devenir un familier des Jbeili, snobant un peu la maison de sa fille, ce qui le fit évidemment monter dans l'estime de Ghazi Jbeili. Ma mère tenait de lui le goût de la lecture qu'elle m'a transmis, et sans doute aussi celui de l'écriture, qu'elle ne put jamais pratiquer, toute à son devoir de femme de notable, régissant la maison, les dîners et les réceptions. Mais elle se défoulait dans ses lettres, et a fait de cette époque où j'étais absent une sorte de chronique qu'elle me destinait. Elle m'a raconté des dizaines d'anecdotes sur le train de leur existence, sur la difficulté qu'elle avait éprouvée, au temps du déménagement à Beyrouth-Est, à changer de cadre de vie, de meubles, de murs, de quartier, puis comment elle s'y était faite. Elle m'a raconté les changements de saisons, les tapis que l'on enlève et que l'on remet, les orages et les canicules, elle m'a raconté la naissance du premier enfant de ma sœur et la mort de Linda, la femme de mon grand-père. Cette dernière était ce jour-là avec son chauffeur en voiture et, tandis qu'il bavardait comme à son habitude, elle lui demanda subitement s'il croyait qu'il y avait quelque chose après la mort. Il lui répondit évidemment qu'il n'en savait rien, elle lui dit laconiquement qu'elle le saurait elle-même bientôt, ce qui fait que pour dédramatiser et d'un air rigolard, croyant à une blague, il lui déclara très maladroitement qu'il attendrait qu'elle lui en rende compte. Puis ils se turent. Lorsqu'ils furent parvenus à destination, elle ne bougea pas. Il se permit de lui rappeler qu'ils étaient arrivés, elle ne réagit pas, il se retourna et la trouva comme endormie, sereine, mais elle était morte et il en eut une telle terreur que durant des mois après ça, m'a rapporté ma mère, il rêva de Linda qui venait lui parler depuis l'au-delà. Ma mère m'entretenait aussi du quotidien de la guerre, des francs-tireurs, des bombardements ou de la nouvelle cuisinière qu'elle avait embauchée et dont elle découvrit que c'était la mère d'un chef de milice enrichi dans le pillage des souks et du port et qui déclarait continuer à travailler comme cuisinière parce qu'elle ne respectait pas l'argent de son fils et refusait d'en bénéficier. Elle m'a décrit en détail le siège de Beyrouth-Est par les Syriens, puis celui de Beyrouth-Ouest par les Israéliens et l'usage des avions pour la première fois. Elle a eu du mal à parler des massacres de Sabra et Chatila, et je n'ai jamais su si c'était pour me ménager ou parce qu'elle en était trop retournée. Mais elle m'a raconté que mon père quitta un soir un dîner très chic où il avait découvert que se trouvaient des officiers israéliens, de ceux qui occupaient Beyrouth. Cela, en revanche, je sais qu'elle me l'a rapporté pour me montrer que mon père gardait ses vieux principes, issus des invariants de l'ancienne République désormais en charpie. Fayez Jbeili restait un légitimiste acharné, il regardait le devenir du pays avec tristesse et refusait de prendre part à sa ruine. Sa nostalgie pour le monde d'avant était forte et ce fut sans doute pour cela qu'il refusa par exemple au début de faire passer ses marchandises par le fameux “cinquième bassin” du port, vous savez, celui que tenaient désormais les milices chrétiennes. C'était pourtant infiniment plus rentable, mais il déclarait avec entêtement qu'il ne voulait pas financer les chefs de guerre. Sauf que, parfois, ces derniers étaient aussi affiliés à des partis politiques traditionnels dont les dirigeants dînaient chez lui. Il finit donc par céder, comme tous ses pairs et à cause de la déliquescence de l'État et de la nécessité de poursuivre ses activités. Mais il était toujours embêté d'avoir à négocier avec des pouvoirs illégaux, et ce fut une permanente cause de discorde avec Ghazi, mon frère, qui lui, de son côté, prit dès le commencement fait et cause pour la politique des partis chrétiens de l'époque.

» Ghazi s'était installé dans une petite villa de la région de Naccache, sous les pins, avec vue sur la mer. Durant les premières années de guerre, il ne cessa de tenir un discours déprimant dans lequel il prônait la partition du pays et la constitution d'une république en zone chrétienne. Mon père s'emportait froidement, notamment lors des déjeuners dominicaux au cours desquels leurs discussions dégénéraient, et lui demandait comment il voyait la vie, le commerce, les affaires, dans une république réduite à ses montagnes et à une côte minuscule. Parce que évidemment, malgré la guerre et les haines communautaires, le commerce prospérait sans connaître de barrières, comme vous savez. Toutes ces années en effet, mon père ne cessa de gérer ses affaires aussi bien du côté chrétien que du côté musulman, et payait même des gardes du corps à ses représentants et directeurs du secteur musulman quand il voulait les voir se joindre aux réunions à Gemmayzé. Mais cela importait peu à mon frère. Ghazi était grisé par les transformations du monde autour de lui, par le chambardement auquel le conflit donnait lieu. Il était fasciné par la tendance générale à danser au bord du gouffre, par la folie suicidaire d'une société qui vouait aux gémonies tout ce qui lui avait permis de devenir ce qu'elle était, ce qui expliquait son envie de voir naître un pays nouveau, invivable et morcelé, ou de brûler les anciennes icônes sans savoir par quoi les remplacer au juste, ni sur quoi allaient déboucher ces guerres qu'il encourageait. En y repensant, je ne peux m'empêcher de songer à cette puissante république dont parle Julien Gracq, et qui déclenche allégrement une guerre dont elle sait qu'elle lui sera fatale. Le Liban était comme Orsenna et mon frère comme un des citoyens de cet État autodestructeur. Influencé par sa cour composée maintenant de jeunes gars qui se prétendaient engagés dans les partis politiques et qui faisaient passer pour leurs des exploits guerriers qu'ils avaient juste entendu raconter, Ghazi annonçait partout la fin de l'ancienne classe politique, la survenue d'un sang nouveau qui se forgeait dans les combats et le sacrifice. Il se gargarisait de phrases grandiloquentes et imbéciles, et dans le lot de ce qu'il estimait fini, achevé, révolu, il y avait évidemment les amis politiques de son père, et ce dernier en personne, inconsciemment.

» À la vérité, mais sans jamais oser se l'avouer, Ghazi accordait pourtant beaucoup d'importance à l'opinion qu'avait de lui son père. Et c'est sans doute pour prévenir chaque fois le jugement de ce dernier sur ses incuries qu'il affichait cette attitude de révolte arrogante et fausse. Et puis soudain, dans des sursauts d'amour-propre, il se jetait dans des aventures qui lui rendaient l'estime de notre père, et donc son estime de soi. Il réalisait de véritables exploits quand il s'agissait de négocier avec les transitaires du port et du bassin numéro 5, dont il fut l'un des premiers à prôner l'usage par les Jbeili sous prétexte que c'était contribuer à l'effort de guerre des milices chrétiennes. Les transitaires menaient parfois leurs affaires avec un revolver ostensiblement enfoncé dans la ceinture, et mon frère, à défaut de se battre sur les lignes de front, affrontait ces hommes, qu'il parvenait à amadouer et à impressionner. Ainsi, il arpenta un jour les quais durant un bombardement, à la recherche d'un container perdu, allant d'une aire de débarquement à une autre avec un courtier encore plus fou que lui, manchot de surcroît. Une autre fois, il réussit un authentique fait d'armes. Cet épisode est resté célèbre chez nous. Un bateau qui apportait pour les Jbeili un important chargement de bouteilles de vin français avait dû renoncer à accoster les quais de Beyrouth et s'était déporté vers Tripoli, dont le port était ouvert mais contrôlé par Al-Tawhid, cette organisation islamiste radicale dont vous vous souvenez sans doute. Il fallait aller récupérer le container, en évitant qu'il soit contrôlé, et Ghazi se porta volontaire après que notre père se fut décidé à épargner à son agent à Tripoli le risque de se faire prendre en train de s'occuper de boissons alcoolisées. Or c'est essentiellement pour impressionner son père que Ghazi partit, franchit je ne sais combien de barrages, entra dans Tripoli alors aux mains de cette milice rigoriste et violente, retrouva notre agent puis se rendit seul au port, où il rentra en possession du container. Il paya les taxes, plaisanta, fut très généreux avec les courtiers et les miliciens, raconta toutes sortes de bobards, faisant croire que sa cargaison était constituée de barres de fer pour les échafaudages. Cela fit rire tout le monde, et nul ne tenta de contrôler la chose. Puis il fit charger l'énorme cube avec une placidité et un calme qui lui donneraient froid dans le dos plus tard quand il y repenserait, et quitta le port puis la ville de Tripoli en roulant devant le camion, ayant ainsi fait débarquer puis évacuer trois mille bouteilles de vin au nez et à la barbe (“surtout à la barbe”, disait-il en riant) des intégristes qui tenaient la cité en otage. Il en parla pendant des mois et des années après ça, et c’était en effet un acte de grand courage qui prouvait que Ghazi, porté par le terrible regard sur lui de son père, était capable du meilleur.

» Mais il l’était aussi du pire, et c’est du pire qu’il fit surtout usage. Lorsque, en ce temps-là, on suivait la situation du Liban depuis l’étranger, comme je le faisais, on pouvait avoir l’impression que le pays était en ruine. Le monde entier – je le voyais lors de mes voyages – assistait à la dévastation du centre de Beyrouth et des quartiers limitrophes des lignes de front, et pensait que c’étaient la ville dans son ensemble et le pays qui étaient ravagés. Or l’activité économique était frénétique et le commerce florissant, ce que les récits de ma mère ne cessaient de me confirmer. Mais il y avait un autre secteur qui explosait littéralement, c’était celui de l’immobilier. Je ne pense pas qu’il existe au monde un pays où la guerre a entraîné autant non de destructions mais de constructions. Les déplacements de populations, les migrations internes et aussi l’accroissement démographique expliquent cette fièvre dans le bâtiment, la flambée des prix des terrains, notamment dans les environs de Beyrouth non touchés par la guerre. La déliquescence de l’État et de ses moyens de contrôle, la désorganisation générale des services urbains, la corruption et la mainmise des partis sur les rouages administratifs permirent ensuite le développement anarchique de l’urbanisme qui saccagea le paysage, détruisit les montagnes et les alentours des villes. Assez tôt, dès le début des années quatre-vingt, ma mère dans ses lettres s’est mise à me décrire les premiers dommages, qui aujourd'hui, étant donné tout ce qui a suivi, peuvent nous paraître bénins. Mais c'était le début d'un cycle calamiteux dont les bénéficiaires étaient aussi bien les propriétaires de modestes parcelles et les petits entrepreneurs qui bâtissaient n'importe comment que les consortiums qui naquirent à cette époque, regroupant des hommes d'affaires, des entrepreneurs et des intérêts partisans et miliciens. Ces derniers groupes lancèrent des chantiers qui contribuèrent comme le reste, mais de manière plus systématique, à détruire les paysages et à ruiner l'environnement. Vous vous souvenez, bien sûr, même si vous êtes plus jeune que moi, qu'en quelques années les orangeraies du littoral nord avaient disparu, et avec eux les bourgs et les villages submergés par le béton, un béton qui grimpa à l'assaut des premiers contreforts autour de Beyrouth, détruisant les pinèdes et brouillant les échelles par l'érection d'immeubles dont la hauteur contrevenait à des lois dont plus personne ne se souciait. Je n'étais pas là pour voir ces transformations, je les ai découvertes avec horreur à mon retour, bien plus tard. Et j'ai également découvert alors comment les groupes de financiers et les entrepreneurs avaient mis la main sur les plages publiques et défiguré la côte, débordant de tous côtés sur les terres agricoles non constructibles, ce qui nous vaut ce continuum urbain hideux à la place des kilomètres de littoral et de versants montagneux arborés.

» Vous me regardez d'un air las. Mon but n'est pas de vous accabler, mais de dire, et vous l'aviez compris, que mon frère Ghazi fut un acteur de cette grande orgie destructrice. Il s'impatienta durant plusieurs années de ne pas pouvoir participer à tout ça, il piaffait face aux réserves de notre père et à ce qu'il appelait son "conservatisme". Ma mère m'a fait beaucoup rire quand elle m'a raconté ça dans une lettre. Sauf qu'elle, elle ne riait pas, elle voyait son fils se fourvoyer avec une classe dont l'appétit pour l'argent était aiguisé par l'anarchie et le devenir mafieux du pouvoir tenu par les milices. Ghazi trouvait sans doute que le commerce et le négoce dans lesquels s'étaient illustrées et considérablement enrichies quatre générations de Jbeili avant lui nécessitaient trop de travail et d'énergie, alors que les nouvelles opportunités n'en demandaient pas tant et pouvaient rapporter cent fois plus bien plus rapidement. Il en discutait sans fin avec son père, au cours des déjeuners dominicaux, et probablement aussi quand ils travaillaient ensemble dans les bureaux des Jbeili. Mais ma mère m'a surtout rapporté leurs disputes lors des réunions familiales. Ghazi parlait des centres balnéaires autour de Jounié, des complexes dans les montagnes, des centres commerciaux modernes, tout un tas de choses dans lesquelles il trouvait dommage de ne pas investir, de ne pas être partenaire. Cela agaçait souverainement notre père qui ne donnait qu'une réplique nonchalante à son fils, examinant à peine ses arguments ou les regardant de haut, assis de travers sur sa chaise dans la salle à manger, un bras par-dessus le dossier selon une des images que ma mère m'a rapportées, l'autre bras allongé sur la nappe, et cherchant par cette pose désinvolte à montrer qu'il n'acceptait d'entendre ces histoires que pour se distraire, puis prenant l'air goguenard avant de se lever et d'inviter son monde à passer au salon pour boire le cognac. Il n'avait que mépris pour les nouveaux riches et les mafieux en tout genre qui pullulaient désormais, circulant dans des automobiles de luxe, vitres fumées et sirènes hurlantes, et qu'il confondait volontairement avec les récents entrepreneurs et leurs associés, chefs de guerre ou trafiquants d'armes.

» À ces discussions qui tournaient court prenaient aussi part mon beau-frère Jean et ma sœur Mia, qui avaient tendance à se ranger discrètement du côté de Ghazi et à appuyer son argumentation. Les Rached étaient à ce moment-là dans de grandes difficultés financières. Ils possédaient des biens fonciers considérables mais, lorsque la guerre avait éclaté, ils n'avaient rien pu en tirer, parce que tout était situé dans le centre-ville et dans des zones de combat. Jean, mon beau-frère, déclarait en riant que les Rached s'étaient toujours vantés de faire partie du noyau le plus ancien des familles de la capitale, et la preuve en était qu'ils détenaient la moitié des terrains et des bâtiments du centre historique de la cité. "Sauf qu'à trop être du noyau, ajoutait Jean en riant, on finit par avoir de sérieux pépins." Tout le monde riait avec lui de son petit jeu de mots, sa femme en premier, mais il n'en demeure pas moins que Jean et Mia étaient dans une situation difficile. Ils avaient un train de vie supérieur à leurs moyens, ma sœur en particulier. Elle avait dilapidé l'énorme dot que mon père lui avait constituée en remplacement de ses parts dans l'héritage foncier indivis des Jbeili. Elle et son mari dépendaient donc de ces derniers pour leur vie quotidienne, leurs loisirs et l'éducation de leurs enfants. Même l'appartement où ils vivaient avait été acheté par mon père, et le fait que les deux familles fussent voisines accentuait les effets de dépendance. La circulation à sens unique des victuailles, des plats cuisinés, des caisses de pommes venues de Massiaf mais aussi de la cuisinière, des femmes de ménage et des chauffeurs prêtés par les Jbeili donnait clairement le sentiment que les Rached étaient une famille assistée. Mia supportait de plus en plus mal cet état, mais refusa à plusieurs reprises que son mari allât travailler chez les Jbeili, même si Fayez lui proposait simplement de devenir l'avocat de ses sociétés. Jean déclarait qu'il n'y connaissait rien, qu'il était constitutionnaliste, ce qui en ces temps de chaos politique ne servait plus à rien, sauf à agacer mon père qu'irritait le refus de son gendre de comprendre qu'il lui offrait une fonction symbolique afin de pouvoir lui verser un salaire sans lui faire honte. Tout cela néanmoins ne pouvait expliquer pourquoi, lors des discussions autour des projets de Ghazi, Mia prenait le parti de son frère, et ce n'est que plus tard que j'ai compris que c'était parce que, pour chacun des investissements que notre frère aîné avait commencé à faire avec ses propres fonds, il offrait à sa sœur quelques actions ou des parts, actions et parts qui, en se révélant rentables, soulageaient le couple Rached et en faisaient un allié toujours plus assuré de Ghazi, et c'était bien ce que ce dernier recherchait en priorité en se montrant si généreux.

» Ghazi avait en effet désormais ses propres rentrées d'argent. Avec les sommes qui lui revenaient de certains investissements qu'il avait faits de son propre chef ou sur les conseils de membres de sa cour, il avait pu acquérir des parts de marché de diverses entreprises, il était partenaire d'un projet de centre commercial à Zouk, d'une station balnéaire sur la baie de Jounié et d'un complexe d'habitations de luxe au-dessus de Haret Sakr, face à la mer. Mais il rêvait de monter un consortium, et ce qui déclencha ses rêves les plus fous, ce furent les centres de villégiature bâtis dans la montagne à partir de 1985, et qui progressivement ravagèrent d'abord les gorges des environs de Kfardebiane puis les formidables paysages rocheux, les sécrétions sculpturales fabuleuses et monumentales de Feytroun. En quelques années, tout cela que la nature avait mis des millénaires à produire fut presque liquidé, et ces zones limitrophes du district de Massiaf devinrent très recherchées, pour l'habitat et pour l'estivage. Ghazi voyait là une incroyable occasion de développer notre district, et ne pouvait comprendre les raisons qui poussaient son père à lui refuser de tenter de mettre les terres ancestrales en valeur de la même manière. "Cela rapportera des millions, clamait-il à chaque réunion, à chaque repas. Et les gens là-haut pourront en profiter. Tout le monde sera content." Ou bien il prenait les choses par un autre bout : "Les pommiers ne sont plus rentables, aidons autrement désormais au développement de ces régions, auxquelles nous devons penser." Ce philanthropisme faisait rire notre père, qui haussait les épaules en lui rappelant qu'ils n'avaient jamais mis les pieds à Massiaf, ni lui ni sa sœur, et voilà qu'ils se préoccupaient soudain tous les deux de son développement économique. Pour lui, de toute façon, les pommiers n'étaient pas faits pour être rentables, ils l'avaient été un temps, et c'était très bien, maintenant ils avaient cessé de l'être à cause de la fermeture fréquente des frontières routières et de l'invasion des pommes australiennes et américaines meilleur marché. Mais cela ne changeait rien puisque l'existence des Jbeili ne dépendait pas de ces récoltes, ces dernières étaient un plaisir, une joie, et lui vivant, annonçait-il, nul n'y toucherait, ni ne toucherait aux terres du district.

» Je n'ai jamais vraiment su pour quelles raisons Fayez Jbeili avait décrété une fois pour toutes que Massiaf et Ayn Safié ne seraient pas exploités. Est-ce parce que, comme au temps des premiers descendants, il les considérait comme une partie du blason, et qu'on ne découpe pas le blason, on ne le vend pas au kilo ? Massiaf restait-il à ses yeux le lieu originel, celui où étaient nés le mythe et la grandeur des Jbeili et qui devait donc continuer à en témoigner par l'importance sauvage de ses paysages ? Peut-être aussi après tout n'osa-t-il pas attenter à la sacralité du site en permettant d'y apporter la dévastation immobilière et commerciale, et ce serait alors par une sorte de crainte superstitieuse qu'il demeura ainsi inflexible, lui qui pourtant était impitoyable pour ce qui regardait le commerce, le combat contre les concurrents et la réussite d'une entreprise financière. Et peut-être aussi que c'était beaucoup plus simple et plus immédiatement intéressé. Massiaf était pour lui le paradis premier, l'endroit où il avait passé et continuait de passer ses journées les plus sereines, ses étés et ses débuts d'automne, et il ne voulait tout simplement pas que l'on y portât atteinte, comme un prince qui ferait évacuer un village entier pour assurer le silence autour de sa sieste.

» Toujours est-il qu'il décréta donc que pour construire des aberrations à Massiaf il faudrait lui passer sur le corps, ou l'enterrer avant. En réponse, Ghazi se désintéressa progressivement des entreprises commerciales ancestrales pour se consacrer à ses propres affaires. Il était de plus en plus lié à certains chefs des milices chrétiennes, on le voyait souvent dîner au restaurant avec eux, il arrivait dans une énorme berline, entrait entouré de sa cour, et souvent offrait le repas, dont le prix était ahurissant. Il avait des appuis redoutables auxquels il pouvait faire appel pour n'importe quel service. Je crois aussi que les responsables militaires étaient fiers de l'avoir à leurs côtés, exactement comme les chefs des organisations d'extrême gauche s'étaient réjouis dix ans auparavant de nous avoir, Elias Khattar et moi, comme recrues. Le prestige social et la patine que le nom de mon frère apportait palliaient leurs origines souvent modestes, et ils étaient heureux de s'afficher avec lui, comme si la force brute qu'ils possédaient ne pouvait suffire à éblouir si elle n'était accompagnée de quelque chose de plus ancien, de plus fortement symbolique du point de vue social. Quant à Ghazi, il profitait de ce que ses fréquentations lui offraient pour devenir plus riche et plus puissant, comme par défi envers son père. Il s'était ainsi lié à des hommes d'affaires douteux, gravitant dans l'orbite des chefferies mafieuses, et avec eux mena divers trafics. Il s'acoquina notamment avec un redoutable courtier enrichi dans des spéculations immobilières, un gars très connu à cette époque, du nom de Johnny Issa, qui fut très proche de certains chefs de milice et qui disparut à la fin du conflit à la suite de sombres histoires financières. Et aussi avec un certain Chalala, un ancien ingénieur d'assez mauvaise réputation devenu entrepreneur, et que l'on rencontrait encore, sous son nouveau masque, dans les salons de l'après-guerre. Au milieu des années quatre-vingt, les trois associés montèrent une société immobilière, toujours en activité aujourd'hui sous la houlette de mes neveux. Cela s'appelle l'ACO, initiales de "Architecture and Consulting Office", ou quelque chose de ce genre. La proximité de ce nom avec celui de notre organisation combattante de gauche est restée pour moi une des plus terribles et grinçantes ironies du sort. D'autant plus que l'ACO achetait des terrains et réunissait des fonds de manière très opaque et que nombre de ses réalisations étaient contraires aux lois en vigueur, des lois que mon frère et ses collègues transgressaient allégrement, vu leurs liens très étroits avec les partis politiques et leurs mafias. Et vous devinez qu'assez tôt les trois larrons commencèrent à lorgner du côté des montagnes de Massiaf, déplorant que Fayez Jbeili ne veuille vraiment pas voir les trésors que représentaient ses possessions.

Durant des années, ils n'eurent que ça à l'esprit, ils en rêvaient, en parlaient avec entrain lors de leurs veillées, parce qu'ils étaient aussi très intimes, skiant ensemble et festoyant bruyamment dans les boîtes de nuit de Jounié et de Faraya. Ils échafaudaient, parfois par pure fantaisie, des projets pharaoniques, des monstruosités qu'ils se voyaient ériger sur les sommets, ruinant les forêts pour mettre à leur place des ensembles de bungalows, abîmant les gorges pour faire passer des routes qui mèneraient à des centres de villégiature comme on en voyait de plus en plus dans les districts environnants. Ils tentaient de trouver des idées, des solutions qui auraient pu plaire au père de Ghazi, ou un moyen de lui arracher quelques terres ou un accès vers Jabal Safié. Mais ils avaient beau tourner et retourner les choses, imaginer émettre de faux documents, des actes de propriété trafiqués et établis au nom de Ghazi, substituer au nom de Ghazi le grand-père celui de son petit-fils, rien n'y faisait, leur avidité ne leur donnait à voir que des mirages. Mon père refusait que Ghazi revînt jamais devant lui sur cette question, il ne lui demandait même plus comment allaient ses affaires, et cela dura jusqu'aux événements funestes qui les mirent aux prises tous les deux, dans un combat absurde et qui finit très mal, comme vous savez. »

16

« Tout commença le jour où mon père, qui était dans son bureau de Gemmayzé, fit appeler Lotfi, son chauffeur. Ce dernier étant parti faire une course pour ma mère, Fayez Jbeili descendit sans dire un mot, passant devant les employés et les bureaux ouverts, et l'on comprit plus tard, bien plus tard, qu'il éprouvait à ce moment un terrible mal de crâne et voyait trouble. Mais il n'en parla pas, il se mit au volant de l'automobile et roula lentement, des élancements dans la tête à la faire exploser, jusqu'à l'hôpital Saint-Georges, où il se gara devant les urgences et entra. Là, il demanda s'il pouvait donner un coup de fil, se retenant de tituber. À cette époque, téléphoner était aléatoire. Il y réussit toutefois, parla à ma mère et lui dit où il était. Pour ne pas l'inquiéter, il déclara qu'il allait bien, qu'il était venu par précaution, à cause d'éblouissements. Puis il raccrocha, regarda la personne à l'accueil d'un air absent, tenté de lâcher prise, se reprit, répéta qu'il allait bien mais avait besoin de se coucher. On se précipita, on le fit entrer dans une salle où on l'allongea sur une civière, et c'est là qu'il perdit conscience.

» Une heure après, à ma mère, mon frère et ma sœur qui étaient arrivés à son chevet, on apprit qu'il avait eu un accident vasculaire. Le bruit courut ensuite, durant les premiers jours, qu'il était mourant, voire mort, et qu'on attendait que je vienne et aussi d'avoir réglé les affaires d'héritage pour l'annoncer, ce qui fit dire évidemment aux plus perspicaces que nous n'étions quand même pas dans une République soviétique et qu'on n'allait pas embaumer le corps du notable ni défiler devant son cadavre quand tout serait fini. Quant à moi, j'étais en Italie, on eut du mal à me joindre, de sorte que je n'appris la chose qu'assez tardivement. J'étais prêt à prendre tous les risques pour le voir, ma mère fit jouer des contacts et obtint des chefs politiques qui étaient les amis de la famille une autorisation pour me laisser venir. Mais elle n'était pas tranquille à cette idée et m'en dissuada. De toute façon, me dit-elle au téléphone, il allait mieux, on allait le ramener à la maison, ce que l'on fit au bout de quinze jours. Pourtant, lorsque l'évêque et tout le sérail politique, les chefs de guerre, les banquiers et les autres grands négociants ses compères, mais aussi ses employés et les clients de ses entreprises, accoururent lui rendre visite, ils furent tous aimablement reçus, installés, honorés de verres de sirop et de café, sans que jamais nul ne pût obtenir de se rendre au chevet du malade, ses appartements demeurant obstinément fermés. Aux questions sur sa santé, ma mère ou ma sœur répondaient par un invariable : "*Hamdella*, il se remet doucement." Les courtiers du port aussi bien que les archidiacres, les gros commerçants des anciens souks ou les politiciens alors se levaient et partaient en s'interrogeant sur la capacité de l'homme un jour à revenir sur le devant de la scène. Durant des semaines, les voisins, les boutiquiers et leurs clients assis devant leur porte sur le trottoir en face, de l'autre côté de la rue, scrutèrent l'immeuble et l'étage des Jbeili pour y déceler quelques signes nouveaux, mais ils ne virent rien d'autre que les bonnes qui sortaient les tapis, secouaient les plumeaux et s'accoudaient à la balustrade du balcon ou au rebord des fenêtres pour regarder la rue, et ces bonnes semblaient d'une importance capitale, car elles connaissaient une part du secret sur l'état de Fayez Jbeili. Elles ne se firent pas faute, d'ailleurs, de s'en vanter avec un air d'importance à leurs collègues du voisinage ou à celles avec qui elles faisaient la causette sur les balcons alentour et qui ensuite allaient rapporter les faits à leurs maîtres.

» Les bruits les plus fantaisistes se répandirent, sur la paralysie totale du notable, sur son subit mutisme, sur sa démence ou sa sénilité brutale. Or tout ceci était faux, naturellement, et la vérité beaucoup plus simple, comme il le raconterait bien plus tard, non pas à ma mère ou à ma sœur, mais à Lotfi, son chauffeur et homme de confiance. En sortant de son bureau, ce fameux jour, il avait donc éprouvé une sorte d'étourdissement, puis une violente douleur à la tête, et puis plus rien. Il ne se rappela jamais avoir pris la voiture et être allé lui-même aux urgences, mais il se souvint, paraît-il, d'avoir été ballotté dans des histoires sans nom, où se mêlaient les figures de son frère Naufal et de moi, et tout cela, qui pour lui dura quelques minutes, en fait dura dix-huit jours au bout desquels il reprit enfin conscience, péniblement, ne comprenant ni où il était ni ce qu'il faisait, et continua pendant des journées entières à ne pas comprendre ni comment était situé son lit ni dans quelle direction il était couché. Sa perception de l'espace était perturbée, mais une fatigue inouïe l'empêchait même d'y songer et il sombrait souvent dans des assoupissements pénibles. Lorsqu'il s'éveillait, entouré de ce qu'il devinait être de la compassion, son atavique agacement s'éveillait aussi, il voulait congédier son monde, ses enfants, son gendre et sa bru, mais ne réussissait pas à en articuler l'ordre, c'était plus difficile que de bouger une montagne. Il en éprouvait alors de la colère, ou plutôt sans doute un souvenir de colère, mais ne pouvait penser davantage et capitulait. Il se rappelait parfois l'entreprise, un bateau qui devait arriver, la maison, tentait d'en parler et n'y parvenait pas. Enfin, une sorte de lent recouvrement de lui-même s'opéra, ses forces lui revinrent qu'il évitait toutefois de gaspiller en gesticulations. Immobile, les yeux verts fixes et perçants, il posait des questions, jamais sur son état, ni sur ce qui lui était arrivé, comme si de cela il n'avait cure et savait qu'il en sortirait, mais avec obstination sur la marchandise, les cargaisons, la maison, les affaires qu'il traitait avant de s'effondrer.

» On essaya d'abord de l'en détourner, de le rassurer par quelques mots ou des phrases lapidaires. Il s'irritait de ces réponses rassurantes et creuses, il tentait d'insister puis finissait par abandonner, comme si l'exercice de penser exigeait de lui un effort de tout le corps, et que les pensées fussent des poids à soulever. Ce n'est qu'au bout de dix jours qu'il commença à pouvoir se redresser, puis marcher sans devoir aussitôt capituler, et c'est un matin où il faisait quelques pas qu'il découvrit la chose qui allait achever de l'abattre. Il la découvrit en passant devant une tablette où étaient posés des journaux. Il eut une sensation bizarre, il se demanda pourquoi on avait des quotidiens en langue étrangère, puis la panique le prit parce qu'il ne parvenait même pas à savoir en quelle langue ils étaient. Il s'assit, les observa, puis eut comme un haut-le-cœur, les repoussa et demeura plusieurs jours sans rien dire, exigeant qu'on lui donnât tantôt une feuille qui traînait sur laquelle quelqu'un avait noté des recommandations du médecin ou fait de petits dessins, tantôt le menu du restaurant de l'hôpital et tantôt les journaux du matin. Et puis, un jour que la délégation médicale arrivait à son chevet comme un train d'ecclésiastiques, il demanda aux internes, infirmiers et autres stagiaires de sortir et demeura en conférence seul avec le médecin traitant. Il ne fit aucun compte rendu à sa femme et à ses enfants et ne leur expliqua jamais de lui-même les raisons de tout ce qui allait suivre et qui faillit emporter sa fortune, sa place et jusqu'au nom des Jbeili dans la mémoire des hommes. Et s'il ne put l'expliquer, c'est qu'il ne pouvait, lui le prince arrogant et dominateur, avouer qu'en émergeant lentement après son accident, et alors que l'on pensait qu'il se remettait totalement, il ne pouvait avouer que s'il reprenait des forces, s'il pouvait enfin marcher, se déplacer, exiger de quitter l'hôpital, en revanche il ne parvenait plus à lire, non plus qu'à écrire, il était incapable de reconnaître les lettres et les chiffres, ou de les reproduire, bref, il était devenu analphabète.

» Si incroyable que cela puisse paraître, nul n'en sut rien, à commencer par ma mère. Son mari fut si extraordinairement adroit dans la dissimulation de son mal qu'il réussit à la duper jusqu'au bout. Il lui faisait croire qu'il était fatigué de lire, que ses lunettes n'étaient jamais à portée de main, il lui déléguait avec naturel au nom d'un petit malaise oculaire le soin de régler les factures, de lire les comptes rendus de réunions de copropriétaires. Et elle-même, me dira-elle plus tard avec un terrible sentiment de culpabilité, était si attentive à sa marche, à son équilibre ou au fait qu'il récupérait de mieux en mieux, qu'elle ne remarqua rien.

» Quoi qu'il en soit, lorsqu'il se remit à sortir, il se faisait conduire rue Trabaud où il marchait durant une demi-heure le long des jardins des grandes maisons, en compagnie de Lotfi son chauffeur ou de l'un ou l'autre de ses directeurs avec qui il s'entretenait de l'usine. On le trouvait plutôt en forme, m'a raconté Lotfi, et il recommença à recevoir, mais en petit comité, ses beaux-frères et belles-sœurs et quelques amis, qui venaient le distraire et qui ne comprenaient pas son obstination à refuser de jouer au trictrac. C'est qu'il n'y parvenait pas, et même s'il s'aperçut qu'il pouvait éventuellement déchiffrer les dés, il ne réussissait que très mal à déplacer les pions, cela parfois lui donnait le vertige. Quant aux jeux de cartes, il ne fallait pas y songer, les combinaisons de couleurs, de chiffres et de figures lui étaient devenues inaccessibles. Il en était enragé mais ne laissait rien paraître, proposait plutôt que l'on racontât des histoires ou que l'on parlât de politique, et notamment que l'on fît des pronostics sur l'issue du mandat, près d'expirer, du président Amine Gemayel. Au quotidien, la crainte que l'on avait de sa mauvaise humeur empêchait qu'on l'interrogeât sur certaines bizarreries de comportement, comme lorsqu'il fit écrire à ma mère la carte de félicitations adressée à Pierre Fayyad pour le mariage de sa fille ou que, alors que l'une des bonnes lui apportait les journaux le matin, il lui intimait assez sèchement l'ordre de les poser sur le dressoir, comme si les mots imprimés, en s'approchant de lui, lui procuraient un malaise insurmontable. Au commencement même, d'après ce qu'il raconta plus tard à Lotfi dans les confidences qu'il lui faisait en voiture, distraitement, en fixant l'horizon devant lui parce qu'il avait besoin de parler et ne supportait pas l'idée de revenir sur tout ça devant sa femme, au commencement donc, il n'arrivait pas non plus à se remettre complètement dans le cours des choses. Lorsqu'il regardait un miroir il avait la nausée et ne parvenait pas à comprendre comment s'organisaient les objets ni leur réflexion. Il fit la terrible expérience de la perte du sens des directions et de celui de la latéralité. Quand, de temps à autre, il se postait devant sa fenêtre comme il avait toujours eu coutume de le faire, qu'il posait devant ses yeux le décor, les toits des dernières villas d'Achrafieh parmi les ultimes pinèdes ou les immeubles qui abîmaient le quartier, tout allait bien, mais il suffisait ensuite qu'en se retournant son regard croisât la vitre et que dans cette dernière se reflétât le spectacle qu'il venait d'observer pour que tout se désagrège, et à nouveau il était dans le désarroi. Si, de surcroît, la vitre, par un coup d'épaule qu'il lui donnait, venait à bouger, c'était alors la nausée qui le gagnait et il lui fallait aller se coucher. Il mit plusieurs mois à réapprivoiser la disposition des choses familières autour de lui, à recommencer petit à petit à pouvoir fixer les glaces et les vitres, et le défilé des paysages urbains cessa progressivement de le fatiguer quand il était en voiture.

» Mais le plus important, même s'il n'y demeurait pas longtemps, c'était qu'il retournait au siège de ses entreprises. Il s'installait fugacement à son bureau et regardait, paniqué, les papiers et les dossiers qu'il ne parvenait pas à lire, ce dont il avait honte. Il partait alors en inspection dans les autres bureaux, bavardait avec le personnel, ou se faisait conduire au port si c'était possible, se réjouissant du bruit des grues et des cris des dockers. Il passait au milieu des grands containers comme dans un canyon, fustigeant amicalement un ouvrier qui fumait trop et qui jetait sa cigarette pour faire plaisir à l'homme en costume en la lançant loin de lui avec ses doigts en forme de catapulte. Il ne reprit pas les réunions avec ses directeurs, prétextant encore des fatigues, mais on lui faisait comme d'habitude des rapports détaillés sur les livraisons, les contrats et les menus problèmes rencontrés par les représentants, les retards de paiement des clients. Néanmoins, lorsque l'un ou l'autre de ses directeurs lui présentait des papiers à signer ou les comptables des factures pour vérification, il les repoussait brutalement, maugréant qu'il était pressé, et s'il fallait prendre une décision liée à un protocole écrit ou à une lettre d'un correspondant ou d'un fournisseur il partait en avant, à charge pour ses employés de le suivre et de lui expliquer le cas en marchant à ses côtés, ce qui évitait à mon père d'avoir à s'arrêter sur les documents, même si de temps en temps il feignait d'y jeter un coup d'œil entendu ou ennuyé, et alors l'alphabet rétif dansait narquoisement sous ses yeux. S'il fallait rédiger une réponse ou écrire une note, il disait au responsable du département : "Fais-le, *ya* Salim" ou "Signe, *ya* Elias, ta signature suffira, tu n'as pas besoin de la mienne", ce qui laissait Salim ou Elias ou n'importe quel comptable ou chef des représentants pantois, car jamais, au grand jamais, cet homme n'avait délégué la moindre décision à prendre ni la moindre signature à apposer. »

La nuit s'était installée, profonde, et le festoiement du ciel était d'autant plus intense. Nous avions achevé de dîner, Nahia était partie, la maison était à nouveau obscure, et il fallut allumer. Raëd se leva et alla faire de la lumière dans la maison. Les ombres se projetèrent alors de toutes parts, y compris la sienne quand il revint, et qui le devança. C'était féerique. L'infini clignement au-dessus de nos têtes n'avait pas pâti du surgissement de la faible lueur domestique. Raëd avait rapporté une bouteille de tequila au café, qu'il nous servit dans de petits verres.

« Vous pourrez aisément concevoir, reprit-il quand il se fut assis, qu'avec le temps la situation se dégrada dans les entreprises. Au terme de plusieurs mois sans direction réelle, les responsables des divers départements se mirent progressivement à agir à leur guise. Ils étaient tous plus ou moins fidèles, mais l'absence de vision de l'avenir favorisa une gestion flottante et certains en profitèrent. On accusa plus tard le directeur général adjoint, qu'on appelait "Monsieur François", un vieil employé qui avait pris du galon chez les Jbeili depuis des lustres qu'il y travaillait, et son père avant lui, d'avoir été le premier à porter la main à la caisse. Mais d'autres suivirent son exemple de toute façon, soit en manipulant les comptes, soit en s'entendant avec les représentants et les comptables. Le cinquième mois après la quasi-disparition du patron, les salaires furent versés en retard, et le suivant encore plus tardivement, ce qui commença à faire jaser. Les courtiers et les transitaires du port, plus ou moins engraissés en fonction des amitiés qui s'étaient nouées au cours des années, s'entendirent avec les agents pour détourner de la marchandise, ce qui fut source pour les employés de substantiels profits personnels. Une cargaison de produits mécaniques n'arriva jamais à destination, du moins c'est ce qu'on prétendit, et une part importante d'un chargement de produits plastique disparut, sans doute écoulée en marge des circuits habituels.

» Tout cela, m'a raconté Lotfi le jour où j'ai décidé de comprendre une fois pour toutes ce qui s'était passé et où je l'ai emmené manger chez le Chef, le petit troquet où il se sentait à l'aise, au bout de Gemmayzé, cet endroit qui est devenu à la mode depuis mais que fréquentaient encore à l'époque les camionneurs, les manœuvres et les ouvriers de chez Kazan, le fameux distilleur d'arak, tout cela donc, mon père le savait. Il savait que les caisses de ses sociétés se vidaient et que les dettes envers les banques augmentaient vite. Il savait que les fournisseurs étrangers se plaignaient des retards de paiement, même si leurs lettres furent vraisemblablement détruites ou dissimulées, et que leurs coups de fil restaient sans suite, qu'on allait donc allégrement vers des ruptures de contrats. Malgré la guerre, le marché demeurait sans pitié, les concurrents lorgnaient, observaient et attendaient le moment de s'emparer des concessions les plus enviées, dans le plastique, les boissons, la pharmacie et les machines de construction. Mais il savait aussi qu'une société aussi solide et ancienne ne pouvait pas s'effondrer en un jour, que ses entreprises étaient portées par ce qui avait fait leur force et qui les poussait de l'avant. Confiant dans leur solidité autant qu'il l'était dans le fait qu'il retrouverait ses facultés, il fit le gros dos durant tous ces mois où ses beaux-frères, les frères de ma mère, mais aussi des visiteurs, des commerçants ou des banquiers de ses amis, tentèrent de l'avertir que ses directeurs étaient en train de brader son entreprise. Ils se heurtaient tous à sa moue de mauvaise humeur qui semblait leur signifier qu'ils n'avaient qu'à s'occuper de leurs oignons. Lotfi lui-même finit par s'en mêler. “Avec mes respects, Fayez *beyk*, disait-il à son patron quand il l'emmenait en voiture, il ne faut pas que les choses aillent si loin, il faut que vous interveniez, *ya* Fayez *beyk*.” Mais l'air inflexible de mon père, assis à l'arrière, l'obligeait à finir par se taire, et ce fut pareil lorsque l'un des plus anciens directeurs, qu'on appelait “Monsieur Charles” et qui s'occupait du département de l'alimentation, exigea un jour de rester seul dans le bureau avec son patron pour déclarer que jamais depuis cinquante ans on n'avait vu ça, que les sociétés

Jbeili étaient en danger, qu'il fallait agir. D'après ce que m'a raconté le vieux Monsieur Charles, qui vécut jusqu'à cent ans et ne comprit jamais ce qui s'était produit au juste chez les Jbeili, mon père l'écouta, fit mine de réfléchir, rejeta avec dédain les dossiers que l'autre avait apportés pour étayer ses dires, puis le remercia sans rien ajouter et le laissa partir. Et c'est ainsi que, avec un inflexible sang-froid, le redoutable patron refusait de rien entendre lorsqu'il apprenait que des contrats tombaient à l'eau, que des fournisseurs cessaient d'envoyer la marchandise parce qu'on n'avait pas payé les commandes précédentes, que les salaires du mois passé n'avait pas été versés et surtout que les premières défections étaient signalées, que des directeurs passaient chez Fattal ou chez Bocti, emportant avec eux des adresses, des secrets, des dossiers.

» Face à cette inexplicable attitude, des doutes évidemment se firent jour. On murmurait et on se posait des questions. L'un de mes oncles maternels, en accord avec l'ensemble du clan Rassam, tenta de prévenir ma mère contre les dangers que ce comportement faisait courir à l'ensemble des biens de Jbeili et en faveur de la nécessité d'en comprendre les tenants et les aboutissants. Le plus déroutant pour tout le monde, c'était que cette conduite ne faisait écho à rien d'autre. À part un peu de fatigue, mon père semblait si parfaitement maître de lui-même, il paraissait si entièrement l'homme que tous connaissaient par ailleurs, autoritaire et ferme dans ses opinions politiques et dans son commerce avec ses subordonnés, qu'il était difficile d'admettre qu'il fût atteint de quelque symptôme de sénilité ou de déconnexion avec la réalité, ainsi que commençaient à le suggérer ses proches par alliance et aussi, on y arrive, son propre fils aîné, mon frère Ghazi. Et c'était cela qui inquiétait le plus ma mère. Elle refusait d'écouter les insinuations dans les conseils qu'on lui donnait, elle scrutait son mari en silence, levant les yeux d'un livre, ou d'une lettre qu'elle m'écrivait, ou s'oubliant parfois en parlant à son personnel pour focaliser son attention sur ce qu'elle l'entendait dire au téléphone. Or il était bien le personnage qu'elle avait toujours connu, sans aucun doute, ni sénile ni délirant, et elle m'a raconté que, dans cette naïveté qu'elle ne se pardonnerait jamais, elle avait la certitude qu'il finirait par réagir pour tout remettre en ordre, qu'il avait un plan, une idée, comme les grands généraux qui laissent tranquillement leurs ennemis s'embourber en dînant avec leur état-major. Elle fut encore dupe le jour où, en réponse à une remarque qu'elle lui faisait, il lui déclara sérieusement qu'il attendait que chacun autour de lui se découvre et dévoile sa vraie nature et sa fidélité, et qu'alors sa colère serait terrible contre les magouilleurs et les traîtres, et les punitions redoutables. Elle lui répliqua que ce n'était quand même pas un jeu, qu'il était en train de s'amuser avec le feu, et que le feu se propage vite. Mais à cela, comme à son habitude, il répondit par une moue de dédain.

» Quant aux raisons qui le poussèrent à agir ainsi, ma mère a toujours été persuadée qu'elles étaient dues à son orgueil, rien qu'à son orgueil. Le fait que l'on pût penser que lui, le redoutable descendant de la lignée des Jbeili, était redevenu comme un enfant, incapable de lire et d'écrire, lui était intolérable. C'est tout à fait possible, mais il y avait autre chose et Lotfi m'a donné une autre version, bien plus crédible, selon laquelle mon père depuis le premier jour craignit la mainmise de son fils aîné sur les affaires familiales s'il lui avouait son incapacité à demeurer à la tête du clan, et s'il se laissait aller à abdiquer. Devant les plats rustiques du troquet de Gemmayzé, le fidèle chauffeur m'a juré que c'était ce que son patron lui-même lui avait dit plus tard, sans mélancolie mais avec une terrible amertume. Il avait l'intuition que, dès l'instant où Ghazi saurait la vérité, il chercherait à en profiter pour l'écarter, et durant toute la période où il ne lisait pas et n'écrivait pas il était terrifié chaque fois qu'on lui donnait à signer un document sur lequel de toute façon il refusait d'apposer son nom, le repoussant comme s'il s'agissait d'un breuvage où on aurait sournoisement pu glisser un poison. Il était devenu semblable à un despote entouré de comploteurs, ce qui le rendait encore plus fermement attaché à la dissimulation de son mal. Sa confiance en lui-même, toutefois, ne le quitta jamais. Il était absolument certain qu'il allait rentrer en possession de tous ses moyens, revenir à la vie, ressusciter en quelque sorte, que ce n'était qu'une question de semaines, de mois. Il écoutait sans doute ses médecins, mais surtout sa propre et inflexible volonté. Il travaillait ses exercices, marmonnait contre les kinés chez qui secrètement le menait Lotfi, il se sentait engagé dans une sorte de course contre la montre. Et, les semaines et les mois passant, il cessa d'éprouver ces profondes nausées devant la chose écrite. Puis il découvrit un jour qu'il pouvait fixer du regard un texte ou un contrat, sans rien y comprendre certes, mais sans non plus en éprouver de l'aversion. Il parvint progressivement à mieux gérer son appréhension de l'espace, et n'eut plus besoin d'un temps de réflexion pour démêler la droite de la gauche. Les reflets dans les miroirs ne le terrorisaient plus. Quelque chose assurément se dénouait.

» Sauf que cela n'alla pas assez vite et que tout ce qu'avait prévu mon père se produisit, comme si le scénario avait été catastrophiquement programmé pour aboutir au désastre, comme si une force mauvaise avait téléguidé les individus et les avait fait lentement cheminer jusque-là où elle voulait les mener, c'est-à-dire vers le pire. Nul ne saura jamais quelles furent les premières réactions de mon frère devant cette nouvelle donne au sein du clan. Ghazi, vous l'imaginez bien, était aux premières loges pour assister au désengagement de notre père des entreprises familiales. Il interrogeait sa mère, il entendait ses oncles qui, craignant sa légèreté, ne faisaient néanmoins pas trop étalage devant lui de leurs soupçons. Il entendait ceux des employés qu'il rencontrait et dont certains lui rendirent visite pour tenter de le convaincre de faire quelque chose, de prendre les commandes, de sauver les entreprises Jbeili du naufrage. Tout ce qu'il voyait le stupéfiait, évidemment, et lui demeurait incompréhensible, comme à tout le monde. Comme tout le monde aussi, il avait pris la mesure du danger qui menaçait les entreprises des Jbeili. Mais, plus que tout le monde, il eut conscience du parti qu'il pourrait tirer de cette affaire. Quant à savoir à quel moment précis commença à le travailler l'idée ravageuse qui allait contribuer au drame, nul ne pourra le dire, à moins d'interroger sa femme, mais cela est difficile, ou Chalala, qui ne vous racontera que des foutaises – quant à Johnny Issa, comme je vous l'ai dit, il a tout bonnement disparu depuis la fin de la guerre. Ce qui est indubitable en tout cas, c'est que Ghazi s'était endurci, il était devenu violent dans sa conception du monde et des relations humaines à force de fréquenter des mafieux sans scrupule. Il réfléchissait à partir d'une logique qu'il s'était forgée à leurs côtés et pour laquelle la fin justifie tous les moyens. Dans un univers où les règlements de comptes, l'impunité et la violence rendaient tout accessible pour peu qu'on le voulût et qu'on eût les soutiens suffisants, où le champ du possible s'était si absurdement élargi qu'on en perdait aisément tout sens du réel et tout sens moral, écarter un père en se disant que c'était pour son bien et pour celui de sa famille pouvait presque apparaître comme une banalité. Car c'est exactement ce que projeta mon frère. Nul ne saurait dire non plus combien de réunions, de discussions et de palabres lui furent nécessaires, ainsi qu'à ses deux associés, pour en arriver à finaliser son plan, ni affirmer que Ghazi eut des états d'âme ou qu'il fut sous influence, comme on voulut plus tard le penser, et jusqu'à quel point. Toujours est-il que les trois larrons finirent par décider d'entamer une procédure d'empêchement judiciaire, par laquelle Fayez Jbeili serait déchargé de ses prérogatives dans la gestion des biens de sa famille, pour impossibilité due à sa santé, et parce que son comportement mettait en péril les sociétés familiales. Tout passerait ensuite dans les mains des membres de la famille réunie, sur lesquels Ghazi se faisait fort d'imposer son emprise. Après quoi, les montagnes des Jbeili seraient à lui, puisque, à part son père, et moi qui étais parti depuis belle lurette, personne ne s'y intéressait plus.

» Tout cela était facile à concevoir. Quant à l'appliquer, c'était une autre affaire. Mais Ghazi s'en chargea avec le zèle et le sang-froid que permettait le glacis établi entre lui et la réalité, entre lui et ses propres sentiments. En ces temps de vacance juridique, on pouvait facilement soudoyer un juge véreux pour qu'il prononce cet *impeachement*, puis chercher ensuite les moyens de contourner toutes les mesures légales par lesquelles les droits de la personne mise sous tutelle étaient garantis. Ghazi et ses sbires avaient un avocat qui certifiait qu'on détenait un dossier en béton et qui souriait d'un air entendu quand les trois compères se tournaient vers lui pour s'assurer de la possibilité de trouver le magistrat prêt à prononcer le jugement espéré. Sauf que, l'avocat était formel, il fallait d'abord impérativement prouver, d'un point de vue médical, l'incompétence, la sénilité ou la folie de Fayez Jbeili. Lorsqu'il annonça cela, il dut jeter un sacré froid, parce que tout le monde convenait que ce serait compliqué, le chef du clan Jbeili ne montrant, dans tout son comportement et sa manière de laisser les rênes de son empire flotter, rien d'autre qu'une sorte de caprice de prince arrogant. C'était absurde mais c'était ainsi, et après tout, c'était son droit le plus strict. Pour les putschistes, l'impasse à nouveau semblait se profiler. Et puis, subitement, la solution vint, mais pas de là où on l'aurait cru.

» La personne qui fut responsable de la terrible et dramatique spirale, qui enclencha le compte à rebours et la course tragique, ce fut mon imbécile de beau-frère, qui perça le secret de Fayez Jbeili. D'observation bizarre en déduction pénible, Jean Rached finit progressivement par s'approcher de la vérité. Constatant le refus de mon père de lire les journaux, il le mit en rapport avec son refus de jouer aux cartes et au trictrac. Après quoi il fit de discrètes recherches sur les séquelles des accidents vasculaires et découvrit l'existence de l'agraphie et de l'alexie. Il en parla à sa femme, ma sœur Mia, qui à son tour en parla à son frère Ghazi, et celui-ci réalisa qu'il tenait enfin le bon bout. De manière feutrée, adroite, machiavélique, il entreprit de surveiller son père et de provoquer chez lui de petites réactions. Il attirait son attention sur des livres ou de la paperasse que Fayez repoussait avec une nonchalance un peu trop étudiée ou avec une mine dédaigneuse et ennuyée. Les deux enfants et le gendre échangeaient alors des coups d'œil entendus.

Ils lui tendirent même des pièges, pour en avoir le cœur net, proposant un jour de connivence, pendant le repas, des devinettes portant sur des combinaisons de chiffres. Ils remarquèrent les dérobades du redoutable chef, sa mauvaise humeur comme ils insistaient, et la glissade vers le gouffre débuta. Je ne sais si, à la perspective de son forfait contre son père, Ghazi hésita, s'il prit un temps de réflexion ou s'il triompha immédiatement, s'il trépigna de joie, haussant simplement les épaules quand sa conscience le rappelait à l'ordre, et s'en alla festoyer avec ses compères dans un restaurant ou une boîte de nuit avant de déclencher la catastrophe.

» "Peut-être, après tout, m'a dit Lotfi huit ans plus tard, aurait-il été préférable qu'on en arrive là, que Fayez *beyk* demeure dans l'incapacité de gérer les biens des Jbeili et que Ghazi les prenne en charge. Cela aurait été mieux que ce qui se produisit." Je n'ai pas su quoi répondre, parce que le hasard, le terrible hasard qui n'en est peut-être plus un quand il réussit à faire en sorte que tout s'imbrique aussi justement pour mener au drame, le hasard voulut que la situation de mon père s'améliorât imperceptiblement quelque temps avant que Ghazi et Jean ne commencent leur enquête. Et par une grinçante ironie, ou conformément à une minuterie sournoise et implacable, au moment où ils entreprenaient de le surveiller et croyaient le tenir, il ressentit les premiers signes d'un véritable rétablissement. Il rêva une nuit qu'il était en train de lire un roman, lui qui n'en avait jamais lu de sa vie, et en éprouva à son réveil, racontera-t-il plus tard à son fidèle Lotfi, un bonheur inouï, parce que, dans ce songe, il était un homme normal et parce que, en ouvrant les yeux, il se souvenait encore des lettres qu'il avait vues. Cela ne fut suivi d'aucune amélioration dans la réalité les jours suivants, jusqu'à ce qu'un matin, assis comme tous les jours devant les journaux qu'on lui apportait encore obstinément parce qu'il ne l'avait pas interdit, il crût deviner quelque chose du titre du *Nahar* ou du *Bayrak*. Le même jour ou celui d'après, alors qu'il montait en voiture, son regard frôla l'enseigne d'un matelassier ou d'un marchand de grains et en refermant la portière il s'aperçut que, le nom du matelassier ou du marchand de grains, eh bien il l'avait reconnu, et que s'il l'avait reconnu, c'était qu'il venait de le lire. Il se retourna avec une brusquerie stupéfaite, fixa à nouveau son regard sur l'enseigne et découvrit dans un éblouissement qu'en effet il la lisait, et cela sans aucune peine, en arabe aussi bien que dans les caractères latins, même si une tache étrange dansait devant et la rendait floue, à la manière d'une goutte d'eau sur des lunettes. Les semaines suivantes, alors qu'il était surveillé et provoqué par son fils et son gendre goguenards, il alla quotidiennement le matin, et toujours en secret, chez son kinésithérapeute, et demandait après ça très innocemment les journaux que pourtant les bonnes n'avaient jamais cessé de lui apporter, qu'il froissait souvent avec brusquerie pour laisser croire qu'il les avait parcourus, mais que désormais il feuilletait, rapidement, juste pour lire les gros titres, le reste étant encore difficile à approcher – ce qui justifiait qu'il refusât aussi de regarder les documents que, à ce moment, son fils lui soumettait avec malveillance. Il ne reprit pas les parties de cartes, ne chercha pas à déchiffrer les sous-titres des films que l'on mettait à la télévision, il craignait trop de perdre à nouveau le contact avec les mots, ce qui faisait rire son neurologue. Il lui fallut plusieurs semaines de rééducation avant qu'il s'assure la maîtrise des chiffres, et cela ne fut pas très facile, car il faisait des erreurs dans ses calculs et ne s'en apercevait pas, confondait parfois la multiplication et la soustraction. Il y travaillait assis dans un coin de son salon, sans plus trop se cacher, épaté que sa femme et ses bonnes ne s'étonnent pas de le voir faire des comptes, comme si jamais à leurs yeux il n'avait cessé d'en faire.

» Ces changements, ni Ghazi ni Jean ne s'en aperçurent, tant ils étaient pris dans la spirale vertigineuse de la conspiration. L'engrenage fatal fonctionnait à la perfection, comme si tout était en place désormais et qu'il fallait aller au bout, parce que cela avait assez traîné. Tandis que l'avocat achevait d'enquêter auprès des médecins, Ghazi réfléchissait à la manière d'obtenir l'accord des autres héritiers, ma mère et ma sœur notamment, les conspirateurs et putschistes s'étant apparemment entendus pour imiter ma signature – je n'étais pas là et nul ne vérifierait. Lorsque Ghazi vint en parler à sa sœur, un matin, discrètement, arrivant à pied pour que nul ne sache qu'il était chez elle, Mia l'écouta, argumenta, et à mesure que la conversation avançait, elle sentait la panique monter en elle et son souffle devenir plus court. Elle n'en dormit pas pendant dix jours. Chaque fois qu'elle y pensait et qu'elle se disait : "Après tout pourquoi pas, c'est logique et légal", elle éprouvait des douleurs à l'estomac et des envies de vomir, tandis que son mari déclarait que c'était amoral mais sans se prononcer davantage, parce qu'il aurait bien aimé que la chose se fasse sans avoir à s'y salir les mains. Ghazi pendant ce temps alla voir notre mère, à qui il révéla la vérité sur l'état de notre père. Tout en simulant l'affliction, en expliquant que les choses allaient mal, très mal, il en arriva à exposer son idée, la présentant comme un projet pour sauver les entreprises qui couraient à la ruine. Notre mère l'écouta froidement, sans broncher. “Ce n’est que maintenant que tu viens me parler de ce que tu as découvert ? lui reprocha-t-elle enfin sèchement. Ce qui t’intéresse, ce n’est pas la santé de ton père, mais comment tu vas pouvoir utiliser sa maladie.” Ghazi tenta de s’expliquer, bafouilla, mais elle le fit taire et le congédia, tout en commettant l’incroyable erreur de ne pas lui donner clairement son sentiment. Elle était si bouleversée par le dévoilement de ce qui se passait à son insu et sous son nez depuis des mois qu’elle avait dû faire un immense effort pour demeurer de marbre puis pour lui demander de la laisser. Et lui, devenu d’une insensibilité glaçante, une fois revenu de la rudesse de l’accueil qu’elle lui avait réservé, prit cela pour un accord tacite.

» Mais il se trompait, car, le soir même, ma mère dévoila tout à son mari. Sauf que celui-ci était déjà au courant. Quelques jours auparavant il avait appris les visites de l’avocat à l’un des médecins, de qui il voulait obtenir une attestation médicale sur les séquelles demeurées secrètes de l’accident vasculaire du chef du clan Jbeili. Peu convaincu de l’honnêteté de la démarche, et très soucieux de respecter la volonté de son riche patient, le médecin avait hésité, puis avait vendu la mèche à mon père. Ce dernier avait chargé Lotfi et un de ses propres avocats de comprendre ce qui se tramait et avec eux était parvenu à découvrir la vérité. “Tout ça pour construire des immeubles dans la montagne !” avait-il fulminé durant des jours et des jours, incrédule, repoussant le moment d’intervenir, attendant peut-être que ses adversaires s’enfoncent encore un peu plus et se compromettent encore davantage, s’acharnant entretemps, comme on affûte ses armes et tout en achevant de ruminer la chose, à s’exercer à la lecture, aux calculs, à ne plus confondre le 3 en chiffre arabe et le 4 en chiffre indien ou à ne plus paniquer devant une multiplication, l'opération qui le faisait le plus transpirer. Et finalement, ce qui le décida à agir, c'est ce que lui rapporta ma mère de la visite de Ghazi. En la lui racontant, elle lui fit aussi des reproches sur tout, sur son égoïsme parce qu'il l'avait si incroyablement négligée durant les derniers mois, sur sa capacité de dissimulation, et sur son incapacité à faire confiance même à sa femme. Elle était furieuse mais demeura sèche, froide, distante, et lui annonça ce que son fils préparait, et comme si cela désormais lui était royalement indifférent. "Réglez ça entre hommes, lui dit-elle, puisque c'est comme ça que vous faites chez les Jbeili depuis cent cinquante ans." Son mari attendit sans rien dire qu'elle eût fini, regardant fixement devant lui, une moue sur les lèvres qui indiquait que, s'il se sentait en tort, il ne serait jamais capable de le reconnaître. Quand il se décida, il expliqua qu'il avait fait tout cela pour éviter précisément d'en arriver là, que ç'avait été un mauvais moment qu'il n'avait pas voulu lui faire partager, et que désormais ceux qui avaient compté sur son impotence en seraient pour leurs frais. Ma mère eut alors un sourire amer, et un peu ironique, comme pour le blesser, c'était le minimum qu'elle pouvait faire. Puis, avec une dureté dont elle s'en voulut horriblement ensuite et qui fut pour beaucoup dans la mélancolie qui la rongea et qui finit par l'emporter, elle déclara : "Vous allez en venir aux mains, toi et lui. Mais sache que, si vous vous faites mal, vous devrez vous débrouiller pour vous soigner l'un l'autre, puisque vous êtes si forts et n'avez aucun besoin de moi."

» Le lendemain, Fayez passa à l'action. Quand il arriva dans les bureaux de l'entreprise, on pensa qu'il ne faisait que passer, comme à son habitude, et repartirait aussitôt. Mais, à la surprise générale, il s'installa et convoqua Monsieur François, puis successivement tous les directeurs. Pendant des semaines entières après ça, pris de court, ces derniers durent justifier les comptes, expliquer les erreurs dans les écritures et les sommes aberrantes portées sous des rubriques inappropriées. Mon père avait encore des moments de faiblesse où les chiffres s'embrouillaient sous ses yeux, où il se trompait et s'en apercevait. Il s'interrompait alors, avait un geste d'humeur violent qui effrayait ses chefs de département et ses employés. Il les utilisa les uns contre les autres, les fit parler et cafarder, montra qu'il savait qui pensait passer à l'ennemi, qui s'en était mis plein les poches, et qui lui était resté fidèle. Il s'abattit ensuite sur tout ce monde, sur les directeurs, les comptables, licenciant de manière impitoyable, insensible aux pleurs des épouses de ses anciens collaborateurs accusés de préparer la ruine de Jbeili et qui vinrent l'implorer de verser au moins les indemnités que la loi imposait. Il fut, je dois l'admettre, responsable de bien des misères, il fut sans pitié également pour tous les détaillants, tous les commerçants qui avaient profité de la crise pour éluder les paiements, et exigea des intérêts en sus du règlement des impayés ou de dettes plus anciennes. Bref, la reprise en main fut terrible, elle laissa pas mal de gens sur le carreau, mais en quelques mois Fayez avait consolidé ses possessions, fait quelques visites à ses banquiers et rétabli une correspondance amicale et rassurante avec les firmes européennes et américaines dont il était le représentant pour faire reconduire ses concessions.

» En apprenant tout cela, Ghazi ne bougea pas, comme tétanisé, ce qui fut aussi la réaction de Mia et de Jean Rached, qui se demandaient si on savait leur participation au complot et qui s'attendaient au pire.

Enfin, n'y tenant plus, Mia vint implorer en pleurant et reniflant le pardon de son père. Mais ce dernier refusa de la recevoir, et instaura entre elle et lui une distance qui ne s'atténua plus et la mit dans de sérieuses difficultés matérielles jusqu'à la fin de la guerre et la réappropriation par son mari des fameux terrains du centre-ville. Ghazi de son côté, se ressaisissant fugacement, prévint son avocat et lui conseilla de tout suspendre et surtout d'être prudent désormais. Mais l'avocat haussa dédaigneusement les épaules et par défi refusa de baisser les bras. Il fit même mine de vouloir comprendre ce qui se passait, et envoya un commis chez les médecins et un autre chez le kiné, qu'il avait réussi à identifier. Ces pauvres garçons furent interceptés par les hommes des Jbeili, et renvoyés chez leur patron l'un après l'autre après avoir été battus. Le même jour, Johnny Issa et Chalala furent surpris l'un au sortir de sa maison, l'autre en entrant dans un café de Zouk, dans un des centres commerciaux qu'il avait contribué à financer. Il y eut des bagarres, presque simultanées. Issa avait des gardes du corps, Chalala était armé et accompagné d'un chauffeur, mais tous deux finirent sérieusement amochés, couchés le premier dans la rue devant sa voiture, au milieu de ses propres gardes blessés, le second entre les tables du café où une panique énorme avait jeté tout le monde dehors et pris de court le chauffeur, qui n'avait pas osé intervenir. Aussitôt, l'un des principaux chefs de guerre chrétiens fit appeler Fayez Jbeili pour lui dire son désaccord sur ses méthodes, ce qui aurait pu faire rire mon père. Mais il ne rit pas, il resta poli et signala à l'important personnage que les deux individus rossés avaient monté un fils contre son père, puis lui demanda s'il n'aurait pas réagi comme lui, ou s'il l'aurait toléré, et l'important personnage demeura silencieux au bout du fil. Le lendemain, ce fut le tour de l'avocat. Il avait appris les événements, bien sûr. Lorsque, protégé par un garde du corps, il fut arrivé sauf dans le bâtiment où était son étude, il se crut à l'abri. Mais au moment où il sortait de l'ascenseur il tomba nez à nez avec les hommes de mon père, qui l'attendaient sur le palier. Il ne parvint ni à retourner dans la cabine, ni à dévaler l'escalier, ni évidemment à entrer dans son cabinet. On ne lui laissait que le choix de courir vers le haut de l'immeuble. Il haletait en grimpant, essayant à chaque étage de commander l'ascenseur, mais n'avait pas le temps de l'attendre, et se retrouva finalement au niveau de la terrasse, sur laquelle il se précipita. Ses poursuivants le rejoignirent, l'écharpèrent, il se débattit, cria, mais ce fut en vain, et si quelque voisin s'était trouvé sur son balcon ou devant sa fenêtre il aurait vu le corps de l'avocat passer dans sa chute vertigineuse vers le sol où il fut précipité.

» Mais tout cela ne fut rien, si j'ose dire, au regard de la suite, que vous connaissez sûrement. La nouvelle de la mort de l'avocat fit apparemment un tel effet sur mon frère qu'il sembla subitement sortir de la torpeur où l'avait plongé l'annonce du retour de son père. Il se rendit compte de l'absurdité de ses actes, ou c'est en tout cas comme ça que fut interprétée sa subite et inexplicable fuite. Après le coup de fil qui le mit au courant de la fin de son homme de loi, il s'enferma dans son bureau, où ni Chalala ni Johnny Issa ne le rejoignirent, étant tous deux mal en point. Délivré de ses éminences noires, Ghazi mesura peut-être l'énormité du geste qu'il prévoyait d'accomplir, et une sorte de sacro-sainte horreur de lui-même le submergea. Peut-être même qu'il comprit, estima à sa juste valeur la réponse du père à l'indignité du fils, et eut peur alors à son tour de la punition. C'est la seule manière d'interpréter son geste, et la seule manière de comprendre pour quelle raison, pris entre la honte et le remords (à moins qu'il n'ait rien éprouvé de tout cela, mais seulement de la crainte à la perspective de la colère et du châtiment de son père), il demeura cloîtré jusqu'au soir, tournant en rond, parlant seul, puis renvoyant sa secrétaire et son coursier sans leur ouvrir, ce qui les inquiéta considérablement et les poussa à alerter Violaine, ma belle-sœur. Quand cette dernière arriva au siège de l'ACO, Ghazi en était parti, projetant sans doute et de manière dérisoire d'aller se cacher, non de son père mais de lui-même, dans son chalet de montagne. C'est à l'aube qu'on reçut la nouvelle de sa mort. Il roulait comme un fou sur la route de Faraya, dans une de ces voitures de sport qu'il affectionnait, lorsqu'il se retrouva face à un gros bulldozer qui débouchait de la route venant de Jabal Safié (c'est quand même un comble). Il freina de toutes ses forces. Sa voiture fit plusieurs tonneaux, dansa sur la route, projetée tantôt à droite tantôt à gauche, achevant de déstabiliser le conducteur du bulldozer. Ce dernier finit par perdre le contrôle de son énorme engin, qui se retourna sur lui-même puis, entraîné dans une glissade absurde, comme un horrible monstre en colère acheva sa course contre la voiture de Ghazi qu'il écrasa de toute sa masse. »

VI

En attendant les ogres

17

Lorsque j'arrivai, le lendemain au matin, pour notre dernier rendez-vous, Raëd Jbeili, qui m'attendait, nous avait lui-même préparé un petit déjeuner montagnard. Il alla chercher le thé et son rituel whisky puis, après nous avoir servis, s'installa dans son fauteuil et entama l'ultime partie de son récit.

« Je suis revenu quelques années plus tard, dit-il. Je ne savais rien de tout ce qui s'était passé. J'étais d'abord allé en Norvège, à la poursuite des descendants de Gregori Selemnov, puis je m'étais rendu au Mexique, exactement au moment du conflit entre mon père et mon frère. Les combats de 1989 et 1990 m'avaient empêché d'entrevoir un retour. À la mort de mon père, en 1992, je rentrai enfin – cela était désormais possible, avec la fin de la guerre – et je pris la direction des entreprises Jbeili. Mon désintérêt pour le commerce ne s'était pas démenti, mais j'œuvrai, comme je n'ai pas cessé jusqu'à maintenant, à maintenir les sociétés familiales en l'état. Cela ne fut pas très facile : ce n'était plus le même pays et je n'étais plus le même homme. Mais il y avait encore les fidèles vieillissants, qui me guidèrent et me conseillèrent, Monsieur Charles, Lotfi le chauffeur et confident, et d'autres aussi, plus jeunes, tardivement engagés par mon père et heureux d'avoir désormais à leur tête quelqu'un de leur génération. Je dus tout réapprendre, jusqu'à la manipulation de la monnaie, puisque lorsque j'étais parti on parlait en "livres" et en "demi-livres" et qu'à mon retour on parlait en "milliers" et en "millions". J'avais retrouvé ma mère vieillie, mais si heureuse de me revoir que je la sentais prête à tout instant à me palper le visage et les mains pour s'assurer que c'était bien moi, que ce n'était pas un mirage. Mais moi qui avais tant rêvé de ces moments, je les vivais avec une certaine amertume, à cause des malheurs qui s'étaient abattus sur la famille et aussi parce que le cadre de mon retour n'était pas celui que j'attendais. L'appartement des Jbeili, où mes parents habitaient depuis quinze ans, immense mais totalement moderne, où ils étaient résolument chez eux, à l'aise, et qui portait leurs marques et celles de toutes les calamités qui les avaient frappés, me semblait à moi une imposture, une illégalité incompréhensible. Tout ce que je trouvais nouveau y avait pourtant acquis la patine de l'ancienneté et de la familiarité : les meubles que je ne connaissais pas, les bonnes qui agissaient avec ma mère comme si elles étaient de vieilles connaissances (et de fait elles l'étaient puisque, avec elle et avec mon père, elles avaient affronté de longues et difficiles années), ou encore la cuisinière dont ma mère m'avait entretenu dans ses lettres, et qui chez nous se sentait comme chez elle alors que je ne l'avais jamais vue auparavant. Tout ce monde me regardait avec des yeux étonnés et ravis, on avait sans doute tant évoqué mon souvenir et tant parlé de moi que j'apparaissais pour le personnel comme l'incarnation attendue d'un mythe. Quant au palais Jbeili, il n'était plus que l'ombre de lui-même. Je le découvris lorsque je m'y rendis un jour. Des réfugiés du Sud-Liban l'avaient occupé après mon départ et, depuis, des familles entières s'y étaient relayées et en avaient fait une sorte d'immeuble de rapport, qui de l'extérieur avait la pitoyable allure des choses abandonnées à l'usure du temps et dont l'intérieur avait été saccagé, les pauvres gens qui le squattaient vivant comme dans un campement de réfugiés au milieu du reste abîmé des marbres et des stucs. Ce spectacle me déprima et je me promis de ne plus y revenir avant d'avoir trouvé le moyen de recouvrer les lieux. Ce qui n'est jamais arrivé.

» Il me fallut admettre qu'un monde était fini et qu'un autre avait commencé. Et cela était d'autant plus évident que je revenais à la fin du conflit et au début d'un après-guerre qui n'était qu'un immense festin de spéculations, où le fantasme de l'enrichissement rapide commandait tous les comportements, comme vous vous en souvenez. J'avais du mal avec tout ça, avec la reconstruction dont tout le monde voulait profiter, avec les contrats faramineux qui allaient à la clientèle des gens à la tête de l'État, anciens chefs de guerre ou hommes d'affaires récents, avec la corruption et la pyramide des nouveaux pouvoirs dont il fallait savoir déchiffrer la hiérarchie, depuis les individus dans les ministères jusqu'aux responsables politiques et, au-dessus encore, à la nomenklatura de l'armée d'occupation syrienne, dont les généraux s'engraissaient sur la croissance absurde du pays. Heureusement, pour toutes nos transactions commerciales, pour nos cargaisons débarquées au port et pour nos contrats, des employés bien rodés m'apprirent progressivement à naviguer dans ces courants troubles. Mais au commencement j'eus donc du mal, et j'eus encore plus de mal avec le constat que désormais l'unique credo de ce monde, la seule chose rentable, c'était l'immobilier, l'immobilier, rien que l'immobilier, au nom de quoi on avait éradiqué l'agriculture sur de grandes parties du littoral et dans la montagne et laissé s'étendre une formidable anarchie urbaine, tandis que l'on planifiait paradoxalement la construction modèle d'un nouveau centre pour Beyrouth. Le choc fut rude de ne plus voir certains quartiers de la ville ou des paysages familiers, emportés par les bulldozers, de découvrir des routes insensées déchirant partout les reliefs et des falaises de béton rongeant les crêtes. La première fois que je fis le trajet jusqu'à Massiaf, sur la route côtière, je vis l'effroyable désastre causé par l'urbanisation effrénée lancée du temps de la guerre et qui ne s'est jamais interrompue, les horreurs monumentales qu'on avait bâties et dont m'avait parlé ma mère, les ouadis ensablés, la mer voilée par une muraille d'immeubles en enfilade, les complexes commerciaux, et tous ces centres d'affaires sans queue ni tête.

» Pourtant, lorsque je repense à ces années à la vérité calamiteuses pour le pays, je ne peux m'empêcher de me dire que j'étais heureux alors et insouciant. La joie sans doute d'être de retour, de n'être plus un errant, y était pour beaucoup, et j'avais plaisir à retrouver des rituels, des repères. Je prenais mon petit déjeuner avec ma mère sur son balcon, d'où hélas on ne voyait que la mer de béton qu'était devenue la ville – qu'elle avait toutefois adroitement mise à distance en transformant le vaste espace ouvert en une sorte de jardin d'hiver où nous buvions et mangions le matin tandis qu'elle me racontait le passage des années en faisant un effort pour vaincre sa lassitude et dominer ses émotions lorsqu'elle évoquait les disparus. J'allais ensuite au bureau, où je m'ennuyais scrupuleusement et où j'essayais de me distraire en écoutant les employés et les directeurs me décrire leur vie, sur laquelle je les interrogeais. Je déjeunais souvent avec Ramzi Tabbal, qui était devenu riche. Il dirigeait maintenant un bureau d'études de résistance des sols et m'entretenait de ses affaires, me rapportant la manière dont il obtenait des contrats pour des chantiers et pour leur surveillance. Un jour, ostensiblement, il posa sur la table du restaurant où nous mangions, repoussant les assiettes et les plats, les verres de vin et ceux de bière, une Samsonite qu'il transportait et que je trouvais assez vilaine parce qu'elle lui donnait l'allure d'un petit avocat. Il me fit signe d'approcher le visage puis il l'ouvrit à moitié, comme on entrebâille une porte, et à travers ce petit espace je vis des liasses et des liasses de billets, des millions de dollars assurément, comme dans les films. Et, tandis que j'écarquillais les yeux et qu'il refermait la mallette en faisant claquer les deux loquets, il déclara : "C'est destiné au cabinet du ministre, qui le partagera sans doute avec ses proches et avec les généraux syriens. C'est comme cela que ça marche désormais." Je déjeunais aussi parfois avec ma sœur et mon beau-frère. Ce dernier avait retrouvé un peu d'aisance matérielle grâce au recouvrement de ses terrains du centre-ville, mais ce n'était pas à ses yeux suffisant, et il récriminait sans fin contre la Société Libanaise de Reconstruction qui avait converti ses propriétés, comme celles de beaucoup d'autres, en actions, contre leur gré. Jean Rached avait vendu une part de ces actions et obtenu en échange pas mal d'argent, mais il passait son temps à faire des comptes et des décomptes sur ce que valaient réellement ses terrains et pestait à l'envi, alors que sa femme, ma sœur, s'habillait très cher et roulait dans des voitures au prix abracadabrant, tout en riant et en se moquant des nouvelles classes de riches, dont elle ne se doutait pas qu'elle imitait l'ostentation.

» Un modèle dominait à ce moment, vous vous en souvenez, celui qu'avaient imposé les milliardaires au pouvoir. Mais il était si difficilement accessible que nombreux étaient ceux qui, voulant jouer les richissimes nababs, dépensaient sans compter pour chaque repas, chaque célébration, chaque mariage, après quoi les dettes les mettaient sur la paille. Des personnes très en vue disparaissaient soudain, d'autres apparaissaient puis disparaissaient à leur tour, tels des papillons imprudents s'approchant trop près tantôt du pouvoir, tantôt des oligarchies financières, et y brûlant aussitôt leurs ailes trop fragiles. Tout cela se jouait tous les jours sous les yeux des gens modestes, comme mes employés par exemple, et tant d'autres, qui assistaient à cet opéra un peu obscène avec envie et parfois des airs dubitatifs. Je fus invité à quantité de dîners et de fêtes, durant ces années-là, le plus souvent dans les salons de l'ancienne bourgeoisie, encore puissante même si une bonne partie du pouvoir désormais lui échappait, de même qu'à l'aristocratie au temps de Balzac, je ne sais pas si vous avez jamais fait cette comparaison. On y discutait affaires, immobilier et commerce, et un peu de politique, et on se gaussait des nouveaux riches. Les femmes faisaient les effarées en racontant ce qu'elles avaient entendu dire à propos des excès commis lors des soirées des épouses de ministres ou d'hommes d'affaires liés aux Syriens, tandis que les maris, conversant avec certains de leurs pairs qui s'étaient alliés politiquement à la nouvelle caste, essayaient après quelques verres d'obtenir des confidences sur le rapport entre Hariri et les Syriens ou sur la position du Hezbollah aux futures élections législatives. Ils étaient également très curieux de moi, ils me tenaient la jambe, s'arrangeant pour que je vienne manger à leur table et ne cessant de me questionner sur les affaires, les concessions, la Bourse, sans se rendre compte que cela m'ennuyait à mourir. Et, pendant que je faisais l'effort de répondre, ils m'observaient et se demandaient avec une méfiance et un recul évidents comment un ancien communiste pouvait s'être ainsi converti au négoce familial, et cela rajoutait encore à leur suspicion à mon égard, une suspicion que ne sut dissimuler un soir l'un d'entre eux qui, en faisant allusion aux travaillistes et aux socialistes qui avaient gagné les élections en Grande-Bretagne et en France, ne put s'empêcher de m'en parler en les appelant "vos amis". Je dus sourire distraitement, parce que je ne l'écoutais pas vraiment, mais les autres convives, tous d'anciens collègues de mon père ou des alliés de ma famille, pensèrent que j'étais fâché et entreprirent de dédramatiser, sans comprendre que ça m'était parfaitement égal.

» Cette suspicion, en revanche, je ne la sentais pas dans les salons de la nouvelle société enrichie où j'allais aussi parfois, entraîné notamment par Ramzi Tabbal, qui n'avait pas cessé de fréquenter certains de nos anciens camarades de l'organisation arrivés désormais, au prix de nombreux reniements, au sommet de l'État. Je dînai avec un ministre fameux, tombé depuis peu en disgrâce mais qui avait été un des principaux soutiens et amis de mon frère, en compagnie de qui il avait fait des affaires. J'étais habitué, à cause des photos des journaux et des affiches de propagande, à le voir vêtu d'un treillis, et j'eus du mal à l'écouter me raconter des choses anodines, parfaitement à l'aise dans son costume-cravate et sous son bronzage, quoiqu'un peu plus âgé qu'au temps de ses prouesses militaires, alors qu'il était accusé comme tous ses pairs de crimes divers, d'enlèvements et de meurtres, et qu'il s'enrichissait sans scrupule grâce à ses fonctions officielles. Un autre soir, je dînai assis à la table d'un homme d'affaires qui me parla de Venise et de Nice avec raffinement, qui connaissait les chapelles peintes par Matisse et Chagall, mais qui était soupçonné d'avoir enterré dans les montagnes pour des sociétés allemandes des produits toxiques moyennant des sommes faramineuses. Ces gens-là étaient totalement indifférents à mon passé, ou bien s'amusaient du fait que le fils Jbeili avait rêvé de changer le monde. Eux aussi en avaient rêvé, et d'une certaine manière ils le changeaient – en bien pire.

» Durant des années, je fus en réalité l'objet de toutes les prévenances, et vous devinez pourquoi. On me présentait toutes sortes de femmes célibataires, souvent jeunes et fort jolies. Ma sœur et mes cousines maternelles m'introduisaient auprès de toutes leurs amies. Aussitôt entré dans un salon, j'étais capable de distinguer l'affabilité des hôtes heureux de recevoir un ami ou une nouvelle connaissance de celle des gens dont les gloussements de joie et les gestes de bienvenue étaient destinés à fêter l'arrivée du rejeton d'un nom fameux et d'un riche parti à qui on pensait pour une fille, une nièce ou la fille de proches. Un jour même, sans doute pour faire honneur à son prétendu franc-parler, Sélim H., l'héritier bien connu des entreprises de chaudières et d'ascenseurs, me demanda en se servant nonchalamment un canapé au saumon lors d'une soirée chez sa propre sœur qui me lorgnait pour sa fille si cette histoire de mariage des seuls aînés que l'on racontait depuis des lustres à propos des Jbeili n'était pas une blague, en ajoutant qu'il l'espérait pour moi, avant de préciser avec un sourire malin "et aussi pour nous tous", ce qui lui valut des regards furieux de sa femme et de sa sœur.

» Lorsque finalement je me suis marié, cela a été vécu par toute cette société comme un affront, et mes antécédents gauchisants ont été à nouveau rappelés, parce que j'épousais une femme qui n'appartenait pas à ces familles avec qui on s'allie dans nos milieux et qui depuis des lustres associent leurs fortunes, concentrent leurs richesses et multiplient celle de chaque nouvel héritier. De surcroît, j'épousais une chiite, ma compagne du palais Jbeili désert, celle avec qui j'avais vécu des jours magnifiques dans la grande maison entourée de ruines, vingt ans auparavant. Layal n'était plus cette militante effrayée de perdre sa virginité, évidemment. Lorsque je l'ai revue pour la première fois, mon cœur s'est effrité de désir devant sa beauté devenue fière, mûre et assurée. J'ai regretté une fraction de seconde de ne l'avoir pas gardée et aimée durant tout ce temps, et elle de son côté a ri des souvenirs qu'elle m'avait laissés et que je chérissais pourtant, qui étaient parmi les plus érotiques que j'avais conservés de ma jeunesse. Leur évocation a été notre équivoque manière de renouer. Elle s'était mariée deux fois, et avait divorcé deux fois. Je la trouvais superbe, portant ses quarante ans et une envie de vivre qui m'ont enivré. Elle m'a avoué que depuis vingt ans elle rêvait de se rattraper de nos pudiques caresses dans le palais désert, et elle a assouvi son fantasme avec un appétit sauvage. Mais ce qu'il faut comprendre, c'est l'importance de ce qui va suivre.

» Une nuit, après nos retrouvailles, elle m'a demandé en regardant le plafond de ma maison, où nous revenions ensemble, ostensiblement, après nos dîners en ville au nez et à la barbe de toute la bonne société et de cinquante paires d'yeux qui nous couvaient en marmonnant dans chaque restaurant où nous allions, une nuit donc elle m'a demandé si j'étais toujours interdit de mariage et surtout d'enfants. En réponse à cette question, j'ai haussé les épaules, et je réalise aujourd'hui que cet imperceptible manifestation d'indifférence, ce geste de rien du tout, irréfléchi, anodin et presque désinvolte, a mis fin à l'aberration prononcée cent cinquante ans auparavant par un être qui n'est peut-être qu'une légende, et a clos un siècle et demi d'une histoire faite de gloire, de puissance et de misère. Il n'en fallait pas plus, comme vous voyez, tout cela était mûr et à la limite du pourrissement. Je ne sais pas si j'ai bien fait, cela dit, parce que avec ce simple mouvement d'épaule, à l'issue d'une nuit d'amour, j'ai probablement aussi ouvert une boîte de Pandore qui finira par emporter l'héritage des enfants de l'Arbre Sec. Mais, après tout, il fallait bien que les choses se fassent un jour, ou plutôt qu'elles se défassent, que tout ce qui avait été réuni et maintenu par la force, par le sang et par la violence au long de cinq générations en arrive à se désunir. Pour concrétiser cette rupture et marquer la fin du serment de l'Arbre Sec, il nous fallait faire vite, et nous avons fait vite. J'ai deux enfants, comme vous savez. Je suis le premier cadet à en avoir et à être resté maître des affaires et des biens des Jbeili. Mais ce n'est pas tout.

» Après l'annonce de la première grossesse de Layal, ma belle-sœur Violaine vint me voir. Déjà, le jour de mon mariage, elle m'avait glissé à l'oreille que j'avais osé défaire les chaînes dans lesquelles les cadets des Jbeili se prenaient les pieds depuis des lustres et qu'elle m'en félicitait. J'avais ri, Violaine m'avait souri avec complicité, alors qu'elle avait toujours été très distante avec moi. Après l'annonce de la première grossesse de ma femme, elle vint donc me voir, non pas dans les locaux des sociétés Jbeili, que j'avais fait déménager dans des bâtiments neufs, du côté du port, et d'où mon bureau donnait désormais sur les quartiers en voie d'érection autour de ce qui avait été la place des Martyrs, mais dans l'appartement que j'avais acquis après mon retour. Il n'était pas encore vraiment aménagé. J'aimais la nudité de l'espace, le sentiment de vastitude et de liberté qu'elle procurait, les piles de livres posés sur le sol, le grand lit au milieu d'une immense pièce à moitié vide, et cette sensation de dépouillement qui mettait en relief les objets, des sextants ou de la porcelaine chinoise placés sur des crédences en boiseries sculptées de Damas, des tapis de couleurs vives déployés sur le marbre miroitant. Lorsqu'elle est devenue ma femme, Layal n'a rien voulu ajouter, ni modifier, je crois qu'elle était heureuse. "Ce sera ma cure de désintoxication après les décors bourgeois de mes deux premières belles-familles", disait-elle en riant. Mais je crois surtout que cela la ramenait au temps de nos premiers ébats dans le palais Jbeili, désert comme un squat somptueux ou un camp royal. Les choses se renouaient ainsi d'elles-mêmes, et nous reprenions notre histoire où nous l'avions laissée en suspens. Et d'ailleurs, ce dont je me suis très vite aperçu, c'est qu'en effet cette maison était une manière de campement, et que, décidément, j'avais toujours vécu ainsi, à la manière d'un nomade, dans les tentes des camps d'entraînement puis dans le palais Jbeili cerné par la guerre comme dans un bivouac. Après quoi j'étais allé errer à travers le monde. Le principe du nomadisme était en moi, comme ç'avait été le cas des autres cadets des Jbeili. Sauf que ce qui avait changé par rapport à eux, c'était que chez moi ce germe ne s'était jamais vraiment développé, à cause des circonstances ou du fait qu'il ne peut plus y avoir d'errance réelle sur une planète trop connue désormais. Parmi les rejetons de la branche cadette des Jbeili, je suis celui en qui l'idéal de mouvement a dégénéré en simulacre. Et c'est peut-être d'ailleurs au nom de ce simulacre, ou pour mener les symboles jusqu'au terme le plus extrême de leur signification, jusqu'à l'épuisement de leur fonction, que quelques années après mon retour j'ai décidé de revenir ici, à Massiaf, et de faire rebâtir cette maison, la demeure originelle, celle de l'Empereur. Afin que la boucle soit bouclée.

» Mais, pour revenir à notre propos, Violaine, ma belle-sœur, vint donc nous voir dès l'annonce que j'allais avoir un enfant, moi, le premier cadet à oser désobéir à l'interdiction ancestrale tout en demeurant aux commandes des affaires du clan. Et ce qu'elle venait faire, vous l'avez compris, c'était justement prendre acte de la fin de la funeste tradition, une fin incarnée par le ventre pourtant encore plat de Layal. Comme si elle le faisait en présence de mon premier-né, qui n'était encore qu'un frémissement de cils dans les entrailles de ma femme, elle déclara que nous pouvions maintenant peut-être enfin en arriver à ce dont avait toujours rêvé son défunt mari, mon frère : à une répartition des biens des Jbeili entre nous. C'est-à-dire entre moi et ses deux fils, afin, ajouta-t-elle, de garantir l'avenir et les droits de ses garçons mais aussi ceux de mes futurs enfants. Conformément à la loi dictée sous l'Arbre Sec, mes neveux et moi étions propriétaires communs des biens, et de toutes les montagnes de Massiaf et de Ayn Safié. Ils ne pouvaient rien y faire sans mon accord, ni moi sans le leur. Autrement dit, on ne pouvait rien faire du tout. C'était l'idée diabolique de l'ancêtre et c'était avec ça que Violaine venait me proposer d'en finir. Elle parlait en remuant nerveusement sa cuillère dans sa tasse de chocolat, tandis que Layal l'observait fixement avant de reporter discrètement son regard sur moi.

» Or j'ai refusé. Je savais que mon mariage allait tout mettre sens dessus dessous, puisque à l'avenir mes enfants et leurs cousins, et les enfants de ces derniers, ne pourraient gérer les biens des Jbeili en commun, et que l'indivision deviendrait *de facto* caduque, que tout serait éparpillé. Mais j'ai décidé que la répartition se ferait plus tard, après ma mort. Moi, j'en resterai là. Je serai le dernier gardien des richesses de ces lieux, comme je suis le gardien de la mémoire des cadets et de tout le clan. Je me vois parfois comme l'ultime incarnation de l'Empereur, le dernier à pouvoir encore contempler les splendeurs de l'œuvre de l'ancêtre diabolique et à pouvoir les transmettre en l'état à mes successeurs, qui en feront ce qu'ils voudront. À partir de moi, le passé devient légende et pourra être défait. Et une autre histoire pourra commencer. »

Raëd se tut un instant. Nahia vint lui demander si on déjeunait ensemble une fois de plus, et il répondit oui.

« Violaine est donc partie sans avoir obtenu ce qu'elle voulait, reprit-il quand le menu de notre dernier repas eut été décidé. Depuis ce jour je me suis fait de mes deux neveux mes pires ennemis. Je les connais assez bien, ces garçons. À mon retour, ils étaient jeunes, je les voyais à toutes les occasions. Leur mère les couvait, mais ils portaient déjà en eux le caractère de leur père, ils gardaient de lui le souvenir d'un homme affairé, violent et fêtard et s'apprêtaient à modeler leur vie et leur comportement sur cet exemple. Ils étaient encore aimables quand je suis arrivé, mais au temps où Violaine est venue parler en leur nom ils étaient devenus de jeunes hommes qui savaient ce qu'ils voulaient, et venaient de prendre en main la société héritée de leur père pour la développer. Ils faisaient des folies durant les soirées mondaines, roulaient dans des automobiles qui valaient des fortunes et donnaient aux voituriers des boîtes de nuit l'équivalent en pourboire du salaire de mes coursiers. Ils s'entendaient bien apparemment, même si on racontait qu'ils aimaient souvent les mêmes femmes, et que cela pouvait dégénérer. Je me suis fréquemment imaginé, les sachant si sûrs d'eux, si beaux et si durs, une sorte de combat fratricide, un remake de celui des Horaces et des Curiaces, à coups d'actions en Bourse, d'intérêts sabotés, de sociétés s'effondrant dans des duels d'avocats et de fortunes dilapidées. Mais pour le moment ils sont associés dans presque tout, et se sont mariés. On raconte qu'ils ont eu récemment un désaccord, lors de la crise des déchets. Fayez, l'aîné (qui porte le prénom de son grand-père), se serait engagé avec le mystérieux consortium politico-financier qui va exploiter les terrains gagnés sur la mer grâce au ramassage des ordures et où l'on va, paraît-il, construire des immeubles de luxe. Si c'est vrai, il deviendra beaucoup plus riche que son frère Wajdi, grâce aux poubelles – ou grâce au luxe, je ne sais pas. Mais Wajdi lui en voudra, et ils en viendront aux mains. Sauf que ce n'est qu'une rumeur et, en attendant, ils semblent très liés tous les deux. Ils ont fait prospérer leur affaire et fondé ensemble une sorte de filiale de l'ACO, qu'ils ont peu élégamment nommée "ACO 2", une société dont les activités mêlent l'immobilier à la prospection, à l'ingénierie et à toutes sortes de travaux d'urbanisme. À leur tour ils causent de terribles dégâts, comme toutes les entreprises de la même espèce. Ils tranchent dans le vif des montagnes, des forêts de pins et de chênes pour creuser des routes dont les déblais sont balancés sans scrupule dans les ouadis et les gorges, ensevelissant les arbres et les bosquets. Ils érigent sans fin des centres de villégiature, des complexes de villas, insensibles aux blessures que cela occasionne, aux cicatrices irréparables qui défigurent jour après jour et irrémédiablement ce pays. Ils ont eu un projet d'usine d'eau minérale et pour cela convoitaient les eaux de Ayn Safié. Ils m'ont envoyé des messagers et des émissaires, et un jour que l'on était réunis, à Pâques ou à Noël, ils ont tenté de m'en parler, mais j'ai fait la sourde oreille. Nous nous voyons aux célébrations familiales annuelles, et à l'occasion de circonstances mondaines, mais je crois que depuis la visite de leur mère, et jusqu'à aujourd'hui, ils m'en veulent de refuser la répartition des biens des Jbeili et peut-être aussi de les avoir obligés à renoncer à ce projet d'usine qui était quand même de leur part une manière de commencer à exploiter la région, et donc de la ruiner. Aussi, je me demande parfois si tous les projets qu'ils réussissent à mener ailleurs, tous les dégâts qu'ils provoquent à travers les chantiers qu'ils prennent en charge, les carrières qu'ils ouvrent en éventrant les reliefs, les horreurs qu'ils font bâtir, habitations, hôtelleries, centres commerciaux, bâtiments officiels, je me demande s'ils ne font pas tout ça comme dans une sorte de fureur à mon encontre, et avec une joie mauvaise à l'idée que je vais le savoir et en être enragé. Tout me semble inconsciemment et symboliquement dirigé contre moi, par dépit, comme s'ils voyaient en moi la figure du père et s'amusaient à le tuer allégrement à chaque violence qu'ils font subir aux montagnes, à la plaine, aux gorges, au littoral. Je suis certain qu'ils n'en feraient pas autant, qu'ils ne chercheraient pas si férocement à devenir puissants et à laisser partout leur marque et leur signature dans les mutilations du monde autour d'eux s'ils n'avaient pas la certitude que les échos de ces dommages me parviennent, et avec eux leur réputation d'ogres.

» À la vérité, achevait maintenant Raëd Jbeili, tout ce qu'ils font partout est exactement ce qu'ils auraient fait au district de Massiaf si j'avais accepté de leur donner leur part. Je sais qu'ils lorgnent toujours ces terres, comme naguère le faisait leur père. Et leur appétit est insatiable. Ils arriveront certes un jour à leurs fins. Mais pas de mon vivant. Je veux retenir encore un peu le moment où tout va disparaître. À ma mort, quand le premier partage se fera, mes enfants agiront peut-être comme leurs cousins, je n'en sais rien. J'espère toutefois qu'ils auront un peu de sagesse, qu'ils conserveront une petite part de ce paradis. Je veillerai en tout cas à ce qu'ils héritent de ces hauteurs inexpugnables, le saint des saints, en quelque sorte. Ils en feront ce qu'ils voudront. Et pour le reste, ce sera comme partout ailleurs. Les gens du coin eux-mêmes, vous le savez, dès qu'ils en ont l'occasion, dans une espèce de rancune contre leur ancienne condition de paysans, bâtissent des choses horriblement démesurées sur leurs propriétés, comme pour se donner l'illusion d'être sortis de leur statut millénaire, d'être devenus des citadins à la campagne. Mais c'est autour du district, vous l'avez constaté, que les dégâts sont irrémédiables. Je me sens ici, au cœur du domaine des Jbeili, comme dans une forteresse assiégée par les entrepreneurs, par leurs bulldozers et leurs bétonneuses. Mes neveux ne sont pas les seuls ogres dévorant le paysage. De l'autre côté de Jabal Safié, les montagnes sont défigurées depuis longtemps, et vous tombez sur les premiers complexes bétonnés dès la sortie du district. Je sais que vous le savez, je vous accable à nouveau. L'immense carrière de Kfar Hayla a ravagé la zone des grands rochers aux formes féeriques que l'on voyait encore il y a peu. Les bulldozers en quelques mois ont détruit ce que la nature avait mis des millénaires à sculpter, comme sur la côte ils déblayent avec désinvolture l'admirable sable fin que la mer travaille à produire depuis cent mille ans. La société qui exploite ça a rogné les crêtes, on commence à voir les premiers dommages depuis ce côté-ci, alors qu'à Kfar Hayla il n'y a plus un arbre, ce n'est plus qu'une horrible béance blanche et édentée. Et il est probable que les nappes phréatiques et l'eau qui font la fierté de ces parages soient polluées par les déchetteries sauvages que des municipalités vénales ont laissées se constituer alentour. Les poubelles sont devenues l'objet d'incroyables convoitises. Tout cela me fait souvent penser à Nauru, vous savez, cette toute petite île du Pacifique, jolie et verdoyante, mais dans les sous-sols de laquelle on a un jour découvert du phosphate. L'exploitation des réserves de ce minerai a considérablement enrichi les citoyens, mais a ruiné l'île, qui n'est plus qu'un trou énorme, entouré d'une mince bande de côte à peine habitable. Pour payer les dettes que leur manière de vivre trop richement les a obligés à finir par contracter, et une fois le phosphate épuisé, les habitants ont loué leur île à l'Australie, qui y dépose ses millions de tonnes de déchets.

» Bon, j'arrête là, nous avons cette caractéristique de ne rien vouloir entendre ni voir, surtout pas les évidences. Je vous disais que je ne suis pas le seul à deviner le destin des districts de Massiaf et de Ayn Safié. Des promeneurs et des randonneurs arrivent souvent jusqu'ici, parfois je les reçois, nous discutons, je leur donne à boire et les renvoie avec des pommes et des figues. Des associations de protection se sont créées, et m'ont sollicité. Et puis il y a eu du mouvement, il y a deux ans. Les membres d'une de ces associations sont venus me voir pour me parler d'un projet de transformation de la région, ici, en parc naturel. Ils prétendaient savoir mon intérêt pour la conservation du patrimoine et pour je ne sais quoi, les oiseaux, les fleurs, les arbres et les vieilles pierres. Ils prétendaient avoir l'appui de l'Église, qui possède quelques beaux arpents en bien-fonds. Cela m'a bien fait rigoler, vu la manière dont, à tour de bras, les moines du couvent de Mar Licha, face aux versants nord de Jabal Massiaf, ont cédé leurs terres en baux emphytéotiques pour des centaines d'années. On a raconté, vous le savez peut-être, que les entrepreneurs, de mèche avec des abbés peu regardants, et moyennant de l'argent, beaucoup d'argent, avaient réussi à arracher des contrats à un vieux supérieur de couvent qui avait perdu la tête. Je ne sais pas si c'est vrai, mais le résultat est terrible, les immeubles ont dévasté les forêts de pins et de cyprès qui appartenaient au couvent, vers le nord, c'est d'une laideur incroyable, et plus bas, dans les gorges au décor paradisiaque, on y va à coups de monstres mécaniques pour déblayer la forêt parce que la construction d'un barrage a été décidée, pour enrichir je ne sais quel nabab.

» Quoi qu'il en soit, j'ai refusé jusqu'à l'idée de ce projet de parc naturel. Je ne peux imaginer ces montagnes et ces gorges balisées par des sentiers, aseptisées et protégées par les miradors de militants écologistes. C'est comme mettre des animaux fabuleux en cage pour en protéger l'espèce. C'est ce que j'ai dit aux jeunes gens venus ici me proposer de préserver les lieux. “Cette région vivra le destin qui l'attend, leur ai-je dit. L'entropie est partout, le monde se défait, la laideur gagne à toute allure.” Ils ont opiné tristement. Je leur ai parlé de Nauru, comme métaphore du syndrome qui touchait la planète. Je leur ai dit que, dès l'instant où l'homme avait coupé le premier arbre, le phénomène s'était enclenché. Ici, il va plus vite qu'ailleurs, parce que nos concitoyens sont plus avides et les paysages plus vulnérables. Ils finiront par disparaître, comme tout, comme la Terre entière qui un jour ne sera plus qu'un souvenir, et je me demande d'ailleurs dans la mémoire de qui. C'est peut-être cela la pire angoisse humaine, le fait que, un jour, plus rien dans l'immensité du cosmos ne se souviendra de quoi que ce soit de ce que les humains auront fait, de leurs rêves, de leurs aventures, de leurs folies poétiques, ni de ce qu'ils auront construit, bâti, élevé, ni de ce qu'ils auront pour cela même simultanément détruit, dévasté, ravagé. Ils m'ont tous regardé comme une espèce de fou, ou alors ils ont pensé que j'étais plein de duplicité, que je ne voulais pas de leur projet parce que je me gardais le droit d'exploiter moi-même la région et que j'employais ces grandes formules pour me débiner. Ils désiraient faire une réserve, en quelque sorte, de tout ça, et cette idée m'a mis dans une froide colère. Moi, je veux que ces paysages demeurent indomptés, sauvages, même sous la menace de la voracité des hommes. Chaque matin rose qui se lève sur les sommets, chaque crépuscule qui les teint de lumières pourpres avec la promesse d'une aube neuve et pure est une victoire. Chaque jour de fin d'été où la lumière devient dorée et fait briller les platanes et les noyers, chaque matinée d'hiver où les feux des derniers charbonniers font s'élever dans le ciel des fumées semblables à celles des antiques sacrifices, je pense que j'ai gagné une bataille. Chaque journée d'été qui s'étire ici dans le silence, chaque soir qui tombe et chaque nuit qui fait poudroyer ses étoiles sur les cimes sombres des ifs est un triomphe contre la violence et la bêtise. C'est une guerre permanente, mais une belle guerre, même si elle est perdue d'avance. Après avoir traversé dix fois l'Europe, après être allé en Italie, en Grèce, en France, en Norvège à la rencontre des descendants de Selemnov et au Mexique chez mes cousins Scilla, et avoir revécu en cela les périples des cadets et leurs folies, je suis revenu dans ces montagnes pour en devenir le gardien. Je veille sur les richesses et la fortune dont la vie me laisse encore la jouissance, après qu'elle a donné à mes prédécesseurs le privilège de l'aventure. Je ne gaspille que peu d'efforts, je ne dilapide rien, c'est l'univers lui-même qui lentement déploie et dépense inépuisablement sous mes yeux sa magnificence, comme il le fait depuis des millénaires, comme il le faisait à l'époque des coupeurs de cèdres, à l'époque des guerres schismatiques, comme il le faisait le jour où est apparu l'Empereur à pied, et comme il devrait continuer à le faire pour des siècles. Sauf que mes neveux sont là qui attendent d'interrompre cette immobilité éternelle. C'est toute la différence entre eux et moi. Devant le spectacle d'un monde qui ne change pas, c'est le temps que je refuse de voir passer. Et, n'en déplaise à mes chers neveux, je me charge de le retenir. De faire encore, à leur nez et à leur barbe, durer un peu l'éternité. »

DU MÊME AUTEUR

Petit traité des mélanges
Éditions Layali, Beyrouth, 2002

Histoire de la Grande Maison
Seuil, 2005
et « Points », n° P1534

Caravansérail
prix Tropiques
prix François-Mauriac de l'Académie française
Seuil, 2007
et « Points », n° P2761

Nos si brèves années de gloire
Seuil, 2012

Le Dernier Seigneur de Marsad
Seuil, 2013
et « Points », n° P3344

Villa des femmes
Seuil, 2015
et « Points », n° P4381

RÉALISATION : NORD COMPO À VILLENEUVE-D'ASCQ
IMPRESSION : CPI FRANCE
DÉPÔT LÉGAL : AOÛT 2018. N° 138678 (3028991)
IMPRIMÉ EN FRANCE